悄吟文丛

古耜 主编

第三辑

菡萏

著

不开就
不落

中国言实出版社

图书在版编目（CIP）数据

不开就不落 / 菡萏著. -- 北京：中国言实出版社，
2024.1
（悄吟文丛 / 古耜主编. 第三辑）
ISBN 978-7-5171-4739-8

Ⅰ.①不… Ⅱ.①菡… Ⅲ.①散文集—中国—当代
Ⅳ.①I267

中国国家版本馆CIP数据核字（2024）第018512号

不开就不落

责任编辑：张国旗
责任校对：宫媛媛

出版发行：中国言实出版社
　　　地　址：北京市朝阳区北苑路180号加利大厦5号楼105室
　　　邮　编：100101
　　　编辑部：北京市海淀区花园路6号院B座6层
　　　邮　编：100088
　　　电　话：010-64924853（总编室）　010-64924716（发行部）
　　　网　址：www.zgyscbs.cn　电子邮箱：zgyscbs@263.net

经　　销：新华书店
印　　刷：徐州绪权印刷有限公司
版　　次：2024年2月第1版　　2024年2月第1次印刷
规　　格：787毫米×1092毫米　　1/32　　10.375印张
字　　数：190千字

定　　价：59.80元
书　　号：ISBN 978-7-5171-4739-8

女性散文何以风光无限

古 耜

在中国古代，知识女性撰写锦绣文章虽系凤毛麟角，但属确切存在，易安居士和她的《金石录·后序》便是这方面的标本和佐证。不过作为一种创作现象或文学品类，女性散文终究是五四新文化运动推动妇女解放的产物，冰心、庐隐、丁玲、林徽因等才是其发轫与前驱，而女性散文真正的强势崛起和蔚为大观，则是从新时期到新世纪伟大时代的馈赠。

近半个世纪以来，在思想解放和改革开放历史大潮的强力推动下，从五四新文化现场一路走来的现代女性散文，越发显示出生机勃勃、阔步前行的态势：几代女作家进一步冲破陈旧观念的束缚和保守势力的阻滞，以崭新的精神风貌、饱满的生活热情和旺盛的创作精力，投身于变动不居而又生机盎然的生活现场，既积极参与公共空间的世相书写与问题探讨，又潜心关注女性自身的发展、提升与进步，从而不断捧出流光溢彩、质文兼备的散文佳作；一大批女性散文家正是在这种有内涵、有难度、有追求的创作实践中砥砺前行，逐渐登上一个时代的散文标高；而整个女性散文创作亦凭借持久的不间断的繁荣红火，成为当今时代散文现场勃发向上的重要一翼。恩格斯说："在任何社会中，妇女解放的程度是衡量普遍解放的天然尺度。"而女性散文的蓬勃发展正是女性解放的卓然呈现，透过它，可以看到国家的昌盛、社会的进步和民族的振兴。

女性散文何以风光无限，其中的原因应该有以下几个方面：

第一，新时期以来的女性散文创作，蕴含一种多方探索，跃动不羁的内在活力。曾有如是说法：在新时期的文学领域，小说、诗歌、戏剧乃至文学评论，都经历了强劲大胆的文体变革，唯有散文安步当车，依然故我，给人以陈旧保守的感觉。这样的说法是否符合散文的实际尚待讨论，但如果拿它来评价女性散文，则明显是圆凿方枘，失之偏颇。

事实上，女性散文并不缺少试验和探索。二十世纪八九十年代之交，"小女人散文"不胫而走，风行一时。其中掺杂的琐碎、无聊和自恋固然需要摒弃，但它对世俗场景的关注，对笔调的经营和细节的把握，以及由此酿成的较强的文本可读性，还是给散文创作以有益的启示。稍后，一种直接以"女性散文"为标识的创作群体亮相文坛。叶梦的《羞女山》、王英琦的《女性的天空是高远的》、韩小蕙的《女人不会哭》、张爱华的《关于爱情：往错了说》、斯妤的《也是叹息》、匡文立的《历史与女人》、唐敏的《女孩子的花》等一批作品，勾勒了这一群体的早期阵容。毋庸讳言，这些作品或多或少带有西方"女权主义"的影子，但更多的还是连接着中国女性实际的生命体验和观念认知，是基于自我感受的艺术表达，唯其如此，它们对于强化散文创作的女性意识，推动女性散文向纵深化和个性化发展自有重要意义。接下来，"新潮散文"和"新散文"交叉或次第登场，其中一批才华横溢的女性散文家，如周晓枫、格致、冯秋子、张立勤、陈染、塞壬、洁尘、杜丽等，以特立独行，高蹈脱俗的创作吸引着文坛的目光，其新颖的散文理念，个性化、陌生化的叙事风格，还有在语言修辞层面的苦心孤诣，剑出偏锋，均为女性散文的柳暗花明、推陈出新提供了有力借鉴，进而成为女性散文创新发展的重要资源和不竭动力。

第二，历史语境的转换和社会氛围的变化，为女性散文的繁荣发展提供了特殊机遇。无论古代还是现代，个体人生的日常生活都是丰富和重要的，然而由于文化传统、历史条件和社会心理的复杂互动，在较长一段时间里，人们的日常生活并没有得到文学书写的青睐，相反常常被忽略或遗忘。新时期以降，随着社会主义市场经济的兴起和人的主体意识的确立，以及商品和消费理念的传播，日常生活开始越来越多地进入人们的视野，并迅速成为文学的主要表现对象。在这一过程中，日常生活不再单单是一种题材或景观，同时还是一种不可缺席的审美要素——即使是篇幅宏大的历史或地理散文，日常生活亦常常是一种基因性底色性的存在。也正是在这一过程中，女作家的特长和优势得以充分展现：约定俗成的社会伦理和家庭分工，决定了她们相对疏离公众诉求与商场奋斗，而更多同衣食住行、儿女情长缠绕厮磨；长期的家庭责任和亲情输出又让她们对日常生活拥有更多形而下的理解与把握；加之有现代女性的思想和知识就中加持，这使得她们笔下的日常生活不但栩栩如生，活力沛然，而且时常发人深思，耐人寻味。近年来很是活跃的女性散文家，如苏沧桑、陈蔚文、李娟、阿微木依萝、钱红莉、王芸、指尖等，虽然创作题材与艺术风格均有较大的差异，但其中异曲同工、美美与共的一点，便是对日常生活的准确把握和生动描摹。而正是这种对日常生活的成功再现，给当下的女性散文增添了别一种精彩和魅力。

　　第三，在散文和女性之间存在一种微妙而稳定的对话与契合关系。曾有研究者认为：散文是一种更接近女性的文体。这话初听会觉得笼统和偏颇，但细想又不无道理。如所周知，散文属于文学中的"自叙事"，它通常需要作家更多调动主体的才华和手段，以构建属于"我"的精神天地与情感世界。而在"表现自我"的维度上，女作家显然更得缪斯的神髓与钟爱。你看：抒情是散文重要而得力的表现手段，网络背景下，一些沉溺于匆忙叙事的男性作家不同程度地舍弃了它，而在阿舍、安然、许冬林的笔下，一种源于女性生命深处的汨汨深情，或与岁月同行，或请山川相伴，或携诗境共生，则是一派流光溢彩，沁人心脾，显示出"情为何物"的力量。自视与内倾是五四时期女性散文常见的言说特征，这一特征在当今女作家中不仅得以延续，而且获得新生。不是吗？同样的绵绵絮语和娓娓道来，以往主要是精神沉吟，心灵独白，如今则更多引入日月消长、万物更迭，将其化作人在天地间的哲思和同一切生命的对话，张映姝、祁云枝、朱朝敏、项丽敏等女作家的生态书写，可谓这方面的生动展现。尤其值得关注的是，一批女作家如李舫、何向阳、艾平、王雪茜、林渊液等，大抵从弗吉尼亚·伍尔夫的创作理论得到启发，在坚持女性散文基本特征的基础上，开始进行积极的吸收与拓展，如大胆突破约定俗成的题材限制，合理强化作品的理性元素和文化内涵，不断尝试多见于男性作家的技巧手法乃至风格营造等，所有这些都有效地强化了女性散文的表现力、感染力和影响力，同时也为散文的整体发展提供了启迪与借鉴。

正是基于以上事实，窃以为，当下文坛应当对女性散文多一些关注、研究和推动。也正是沿着这一思路，笔者在中国言实出版社的鼎力支持下，选编了旨在展示当下女性散文创作成就的"悄吟文丛"，并于2017和2021年先后出版了该文丛的第一、二辑，每一辑均包括十位女作家的潜心创作。现在该文丛的第三辑翩然问世，再次推出十位女作家，她们是朝颜、阿微木依萝、黄璨、宁雨、罗张琴、蔡瑛、菡萏、张映姝、斤小米、张金凤。我热切希望读者能喜欢这些作家和作品，同时通过"悄吟文丛"，感受到中国女性散文的风采以及她们欣然前行的跫音。

（作者系著名文学评论家、作家）

自序

这几年，我炒菜极少放作料，油盐即可，葱姜蒜也省了，或者说压根想不起。也越来越理解，尊重事物本身，尽量保持其原貌、原始味道，以及独立，是一件多么美妙之事。甚至认为那些作料是噪声，影响了事物本质上的清宁。它们无法选择自身，似《红楼梦》里，那盘二十多道工序的茄鲞，一定很好吃，但不是我的追求，所以对我构不成吸引力。

我甚至对友人说，有钱人吃的多半是垃圾。话虽偏激，拥有土地的劳动者，能获取第一手食材，这是不争的事实。单纯，淡而有味，淡而悠长，尤为珍贵。不属国宴，却裨益自身。

火候，是的，火候。我相信火候。火力加时间，是永远无法取代的法宝。火候到了，味自美。我也尽量把这样的理念带进写作。

《金瓶梅》《红楼梦》《海上花》皆一脉相承，风平浪静，却暗藏杀机。看似寡淡，并不影响其深远。好文章是压着写的，不喜重口味，过分使力，必然做作，包括措辞与文风。相对于打打杀杀，我更喜欢平静，哪怕废墟上的平静。

友人曾开玩笑说，你死后，墓志铭写上"写自己散文的人"。这个提法，挺有意思，尽管我不知道自己有无墓碑，至今的想法是交还泥土。一个个墓碑连起来，人类前仆后继，该有多少墓碑，地球早晚会被占满。土是个好东西，能消化分解诸多物质，平复修整自身细胞，循环孕育万物。

人来自万物，再归还万物，是个奇妙之旅。地球是靠生、死维护的，无论大自然还是人。

我甚至认为不需要来世，一把尘埃，何尝不是生命最美的归宿与欢喜。

散文是我喜欢的一种文体，似石缝里的花，坚韧，蓬勃。同时，又是低调、不喧哗的。它是一种调调，一种味道。人世间本无新鲜事，故散文是一种情感艺术，不仅渗透作者独特的生命体验，又是一种浸淫式表达。文采斐然，只是技术；大白话，能写出高级感，才叫本事。就像吃饭，吃的是味道。

写作，写的是沧桑，文学亦药，所以它是苦的。那些很甜腻的，本身就不是文学。故散文还有一个深度与见识的问题。

如怀斯的画，残疾女孩匍匐在地，艰难扭曲地移向高岗。我们每个人到达高岗的姿态、心理，所付出的代价均不同，这便是艺术。

散文属自画像，即便绘群像亦属自画像。自画像并非易事，一眼的孤单迷茫。甚至不需要名目，面对精神世界遥远的太阳，它的升起、衰落，以及趋于黑暗，都是珍贵的。

不开就不落，是一种静止的生命状态，也是永恒。似东晋佛像手持莲蕾的侍者，沉静、自足，几千年依旧保持同一姿势，又如亿年前被人遗忘的化石，忠实记录下自身的渺小与孤单。内里遴选本人 2022 年至今发表的部分散文作品。分两辑：第一辑，倾向于人；第二辑，倾向于物。一内，二外；一守，二行。两者互融，有往事追忆，当下发生，以及对未来、对死亡、对弱者的思考。

身体里能住着月光、水分、土壤的人，是清凉的。春天，你得交出一切。夏日看着它奔跑，欢笑，肆无忌惮地成长。而秋天是做减法的季节，冬日你得裹紧大衣，踯躅而行，护住最后一丝暖。生命从盛至衰，谁也躲不过。

《家族往事》涉及诸多人物。涵盖人之无奈、交错，人生理念与价值观的对撞，以及成长之痛。老人更多时候是深深的黑夜，是我们的前世今生，是一棵大树的母体与根。人至晚年，多高傲的头颅，都得低下。何以为家，是个要思考的问题。

《不开就不落》是篇有关青春动荡的文字。有暗恋的微妙情愫，又有纯情羞涩。好的情感，并非快餐，可以作为一种品质通道，营养一生。青春的寂寞，源于自恋，人生需要祭奠。其中有两节涉及他人，也是青春的一部分，起衬托作用，亦属"不开就不落"范畴。爱与被爱，皆是幸福尊严之事。

《站台重影》，原标题为《一晃而过的故乡》，由小我起始，旨在反映旧铁路时代的艰辛与快乐。故乡，是个具有时间意义和空间意义的地标。对应的只一个字，那便是"情"。所以思乡是不用教的，它是一种本能，每个游子都是故乡手中的线，一拽，便会疼。

过去读书，常读到"谋生"二字。生活是谋的，是要争取、付出的。我的父辈是20世纪60年代的铁路人，我们自小生活在外，故乡对我们是遥不可及的梦，我甚至一度认为自己是没有故乡的人。当我们长大归去，故乡已不太相认。那些铁路，是一锤子一锤子，一撬棍一撬棍，手工建设出来的。它们蛛网般分布在全国各地，属于工业时代的代表。

故乡，又是一个人的精神父母，或陷阱。铁路子女的故乡，是由一个个站台组成的，不仅父辈修山洞、架桥梁，子女也在不断丢失着记忆和学习机会。在我们最需要故乡的时候，是漂泊的，也会尽力去爱所在的城乡，且把每个经过之地都当成故乡。

《少年游》，游，散漫孤独，也杂乱，是场景推移，也是事物交织。20世纪80年代，较为平静单纯的岁月。照片起，照片收，以方位为线索。食堂、校园、寝室、机关大楼、灯光球场，里面穿插同学、室友、老师，以及作文比赛、读书、爱好等。少年积木，散镜头构筑的小光阴，用零碎笔墨，窥探时间一角，个人与时代、人与人、人与物的片段呈现，以及曾经思想上的固化、守卫与迷茫。

《秋天的早晨》言及教育、成长之痛。孩子在家长的羽翼下，也在刺痛中生活。路，有自身奋斗，也有家长和学校的影响。用怎样的双手和目光接纳抚慰这些心智尚未健全的孩子，是需要思考的。里面的"秋天"乃双关语，既是大自然的秋天，也是一名叫"秋天"的孩子。他的早晨，等同许多孩子的早晨，而他们的早晨多半由成人世界构筑。

《与新华书店有关的日子》是篇文化散文，以对话形式展开，从20世纪50年代至今，步步为营，时间跨度半个多世纪。旨在揭示新华书店从计划经济到市场经济，再到电子时代的演变。不管销售形式若何，内涵不会变。人在，文化就会发展。

掀开历史的面纱，能窥见那个时代的纯情、拮据，以及对书籍的仰望与热切。每小节均有一个代表人物，作为时代的脉搏符号。

时间，真实的历史，线性链条里曾经的一环。我一直痴迷于这样的瞬间与无休止的伸展，以及它所衍生的生命和生命本身附加的故事与意义，甚至灰尘与破败之美。

第二辑的《泉城深处》，起笔便昏昏沉沉，有种倦怠感，属慢慢推进型。现今读来，依旧喜欢，最起码视角是自己的，属情化、人化的个人山水。

《走失的鱼卵》是篇生态散文，以夫家为背景徐徐展开，描写长江流域从美到失落，再到救治的过程。"千年的草籽，万年的鱼卵"，保护这些种子，也是保护我们自己，向这些顽强的生命致敬。

《茵的村庄》是次外出所感。内含生者、逝者两个村庄，并且遥遥相对。村庄，又是自然文化的一部分，存在的意义远大于生命本身，属人之延续，亦根。那些在时间里黯淡的土坯物件，有着比生命更为贵重的意义——创造。生命只是万物间的相互轮回，大自然在一段时间内的产物，有机变无机，无机变有机，组成新的生命，生生不息。人可以移动，村庄却搬不走。

历史是个纠偏过程，文明往前蠕动时，会留下或多或少的遗憾。现今的中国农村，依旧处于空巢状态，如何补救，是件难事。写作者只负责文艺再现，赋予真实中各种意义的可能，并不能解决问题。此篇含而不露，有挽歌情调，也寄希望于未来。

无论农村题材，还是城市题材，对我来说都是人的题材。既不会拘泥形式，也不会附庸潮流。随心所欲，多样性，也是我喜爱散文的原因。

整理的过程亦思考的过程，自己的细胞绝不会与他人雷同，否则便是浪费笔墨和制造垃圾。写作即发现。

写自己的散文，始终是我坚守的坐标，而非目标。希望能深情演绎好这个自己深爱的世界，她的苦与痛、美与欢乐，以及结痂的伤疤都是笔下神经和纸上元素。保持自身纯度，不陈词滥调，有着一目了然的叙述方式和辨识度，是必需的，也是极自然之事。同时，具有广泛的社会意义，对环境，对人与自然、人与自身的定位，有新的思考。

散文有市井剥离感和艺术再生感，也有出尘感。"纳朴实于凝练，寓厚重于轻盈"，是我追求的。一个人慢慢走着，迎着风，一些碎屑在自己的世界呼啦啦飞舞着。

洛阳作家浅蓝曾说："蓝莴能写极优雅的文字，也有难得的丈夫气与清晰思辨力，读她第一本书便看得出，所谓雌雄同体也。"谢谢如此中肯的评价。写思想随笔也许我更得心应手，这种细致柔软的叙述，只是让自己能更好地安静下来，进入一种自我言说状态。也会夹杂气馁迷茫、审美疲劳、无法突破、言说毫无疑义等心境，并且一直纠结彷徨。但我还是试着写下去，分享给这个世界或权作自身的一小片单薄的月光。

时间是不老的，是记忆森林里的"百草"，长在自己的年轮里，又似手中攫过的亲切朴素的时光。不想拘泥于某些事物，尤其无意义的消耗，这是我越来越迫切的想法。

感谢赐予我温暖、理解我精神生活之人，也感谢亲爱的读者。

真正的快乐，非钱、物所能抵达。自然刮过的风，须有光与水的照耀与内心筛选。一个人若不能给他人送去温暖与力量，减少伤害是最好的途径与修养。

《不开就不落》是纸上定格，也是血肉回归自身及泥土的方式。

目录

第二辑

第一辑

家族往事

一

大姑从柜中，拎出那双白底黑帮、两排鸟眼、穿插着鞋带的男式棉鞋时，爷并没惊慌，只是像个受气的小学生，低头默不作声。

鞋，原本静静地躺在柜子一隅。柜是横卧的大柜，两米多长，很乡土的朱红色，漆着花饰。这种柜在东北很常见，几乎家家都有，融汇了俄罗斯、日本与本土风格。上开盖，像两口箱子并在一起。隔几年上一道漆，画师又描又绘，那时的手艺人都是艺术家，不用打草稿，花鸟鱼虫活灵活现。用旧了，便有了古意。

大姑举着问："这是谁做的？"

二姑道："人家哄你钱的！"

老姑提出奶的骨灰盒："你对得起我妈吗？"

也就是那天，我知道奶的骨灰一直存放在那口画柜里。她走了十多年，却一刻都不曾离开这个家，只是换种形式与亲人们在一起。

三个姑很激动，也很嚣张，站在地中间连珠炮似的对爷开火。爷很木讷，也很愧疚，"批斗会"持续很久。那双崭新没上过脚的手工棉鞋，被二姑拿到院子里，用斧头狠命剁成几截，碎屑飞出去好远。

做鞋的老太太姓于，与爷家隔条胡同，抄近路两分钟即到。两人恋情持续多久，没人知道。能一针一线，打袼褙、纳鞋底、上帮，整个过程足够琐碎，也足够漫长，况且是个老人。

对那个老太太，我没啥印象，也谈不上喜欢，和姑们观点一致。好好的家，多出一个陌生人，爷的爱被分走，别扭而无法接受。那段时间，爷行踪诡秘，每晚既没去张聋子家下棋，也没去老杨家喝茶。二姑、老姑侦察许久，方发现蹊跷。

我们仨借着月光偷偷摸去。单独的小院，木门一推就开了。院内静悄悄，从窗户洒出微弱昏黄的光。三个人贴着墙根，慢慢移向窗口。月色清冷，深灰的云层飘浮在夜空，没现代化建筑的当时，那样的小院恍若四通八达的古村居。

二姑身穿赭褐色线绨棉袄，嘴嘎巴着，用手指了指。我侧头探脑，爷四平八稳，盘坐在简陋的土炕上。室内幽暗，看不清物件。老太太也盘腿对坐着，两个人很有仪式感。

我们仨鬼鬼祟祟返回，站在灯下，研究半天，最后由我单独再去。我抄着手，拐过巷子，理直气壮，急匆匆到那儿。在窗外"当当"两下，喊声："爷，来客了。"便转身往回走。爷起身，背着手，撅嗒撅嗒跟在我身后。那年，我十岁，并不怕爷。他对我总是笑眯眯的，疼我，从不舍得责备我，凡我做的事，都正确。对两个姑，却不一样，二十多岁的人，还挨他的皮带。

无法评价他的暴躁与和蔼，善良与自私。但姑们爱他，一说起咱爹，满口自豪。多年后，在北京前门一家简陋的小旅店，我说起爷用皮带"啪啪"打她们。二姑笑着说，那日子咋过的；说起那个老于太太，奶四十二岁就走了，爷的孤单落寞，以及我们的做法。人的生命只有一次，爷有权过自己想要的生活。三个姑默然不语。生活教会我们许多，但当时，那种事是遭人非议的，所以爷低调。只要晚上爷不在，两个姑便说，到老于太太那儿把你爷叫回来。爷便乖乖地跟我回家，她们不敢去叫，怕爷发脾气，直到发现箱子里的定情物——那双黑色灯芯绒棉鞋，两个姑才去铁道南把出嫁的大姑喊回来，有了这场暴风骤雨的"批斗"。

过后，老于太太来找爷，端来一盆鸡蛋。那时的鸡蛋都是土鸡蛋，被二姑连盆带蛋一起扬到院子里。那个磨得锃亮、略带坑洼的银白铝盆在雪地里，"哐啷"一声，滚出去好远，蛋壳蛋液溅了一地。

二

爷家的房是1969年盖的，原来的房是当的，后来成了死当。建第六小学时，被征了去，另给了地号，赔了一百二十元钱。再早的房早没了。爷手松，有多少钱，花多少。爸单位闹政治运动，他回去建了房。俄国人走后，留下不少烂石头围子。爸到铁道南一块块撬下来，再蜗牛样一块块背回家。三间瓦房，砌有一米多高的石头墙，三开扇双层大玻璃，亮堂堂。左右出场很大，廊下抹地坪。斜对面盖了三间仓房，一到春节，贴上"物资满仓"的红纸。院子很大，前面是园子，种着海棠、樱桃、指甲花、蔬菜等。用木栅栏围起。木头大门，在胡同最里面。

建房花了一千多元钱，爸妈用光所有积蓄，还借了不少。姥姥家的七十元钱没还。姥爷和双胞胎舅舅帮着盖了八个月，每日清早赶着马车来。姥爷是个倔强的乡村小老头，黑棉袄黑棉裤，戴顶棕色毡帽，打着绑腿，捆着腰带，唇上黑黑的胡子像排刷子。一摆手，说不要了，就不要了。爸说，过后还了；妈说，哪有，我爹就没要。爸说，那也用别的形式给了。妈腆着肚子，怀着弟，给工人们做饭。余下的债，爸带到单位。屋落成后，妈抱着我也去了黄沙滚滚的风陵渡。

铁路单位永远是战斗劳作的场景，有了俩弟后，妈连背带抱带牵，把我们弄到工地。在石堆旁铺个小被，让我们坐上面。北风呼啸，吹着她柔软的发丝，她在旁打石砟——把一块块大石头敲碎，变成大小均匀的路基石。大石头，放炮，炸山获取。若在中原，由火车运来，所以叫卸货车皮。那些石头很大，得用撬棍别。打好的石砟，堆成平平整整的方堆，待爸他们来量，多少方付多少钱。我三四岁，站在旁边，就知道线松点，妈就多挣点。不做，就没得挣。

在最早的铁路建设中，每块路基石都是人工打出来的。

待我八岁，回到老家。老家的情景自是繁荣，甚至是繁花似锦的。

爷喜欢我，把我留下。

那样的日子足可以夸耀。爷种了几窗台花，茉莉、玫瑰、君子兰。爷放一盆紫红月季在栅栏旁，下瓢泼大雨也不往回收，声称要验证它的坚强性。我和爷站在窗玻璃后静静观察，又慌不择路冒雨去救，结果花被活活打死。爷蹲那儿，久久不语，摆弄着残枝，我躬身立在他身后。

爷买回两只长着螺旋角肥坨坨的老绵羊，一天到晚咩咩咩。又买回一大摞比磨盘还大的豆饼，掰碎或上笼蒸，用铡刀一片一片切着喂。抑或拿着柔软的细鞭，赶到很远的铁道边吃草。荒野无声，他独自坐在废弃的铁轨上。夕阳西下，红红一片，几枝凄凉的狗尾巴花，孤独摇曳着。

晚饭时，他慢吞吞赶着羊回来，出现在狭窄的胡同口。

夏天，爷说羊热了，得脱衣服，便请来剪羊毛的，贴着羊皮推。厚实的羊毛，毡子般坠落，灰黑的外表下，竟如此洁白。羊立马瘦了，再一个小卷一个小卷往外长。羊毛堆在仓房，等贩子来换钱。

爷喜欢动物，凡动物都喜欢，不计成本，没名目地喜欢。

爸儿时，爷还喂过猪，不止一头，十几头。爸和小伙伴骑着最大的大老黑，满院跑。爸的三叔专门给爷放猪，啰啰啰，在城市很壮观。喂兔子，用光了家里所有粮食。

有我们后，爷养了一只大公鸡，四五岁小孩那么高。红冠子，威风凛凛，飞墙上树，是只看家鸡。大姑儿子的脸被叨了一条血口子，现今五十岁的人，还留有疤。爸妈带着我和大弟回去，大弟笨，软骨症，两岁多才会走路，蹒跚着走不快，公鸡不识小主人，追着按在地上叨。爷喜欢大孙子，一气之下，把公鸡宰了。大姑说爷偏心，外孙子就不是孙子啦。

三

儿时，陪爷看电影，一老一小，并排走在马路上。厚厚的冰。爷穿件快到脚踝的皮袍子，戴顶皮帽，雪白的山羊胡子，个子高高的。皮帽子像锅炉的顶，帽耳朵翻过来，露出雪白的羊羔毛。爷的胡子纹丝不乱，要用木梳梳。洗脸时戴一个套，掉一根，都心疼。

路灯袅袅，那样的冬夜异常安静。我边走边仰脸看他呼哧呼哧喘粗气，胸前的衣服像小山包样起伏着，白雾从他口中弥漫开来。

"瞧，这是我大孙女，聪明着呢。"走哪儿，他都如是说。儿时贪玩，跳橡皮筋、打沙包、欻嘎拉哈，晚上和老姑冒雪跑文化宫。凌晨四点想起作业，揉着眼喊爷。爷开灯，披衣坐起，唤醒两个姑，沏茶倒水。窗外雪皑皑，我趴在被窝里边写边睡，铅笔在本子上乱戳。老姑在地上急得团团转，哈欠连连，迭声问着，完了没？

爷喝茶，得有人专门续水。

第二天，放学回家，爷与棋友慢条斯理挪着棋子，说，我大孙女的字，写得那叫龙飞凤舞，闭着眼都能把作业做完。

爷盘腿坐在炕上，看《参考消息》，谈论着遥远的米（美）国。室内温暖如春，两个姑打开暖气包的水龙头，"哗哗"放水出来洗头，雾绰绰。二姑拎着水淋淋的头发，仰脸说着什么。我往炉上方的水箱加水、发炉子，干些力所能及的活儿。一对漂亮的"白玉"，在笼中温柔怀孕，产下四个宝宝。爷让老姑打来一盆清水，把四个鸟蛋放水中。若转，便是活的；不转，便死了。我趴着看，一不小心弄碎一个。两个孩子健康长大，是混血儿，黄绿羽毛，带着它爸妈漂亮的胎记。

爷和姑支上面板，做油茶面。面粉炒黄，用细筛子筛匀，拌上糖、香油、炒熟的芝麻。柔软细滑，香喷喷。再用牛皮纸袋封好，喝时，沏上一杯。

也做鸟食。上好的小米，打上鸡蛋，拌匀，上笼蒸。晒干后似石头，再碾碎，还原成小米颗粒。黄油油，一粒粒似金子。

笼里高低错落放着三个核桃大小的白瓷杯，一个盛水，一个放煮熟的蛋黄，一个放小米。上午九点，爷穿着袍子，提笼出去遛鸟。笼外用蓝布做一个套子，上圈口是松紧的，下圈口敞开。

那样的生活，很像日子。

冬天，爷坐在狼皮褥子上，接待宾朋。家里有个玉蟾蜍，爷放在被窝子里，摩挲得油亮。每刮一下，"呱"的一声。

写字台上摆着一对镂花双耳瓶、铜台灯，粉红梳妆镜是爸妈结婚时置的，还有一个调波段的红波牌收音机大匣子。

二姑二十七岁了，给自己准备了嫁妆。缎子被面，枣红色灯芯绒褥面，龙凤呈祥，大朵大朵的牡丹。每次来客，都要打开，华丽丽铺一床；或两个人抻着，欣赏一番，再小心翼翼叠好，放进炕柜。炕柜也叫琴柜，琴即寝，由寝柜演绎。柜上码放着被子、褥子。琴柜很大，夏天我躺在上面看书。东北的卧房便是客厅，外屋等同江南人家的堂屋，属序曲。进屋方是正礼，而炕是最尊贵的位置。有身份的人方上炕，小辈坐椅子，这在《红楼梦》里多有呈现。可窥见东北人易接近的性格。南方人则含蓄多了，卧房很难对外敞开。物资紧俏，二姑在百货商店上班，近水楼台先得月。

爷半夜管她要生活费，她不给。每月十五元钱。

"平咋不给？不也白吃白喝？"

"平还没工作。"

"她有爸妈。"

我迷迷糊糊，被二姑拎起，惺忪着眼，不知咋回事。写信，管你爸妈要钱要粮票。二姑愤然道。爷打了她。

白天，我脱下他们给我买的衣服，翻出妈寄来的红格子衣裤。痴痴地踩着小板凳，踮脚去看写字台上方镜框里爸妈的照片。爸妈抱着我和大弟，在北京新大非照的，上面写着"无限热爱毛主席"。妈梳着两根小辫，垂至肩头，白衬衣很干净；爸穿着灰褐色衬衣。两人都瘦。

我巴巴地看着，想着自己也有爸妈，只是很陌生。这一想，忽悲哀起来。

镜框里还有奶和大伯大娘的照片。奶长得不好看。大伯大娘肩并肩，大娘眉目清秀，漂亮的丹凤眼，一条缎子丝巾在右下颌打着花结。妈说像古兰丹姆。

"咱哪个嫂子好看？"

"当然咱大嫂。"

"你妈败家，不会过。上街买块布，寻思都不寻思，一剪子下去，不是胳膊瘦了，就是前后襟短了。"一个姑看着我说。

"二嫂是农村的，咋配咱哥？咱哥多聪明，学习好。不娶她，就好了。"

"可不是，有年人给咱哥介绍个老师。"

"那咋没成呢？"

"谁知道了！"

"那也不行。咱哥要是找个城市的，那就没平了。"一个姑疑惑道。

一个不答，稍后迟疑道："还不是会有孩子？"

"那也不是平呀！"

无事的夜晚，我们仨坐在一起，讨论着爸的婚姻和我那个在遥远地方吃苦耐劳的妈。我甚至私下研究爸不娶妈，到底有没有我的问题。

我现在喜欢乡下，连空气都是金贵的。那时不，"乡下"是一个可耻的名词。

在老家待的几年，我对妈是淡漠的，甚至瞧不起。看着她带两个弟回来，竟无限悲怆。瘦瘦小小的女人，穿件肥大的大衣，一点也撑不起来。朴素的短发，见人时，下意识往后拢一下。下着鹅毛大雪，赶回娘家看她妈。我不大叫她妈，她想和我说话，我也不太理。

俩弟在炕上玩气球，穿着一模一样、笨笨的棉袄棉裤，罩着灰色小立领中山装新衣裤。领口缀着红领章，仰着小脸，蹦着推气球，红气球在空中一飞一飞。

爸妈是早上五点多走的，领着俩弟。外面漆黑，我半夜起来穿好衣服，又躺下，想着要不要去送他们。最后还是犟着没起。两个姑去送。我蒙着被子，听着"踢踢踏踏"的脚步声渐行渐远，外屋"哐当"一声关了门，在被子里偷偷抹眼泪。

妈来信问，平长多高了，想家不？三年级的学生了，该给家来封信，寄张照片了。

二姑领我到铁道南照相馆拍了照。斜身，浅黄碎花上衣。两根辫子窝起来，扎着头绫子，龇着牙，笑得灿烂。细长的照片，四周压成锯齿花。

信咋写，我问。

你想家不？我说不想。那就写不想。

妈拿着信哭，说我不想他们。

他们再回来，家里只有我和妈时，很尴尬。她问我，在这儿好吗？我扭捏着说好，提起钱和粮票，又泪水涟涟，忙用手背去擦。妈把大姑喊回来开家庭会议，说了奶的医药费和做房子的债。奶在铁路医院住了六年院，医药费报销一半，另一半转至爸单位，在爸每月工资里扣，有一千多元钱。妈结婚时，并不知晓这笔债。做房子，又欠了七八百。

妈说了在外的艰难，还不清的债，还有俩弟要养，每年长途跋涉往家返。走时，多少放点。空气沉闷，他们默不作声。

我又想起姑们给我梳头、做饭、洗衣的场景，也算给我当了四年的妈。

四

小学五年级，我回到铁路单位。爸妈在北京给我买了果绿色新衣，有春日盈盈喜气。不知谁花十元钱，给我买了一枚戒指，黄箍子，镶着红宝石，我戴在手上。两个弟寄放在邻居家，听说爸妈回来，疯跑着来接。浑身是土，膝盖竟有补丁。他们不理我，说我是资产阶级小姐。

二姑老姑相继嫁人。初一那年暑期，爷有信来，要卖房。房子原来就卖了半间，不知爷咋动的心，那家给了一千五百元钱。做婚房，半间肯定不够，人家要的是这块地，旁边接出一间，另盖了厨房，还有很大出场。门前院子，划走一部分。两家走一个大门，爷的大门。

结婚那天，噼噼啪啪，借爷这边待客。我哭闹着要出去玩，不看家。老姑赶着去约会，我俩犟着吵起来，我胸前挂把钥匙，坐在地上号啕起来。

爷开始后悔。好好的院子，多出一户人家，房子不再成型。又怕爸埋怨他，调转回来不够住，遂买回一大堆木料，堆在房山，准备在铁道南再盖一所房。

这次是全卖。我们全家回到东北那座小城。二姑刚生了孩子，戴着白帽子坐在炕上，她已从百货公司调到长春乘务段。二姑父单位在红旗街给他们分了一间偏厦子。

大人的事，我不太明白，也许爷觉得自己过太孤单，或许衣来伸手，饭来张口惯了，故这个家要卖掉。不明白爸带我们回去的原因，是商量，还是阻止。若干年后，我问过爸，为什么市中心好好的院子说卖就卖了。爸说，爷做啥，他都同意。对爷说，那是他的房，想卖就卖。

那些漂亮的青花大盘，淡绿蟾蜍头石蒜臼子，紫红写字台，大柜，还有堆积如山的木料，用板车一车车推往铁道南大姑家。几个大人，奋力在前，我跟在后。过铁道时，红白栏杆放下来，路上满是煤屑。灰灰的天，火车呼咚咚。

这个城市以铁路为界，分道南、道北两部分。天桥很高，交叉的黑色铁质护栏，像电影里的卡桑德拉大桥。俄国人修的，适合旧时代提藤条箱的人走来走去。大姑家住的尖顶黄房子，也是俄国人修的。有个大院子；种了一大片油绿的玉米。

房子清空，家徒四壁。不断有山东老乡过来嘘寒问暖。爷抱拳作揖。大家边收拾东西，边迎来送往，忙乱中有种喜庆且悲凉的气氛。有个盲人，打着莲花落，摸进院。大家挥手让他走。爷招手让他回来，说，给我大孙女算一卦。不知盲人嘟嘟囔囔说了些啥，爷很落寞。他巴望着我以后有出息，能上大学。人家说一元钱，爷掏出两元钱，一个姑上前阻止。他隔着姑，举着票子左冲右突，执意递到盲人手中，再拱手作别。

姑甩手走开。

爸和弟赶着羊，送到二十里外二姑父农村的家。爷不舍，蹲着抚摸着最小的羊羔。羊羔偎着他，伸出粉嫩的舌头，一下下舔着爷的手。羊已七八只，俨然一小队，慢腾腾，摇晃着肥硕的身子。头羊弯着粗粝的角，走了，又折回来。爷扬了扬手。

不记得我们是怎样离开那所充满温馨记忆的房子，上的火车。最后的一眼，是否充满惆怅。在长春大舅、姨妈，以及二姑的新家逗留数日，开始往铁路返。

总之，爷的家没了。

火车即将开动时，二姑跳上列车，在车厢连接处，拉着我的手低声道："平，以后，爷去你家，记住，谁对你爷不好，你都不能。你爷最疼你，不能让他白疼。"她说时，泪流满面。我抱着茶杯，鸡叨碎米，一个劲儿点头，眼泪一颗颗往杯中落。

五

房子卖了五千五百元钱，当时的大数目。爷说，谁对他好，就跟谁家过生活。爸妈一分钱没要，妈存有私心，接了钱就要养老。妈说爷不好伺候，那日子没法过，宁可自己拉架子车。

爷暂住在长春二姑家，八平方米小屋，做饭也在里面。二姑两口子睡折叠沙发，中间挡个帘子，爷和他们的孩子睡床上。

对于享受惯了的爷，那种日子也许并不理想。

再次见爷，已是初二寒假，几个月工夫，像隔了许多年。爷已住在山东大伯家。爸带我途经徐州，深夜至那儿。清冷的公交站台，我和爸跺着脚，等待第一班早班车的到来。大伯是否去接，已然忘记。冬天，没有雪。天不亮，经过岗亭拿枪士兵的盘问，夹着一股寒气，敲开了二楼大伯家的房门。

开门的竟是大姑，室内灯光雪亮。有点像天方夜谭，她怎么会在这儿？我百思不得其解，惊喜且开心。人小，对地理位置认知尚模糊，感觉有些地方远似天涯。

后来得知，爷在此之前，走失过一次。或许言语不合，或许爷生了闷气，提着鸟笼子去了泰山。无人知晓他坐的哪班车，怀着怎样的心情，一个人瞅着窗外哗哗流淌的树木，来到泰安车站，再辗转泰山脚下，一步步登上玉皇顶。用了七天时间完成了一次无人知晓的出游，然后悄无声息下榻在市里的一家宾馆。

大伯家家翻宅乱，全院士兵和工作人员出动，找遍整个城市。连着几夜没消息，不得不拍电报回东北和给我们家。

就在大伯焦头烂额、极度失望之际，有电话进来。工作人员拿起听筒，对方指名道姓找大伯。工作人员道，首长，电话，态度挺横。大伯正心烦，接过话筒没好气道，找谁？你！对方简洁有力。你是谁？我是你爹。大伯想，这人不仅横，还骂人，正想发作，一拍脑门，哎呀呀！可不就是自己要找的爹。问明地址，连忙叫车去了宾馆。

服务员说，老爷子已在这儿住了两天，可有派了，进门，非要一间朝阳的房，让把鸟笼子冲太阳挂好，那鸟叫得可欢实。服务员拉开抽屉，引大伯看，一抽屉的钱。服务员说:"买饭,我们自己拿,剩下的钱,放回抽屉,老爷子看都不看。"那些钱,应是爷卖房的钱。

战士提着鸟笼,爷走在前,大伯跟在后。大伯搓着手道:"都以为您丢了,让我们好一通找。"爷背着手,头也不回哼道:"到了联合国,我也不会丢。"

我们去后,爸单位有事,当天就回了。那时大干快上,热气腾腾修陇海复线,职工家属,日夜加班,半夜还要扎钢筋、倒预制板。爸做材料,通宵达旦在灯下赶报表,噼里啪啦打算盘。与此同时大姑也走了。爷留我,大伯大娘也留。爸说,二十天后,他来接。

两室一厅的房,我和堂妹住一间,大娘一间。屋外走廊一大间,摆着三张单人床,住着爷、大伯和堂弟。大伯常开会,不落家。堂弟比我小一岁,那年读初一。他妈让他去开水房打开水,顺便带几个馒头。不知为什么,他提着壶在楼下,指名道姓,扯着脖子跳脚骂他妈。大娘在屋里急得团团转,嘟囔着这孩子咋就这么不听话,并没别的举措予以制止。只等儿子骂够了。

我帮她包饺子,海虹馅的。她夸我会做事,说,有这样的女儿该多好。又问我会不会踩缝纫机,我说可以试一下。见过妈一夜夜"突突"地给我们做衣服,换线梭子、上皮带,也见过爸修理,并非什么难事。我果真上缝纫机,"哒哒哒",给她跑了两双鞋垫。大娘很开心。她的房门永远锁着,是挂锁,有洁癖,儿女也不让进。一天到晚戴着白帽子，拿着鸡毛掸子，塑料花上蒙块布。缝纫机放在她卧室，只是个摆设。房里陈设简单，无非山东粗布蓝条被单被褥，外带几个柜子。

大娘是朝鲜族人，人漂亮，白净细嫩，大伯当年为追她，下了不少功夫。大伯在珍宝岛战役立过功，驻扎延边时，已是一名年轻军官。看上大娘的清秀，锲而不舍地给人家挑水做饭。部队临开拔，他装哭，感动了两条大辫子大娘的爹。结婚后，大娘随了军。

那些日子，大娘把我当成知心人，边包饺子，边述说她结婚时的一穷二白，没借到老人光，孩子如何自己带，如何生病，如何上幼儿园。不知谁寄来一件毛背心，几种旧毛线织的云云。说老爷子喜欢我们家，我在东北读了四年书。我至今记得，她说话时的委屈神态。她是个好人，温柔有教养。但若看到妈是如何把我们养大的，如何做事，便会明白啥叫不易。天下的媳妇，几乎都一样，多少年说着同样的话，挑着同样的理。她不知道我们没幼儿园上，上学条件差。新工地没建好，旧工地还没撤，常放鸭子，处于真空状态。先到地方学校读两天，等一年半载建好，功课早耽误了。这也是我回爷家读书的原因。

有次，大伯到郑州开会，途经夏邑，下了车。见妈干的活儿，红了眼圈。说妈太苦了，是老崔家的功臣。三个孩子教育得好，太匆忙，没给妈买个金戒指。也许觉得，老崔家欠妈一个戒指，黄金是对一个媳妇品质最好的承认。那件毛背心，我怀疑是妈织的，阿尔巴尼亚针，我也有一件，人都说漂亮。妈说她没织，自己穷，十多年没和人家来往。

大娘倒是真心待我，见过不多的几面，曾冒着烈日，骑自行车给我买过一件果绿色柔姿纱上衣。亲切地唤着平，平。怠慢几个姑，有个姑父从东北风尘仆仆到那儿，她正在厨房切菜，听到敲门声，开门拿着刀，胳膊撑在门框上，说你哥开会去了，便关了门。

姑父瞅着门发愣，转头去了旅店，又转头回了东北。

她和爷不大讲话，但也不可能拌嘴。爷更不会，多半待在自己房中。我在时，见爷自己弄盆水，蹲在地上，闷不作声揉着衣；或像根柱子，一动不动望着窗外，一站就是一上午。窗外除了苍灰的天、冬日枯枝在寒风里瑟瑟发抖和几个新兵在雪地里来回机械地迈着正步，什么都没有。

爷有气场，顶天立地。

大伯家铺着白瓷砖，卫生间里放着苹果，海鲜一麻袋一麻袋总有士兵扛来。二楼走廊对面是放映厅，一天到晚，国内外电影不断。其他房间灯火辉煌，打乒乓球、台球、下象棋的，丰富多彩。

那样的生活真不错，如果爷能在那儿安静地待下去。

他家有两台洗衣机，大娘和堂妹一台，堂妹那时还小，上小学一年级，大娘只给堂妹洗。大伯和堂弟一台，大伯领口油腻的白衬衣，搭在爷房间的椅背上，一搭许多天。

大娘说，让大伯自己洗，锻炼身体。

暖气太热，我喉咙疼，爷慌了，非叫大伯带我去看。

不知为什么，大伯从济南开会回来，在厨房和大娘吵了起来，不知是做饭做晚了，还是有什么不对。大伯先发的火，大娘回了嘴。大伯把黑炒锅"哐啷"一声，扔在地上。

大娘把自己反锁进卧室，三天没吃饭，用绝食抗议。大伯让我去喊，我端着饭，没敲开。晚上，大家睡下后，大伯在门外，低声下气喊着桂槿，桂槿！央求着开门，屋里一点动静都没有。那几天的饭是从食堂端的，还是大伯做的，已记不得，总之家里静悄悄。后来大娘单位来了几个人，把门敲开，在里面低声劝着。

爸并没来接我，我已很想家，瞅着窗外吧嗒吧嗒掉眼泪。爷来回踱着步，忽然要走，不容分说，说走就走，刻不容缓。

小车子直接开到站台，战士没买到票，和列车员说，上车补。我和爷站在拥挤的走廊和大伯挥手。随着列车开动，大伯穿着军装的身影渐渐倒退。

六

到餐车补了票。到济南，有卧铺腾出，爷说买一张卧铺票。我说别买了，九个小时，站一站就到了。爷说他站不起。1982年，爷七十岁，瘦高，长脸，雪白的胡子，腰板直直的，穿着腋下系扣的黑棉袍。羊羔毛里子，爷的衣服能立起来。

卧铺票十元钱，车厢宽松。我和爷对坐在小窗前，瞅着窗外冬季沃野千里的枯槁景象，对爷说，家里条件差，不能和大伯家比，只一间半房，会受苦。爷说不怕，也许他觉得二儿子家再差都是好的。到了徐州站，停车十五分钟，他非要给我买火腿肠。我不让，他气喘吁吁跑下车。我隔着窗玻璃，看他在站台上，朝相反的方向跑去。我跑到车门口等他。不大一会儿，他抱了一大包火腿肠，一级级踩着踏板往上爬。十五元钱的，他放到小桌上，胸口起伏，喘着粗气。

天黑了，他让我睡，自己坐着。然后一老一小，靠着打通腿。黑黑的车厢里，外面照进来的光明明灭灭，火车呼咚咚，又无声无息。半夜到的砀山，在那个寒冷狭小的候车室，爷急切地来回踱着步，问还有多远。也许寒冷，也许他太向往我们家。

倒了一列慢车，到夏邑已是凌晨两点多。我领着他走在寂静无人的土路上，扑腾扑腾的脚步，像走在真空中，快而兴奋。约二十分钟，进的家属院，一家挨一家的平房，静悄悄。中间是条宽路，水泥电杆燃着两盏斗笠状绿铁皮路灯，于寒夜，散发着幽冷的光。

我把爷带了回来。

爸妈开的门，异常惊讶。若干年后，我问过爸，那次是想把爷接到咱家吗？他说没那打算，铁路单位流动，不稳定。

爷站在地中间，环顾四周，说，这不是过得挺好的吗！妈干净，爸讲究，家里纤尘不染，写字台、五斗橱、沙发、墙上的字画，还是齐全的。两把靠背椅，妈用雪白的布做的套，接缝处绲着牙子。沙发是自己打的，买的弹簧，包的粗帆布，帆布上的白沙发套掐着荷叶边。红砖铺地。爸妈把大床腾出来给爷睡，他俩在仓房支了张小床，做饭也在那儿。我和俩弟住小屋。

第二天，爷掏出九百元钱给妈。妈没要。

爷像小孩，过得不亦乐乎，趴地下，和一群孩子扇啪叽、弹溜溜、挖坑，一身土一身泥；或背着手闲逛，到市场买回一对画眉，挂棚下，啾啾叽叽，叫得左邻右舍春意盎然。又想到鸟之苦，囿于鸟笼，每天上午训练放飞。鸟不回，他发动一家属院小朋友帮着找。许诺一人一张电影票，院里满是欢腾奔跑的声音。日头暗了，鸟还未归，孩子们被家长叫回去吃饭。天色清冷，爷仰头痴痴地望着，想往回走，又踟蹰着停下。鸟是自己回来的，在天没完全黑透、爷即将进屋之时，扑棱棱，一个猛子扎向窗户，掉落在地。它那么急切，也许在旷野玩疯了，但识家，在密密麻麻、一模一样的红砖瓦房中，能一眼认出。

第二天，爷领着一二十个孩子，提笼架鸟，到车站旁的影院看电影。小弟不苟言笑，白愣着眼，嘟囔着，钱都给别人花了。

春节，妈给爷买了新秋衣新秋裤。爷买了一堆小炮，放在火墙上，半夜火星四溅，噼噼啪啪，惊醒了全家的梦。

好景不长，一天听到妈在仓房嘤嘤地哭。继而把门插起，爸妈在里面低声吵架，又"噗噗噗"地扭打在一起。因为爷，具体原因不得而知。也许太知道妈的苦和对这个家的付出，我站在门口，抹眼泪，提着炉钩子，想进去帮妈，被邻居拦下。邻居拍着门，喊爸妈的名字，门是妈插的。弟若是被别人欺负，我也会抹眼泪，但真的加入"战争"，却很难。

我在商丘市住校，星期天回家，心里不免怨爷。也许因为伙食，也许因为言语。爸是孝子，自爷来后，每天给爷打洗脸水、洗脚水，试好水温，端至床边。站旁边伺候完，再端着倒掉。

爸平日不做家务，即便下班，也是一杯清茶，一张报纸，搬个板凳坐在门口，等妈扛着铁锹回来做饭。家里洗涮爷和我们换下的脏衣服，都是妈用手一样样完成的。

妈常半夜卸火车皮，抓阄，两人一节，谁先卸完谁回家。关节磕碰是常事。现在妈的手骨节也非常大，妈说，是卸火车皮砸的。爸说，你哪受了几天苦。可那样的事，想起来都怕。有火车皮卸，妈自然兴奋，钱多，一次几十块。平时上班，一天一块二毛六。干部、家属抢着卸。

夜里十二点多，妈背着军用水壶回家。我起来，见妈土土攞攞，站在外屋，端起搪瓷缸，咕咚咕咚喝水。顺着裤管流到鞋面的经血，已干巴，硬硬的。我捂着嘴，差点惊呼出声。妈连连摆手。干活太累，手中的活又不能停。

有次，妈差点没死。刚"哗啦"一声打开车门，还没爬上车厢，临轨一列火车"呼"地开了过来。妈没处躲，紧贴着车帮。火车呼咚咚，擦着鼻尖。

妈只八十斤，小手小脚，人说风都能把她吹倒。在我的记忆里，妈从没病过，也没说过自己的苦与累。

我写了作文，长长的铁路线，无限延伸着，延伸着……写时，滴了几滴泪，老师说好。放在寝室床头，被其他学生看见，又滴了几滴泪。大家传阅，泪摞泪，纸都憔悴了。内里还写了妈半夜给我织毛衣，我想要个新式样，妈又织成高领的，我不高兴。妈没见过我说的同学父亲给她从北京买的式样，不得要领，又贪黑改。

妈很聪明，织钩绣，写信，辅导我们功课，剪小人，画画。很多东西，一看便会。妈一直在大城市读书，并且就业，赌气回的郊区，把自己的年龄耽误大了。

爷有爸护着，而妈，我是要疼的。爷在那儿住了半年，咋走的，是爸送走的，还是自己走的，我不知道。风萧萧兮易水寒，爷的落寞可想而知。爸说，你爷想来，买张票就来了；想走，买张票就走了。但那时，得倒几次车，在北京逗留一天，三天后方能到家。爷孤身一人，咋想的，又能去投奔谁？

七

再次见爷，我已读高一，依旧住校。暑期回去，他住在我们家，是爸接来的。家已搬至新乡一带，爸单位和大桥局一起修黄河大桥。爷又买了几只鸟，挂在院中。天晴时，九十点钟，一串串啁啾。鸟语花香，把阳光叫得白亮亮，经过之人，无不驻足赞叹。

大弟也住校，暑假我和大弟回家后，房子不够住。爸在前排要了一间房，小弟陪爷住。小弟那年上小学四年级，看不惯爷，不和爷说话。爷与邻里相处极好，彬彬有礼，和蔼可亲，有种玉树临风的派头，人都说他仁义。

小弟告状，说爷收养了一个野孩子。每次吃完饭，不是在筐里拿两个馒头，便是顺两张油饼，给那孩子吃。买了十几只羊，放那孩子家养。一只羊，每月两元钱，十几只就是几十元。

电风扇呼呼转着，油毛毡铺的地面有水渍。旁边的面包房，热烘烘烤着面包。在爷房里，我见到了那个黑不黪、浑身是泥的孩子。瘦得两只大眼睛来回转动。他后妈待他不好，打他，让他睡柴房，他吃不饱，饿得皮条条。

爷去给那孩子买面包。

小弟说，爷对那个孩子，比对我们好。

我见过那群羊，夏日傍晚，那孩子拿着小棍，赶着从门前土路，橐橐橐，灰尘四起，奔腾而过。爷背着手，跟在后。那血色夕阳，悬挂在羊群正前方。我木然望着，直至他们的背影融进去。

妈通常凌晨四五点钟起来蒸馒头，再去上班。中午回来，炒两个菜，热一下，便完事。母亲上班一走，爷便打开院门房门，馒头一个不剩拿去喂羊。把面粉提走，倒进大盆，加水，拌上大酱，给羊喝。一袋面粉几天就没了，妈做的两坛黄豆酱不到一个月也见了底。

做酱很麻烦，买豆子，淘洗，蒸煮，捣碎，做酱坯。用牛皮纸包成方砖，在仓房房顶晒。再掰碎，搅拌，发酵，封缸，非常漫长。妈年年做。我们住校，妈用瘦肉或鸡蛋炸酱给我们带。妈也做糖蒜，腌一坛子一坛子的咸鸡蛋、蒜茄子。

爷喜滋滋对爸说："玉亮啊！你知道羊爱吃啥？馒头那是一口一个，白面大酱汤，喝得吱吱的。"爸是孝子，听了并不言语。妈把馒头、白面锁进柜中。那户人家并不放羊，羊饿得东倒西歪，站都站不稳。

爷急，怄气，先是不过去吃饭。我和弟把饭端过来，他也不吃，一门心思唉声叹气；或背转身躺在单人铺上。我叫爷，他只微弱地"嗯"着，语调里满是悲伤。有时晚饭端去，中饭还扣在桌上。

多年后，想着爷背朝外的沉默睡姿，住着简陋公房，比起我儿时，他盘腿坐在自家炕头，摩挲着暗紫葫芦，叼着烟斗，喝茶聊天，看《参考消息》的情景，我都很难过。

每天邮递员，丁零零，喊声"崔老爷子"，从绿色邮包，拿出报纸；送奶的把奶瓶放在窗台上。

儿子家，也是别人家，看到妈挂的锁头，爷是否惊心或猛醒？

搞这些外五六干啥，没正事，妈抱怨。你管呢，他愿意。他是我爹，想干啥，依着他，不就得了。

他俩背着大家生气，把院门锁起，在屋里闷不作声打仗。我在院外喊叫，又惊动了邻居。

爷要去新乡玩，手里钱不够。爸每月二百七十元工资，1984年也算高工资，关饷当天，全给了爷。爷玩美了，住旅店，下馆子，逛景点，进戏园子。一星期后，风尘仆仆归来，只剩下两元钱。

进院已近黄昏，拖拉机卖剩的西瓜，还有小半车。爷二话不说，全包了。卖主扛到他房中，倒进大盆，余下的滚一地。当晚，那个小孩带着一群小朋友来看爷，抱的抱，吃的吃，很快就没了。小弟阴着脸说，没吃到一牙。其实，爷给他吃，他也不吃。我对爷也逐渐淡漠起来，难以描述当时的心情，满眼是风，千疮百孔。

现在想来，那个没妈的孩子，不会认为爷不对。钱去了还会来，没有比生命更为贵重的。在那些孩子眼中，也许爷是上天派来的使者。但那时，我和大弟等着家里的生活费，爸交不出工资。妈再好，那样的日子也是不愿意过的。家里能过好，大半源于妈的勤劳。

十一，我搭解放车回家，爷依旧在。我和他已相当陌生，极少说话，爷也闷不作声。我走时，半晴不阴的天。他在路上等我，背着手，穿着那件茶褐色鸡心领毛衣，油润的脑门，戴了一顶鸭灰色前进帽。依旧瘦高的个，只是背竟然有点驼了。

我没喊他，低着头，拎着一网兜物品。爷欲言又止，伸出手，或早就在手里攥着一卷钱。他赶着递过来，若我接了，叫声"爷"，他一定会很开心。

但没有，我几乎看都没看。他捻开，三张十元的，一张五元的。他嗫嚅道，平，平，带到学校用。我木讷地转向他，摆着手。

小时，在北方那个小城，我"爷、爷"的不离口。一次上学晚了，穿上棉猴，掀起炉上冒着热气的锅盖，拿起馒头就跑。边跑边吃，路上的雪一层摞一层，踩得"咯咯"响。我忽噎住，捂住胸，停在那儿，估量着离学校还有一大半的距离，便往回跑。跟头把式进了胡同，四周白茫茫一片。我呼着热气喊着，爷，爷，爷！推开大门，竟好了。遂掉头，往学校跑。爷穿着毛衣走出来，站在挂满冰溜子的廊下招手，问，咋的了？我回头说，没事。他穿的便是那件元宝针的茶褐色毛衣。

几年后，我成了大姑娘。

这次我头也没回地走了，丢下他一个人站在路上，望着我的背影，手一直伸着。

那是一条土路，上面是还没落成的黄河大桥，一连排粗大桥墩。不远处是呜咽悲鸣的黄河水。

我一边走，一边抹眼泪。

爷哭没？我不知道。

那次是永别，我再也不曾见他。

八

接后两年，听说爷又去了大伯家，倒腾过大葱、粉条，一火车皮一火车皮发货。有赔有赚，赔得惨痛时，到处租仓库，一堆堆烂掉。

大伯抱怨他难伺候，鱼眼睛窝下去，便说是死鱼做的；糖醋排骨得请厨师单做。

一次，爷去山东，下车就病了。大伯把爷送进医院，爷作得乌烟瘴气，大伯受不了，给爸拍来电报。爸在商丘，放下手中的活儿赶去。爷安静下来，但爸不能总待在那儿。爷出院后，赶上春节，想三个女儿，又闹。大年三十晚上，吵着要吃带圈的面包和烧鸡。

大街上冷冷清清，店铺全部关了张。黑灯瞎火，大伯买不到，把文化站的工作人员撒出去，找带圈的面包和烧鸡。夜里十二点，找到卖主家，开了铺面。

过完年，爷感冒，闹着回东北。站台冷，大伯解开自己穿的军大衣，给爷挡风，把爷交给卧铺车厢的列车员，嘱咐到站叫他。又给大姑拍了电报。爷吃了感冒药，昏沉沉，一觉醒来，已是终点站哈尔滨。这种情况，属"漏乘"。爷不依，找到列车长，列车长派专人把爷送回德惠。

下车后，爷拄着拐杖立在站台，又用拐杖指着站得溜直的姑姑、姑父问："咋不来接我？"老姑道："挨个车厢拍了喊了，都急死了。"爷说："那咋不把火车围起来，还让它开了？"老姑父小声嘟囔道："爹！那得一个加强连呢。"

爷不再言语，大家簇拥着他去大姑家。那个车站，是俄国人修的，典型的几何形黄房子。爷年轻时，被抓去给俄国人和日本人扛过包，磨过洋工。早年家里做粮生意，在那儿卸货上货。

爷大部分时间住在二姑家。房小，依旧是鸽子笼。他养的八只鸟，一夜间，被猫吃得精光。爷发现时，只剩下一地鸟毛。他两天没吃饭，蹲在地上，吧嗒吧嗒掉眼泪。二姑那时穷，没钱给他买。我家离得远，不知道，即便知道也不会买。一只鸟很贵，"白玉"20世纪70年代便五十元一对，是爸一个月的工资。

我除了上班那年给爷汇过两次钱，每次五十元，再也不曾寄。

一直觉得爷很有钱。

二姑说，你爷捡过破烂。我一惊。

"有段时间没钱，你爷想买鸟，想听戏，到铁道边捡废纸盒子、钢筋头，堆在房山头。邻居有意见，你二姑父好脸，劝你爷，你爷不听，骂你二姑父。没办法，把你大伯喊了回来。"

爷起先在保险公司上班，后来在邮局。妈说，爷懒，不务正业，好好的工作弄没了。老姑说，爷嫌挣得少，为给奶治病，辞职学的手艺，是八级油漆工，一天赚别人一个月的工资。

我在老家四年，几乎没见爷做过事，偶尔有人来请他划玻璃。玻璃刀上的头是钻石的，按刀算，一刀两毛钱。爸也会划，用游标卡尺量好，刺啦啦，一条白迹。按住一边，一掰就开了。大块玻璃用刀背挨着白迹轻轻敲，再掰。技术活，划不好，便作废。

爷当保长时，文化人挨斗，没吃的，爷半夜偷偷去送粮。人家念旧，过后年年来拜年。

老姑说，她睡醒一觉，爷还坐在炕头，给她缝棉裤，两手扎得血糊汤流。"你妈的活儿粗拉。"说完她又怕我多心，干笑两声，补充道，我淘气，不粗拉，也开裆。

妈嫁过去时，老姑只有九岁，洗衣、做饭、挑水、哄孩子、做棉衣都是妈的事。原来请人挑水，一担水两分钱。

爸说："那你说的，谁敢挑，大黑井沿子，一层层的冰溜子。坡陡，人都站不稳，掉下去咋办？"妈低声道："那我就不是人了？"爸顿时无语。

九

奶十六岁嫁给爷，老实窝囊。爷打她，一脚从炕上踹到地上。爷做过不少生意，做烧鸡生意时，奶一夜夜在灯下，用镊子拔鸡毛。赚的钱，爷听戏下馆子，花得精光。

奶三十多岁患了肝腹水，加之一只眼失明，境况惨痛。先是在德惠住院，后转至长春军医大。爸入路后，奶住进长春铁路医院，一待就是六年，自老姑三岁起，奶就没在家过过年。

爸工作后，三十六元基本工资，外加每天五毛七的流贴，共计五十多元钱。自入路，雷打不动，月月往家汇三十元。班长是河南新郑人，姓高。有次，大姑一个月收到六十元汇款，在 1965 年，是个不小的数目。奶病危，家里拍来电报，爸回去，大姑问起这事。爸纳闷，回来问班长，班长承认是他寄的。爸后来还了。

有次爸邮了四十五元钱，爷当晚进了戏园子，回来和没事人一样，洗洗躺着睡了。第二天，大姑要去长春给奶送生活费。爷左掏右掏，发现丢了。大姑急得直哭，末了管邻居借钱去的。

大伯心疼奶，忘不了爷抽鸦片的日子，把家中东西当光。最后半袋米，爷回来背，奶哭着上前扯着不放。爷穿着大皮鞋，一脚把奶踹在地。大伯说，连国民党兵都不如。我说爷好。大伯道，你不知道，我妈苦，你奶的病是你爷气的，眼睛是哭瞎的。

为补贴家用，大伯十三岁放学后，做货郎，走街串巷，卖针头线脑。他看不惯爷，和爷作对。爷打他，追着打。爷不打爸，一次都不打。哥俩打仗，只要爷发现，就揍大伯。

大伯跑了，躲到四平他四叔家，又辗转当了兵。爷不知道。失踪几年，待大伯回来，已是一名军官；再回来，带回来一个天仙似的媳妇。老姑八岁时，奶已住了五年院。二姑患大叶性肺炎，也住在长春铁路医院。大姑在那照顾俩病人。家里每星期三，往长春送钱送东西。爷得留家赚钱。有次，爷炖了一饭盒肉，让老姑提着，另揣二十元钱，搭早班车去长春。没棉鞋，老姑趿拉着爷的大头棉鞋，下了火车，没见到大姑，打听着往医院走。

找了一天，才到医院。医院已下班，住院部的大门关得死死的。她坐在大门口的石墩子上哭，一名穿白大褂的医生问咋回事。她说，来看妈，妈住在住院部。医生把她领到住院部，护士问奶的名字。老姑说，叫马桂珍。护士查了几遍，说，没有啊，这孩子是不是记错了？老姑说，就是长春铁路医院。医生又问，你母亲还有别的名字吗？老姑犹豫道，我妈还叫崔马氏。护士一听，笑了，早说呀，崔马氏谁不认识？在这儿住几年了。

老姑怕丑，氏，已是封建社会的渣滓。大姑没接到老姑，回来又不见人。奶扶着床，急得直埋怨。

奶是 1966 年走的，死在医院。大伯拍电报回来，嘱咐火化。

十

爷在老姑家住过，老姑住婆家，很尴尬，等于把爹也带了去。爷永远不会想到有这一天。老姑、老姑父恋爱时，他横加阻拦，用皮带抽老姑。老姑自杀，差点要了小命。

在老姑家住时，爷自己一屋。冬天烧火炕，不会烧，半夜凉了，冷，把老姑喊起来给他发炉子。最冷时，零下十几度，谁也不愿意爬出热被窝。老姑说："得忍着，那是自己亲爹，要是婆婆，早不干了。"

老姑父会来事，爸长爸短，叫得顺畅。短住可以，长住怎么都不对。

大姑家不能待，人家有婆婆，是婆家的房。公公在伪满时便是铁路员工，有点历史背景，后来自杀了。婆婆健在，坐在炕头，细皮嫩肉，很有范儿。爷只能做客。大姑的婆婆走后，爷去待过。大姑父和他大儿子不和爷说话，说爷半夜不睡，挂着拐杖，踢了趿拉，唱京剧。寂静的院落，只他房里燃着灯，影子映在窗口，高声唱着："刘备本是靖王的后，汉帝玄孙一脉流。"抑扬顿挫，悲壮的唱腔，在漆黑的夜色中，飘得很远。

《甘露寺》，我儿时趴被窝，常听爷唱。"当阳桥前一声吼，喝断了桥梁水倒流。"说的是张飞。爷站在地上，边做手势边咿呀，还有《四郎探母》。

俄罗斯房，地板厚，用枕木铺的，上面刷红漆，敲起来咚咚咚！

大姑说："爹，你看，我上了一天班，挺累的，咱能不能别敲了，白天再唱。"爷拎着拐棍骂大姑，骂他们全家，谁也不敢吱声。

"你站在这儿，看着我死。"爷喘着粗气，罚大姑站。大姑贴着墙根，站得溜直，一站就是一两个小时。爷的冬天不好过，上不来气，嗓子响得像小鸡。

爷吃葡萄，把葡萄皮吐得满地都是。他们说爷白天也不上厕所，用痰盂在屋里大小便，气味难闻。俄罗斯房最早有浴室，浴缸马桶一应俱全。大姑父家接手后，给砸了，变成卧室，以便多住人。

爸说，那厕所谁敢上，我也不敢。冬天都是冰溜子，滑溜，两块板撑着，又深。

爷让大姑的两个儿子帮他放羊，大姑嫌耽误学习。爷用拐棍追着打大姑，大姑父生气。

爷罚老姑站，别动，你给我站住！得了吧，老姑掉头就走。

爷住二姑家，夸儿子好。二姑说，那你找你儿子去。爷使气道："死，我都死在儿子那儿。"

老姑也说爷骂人，我没听见过，也没见过爷老态，挂着拐杖的模样，甚至怕想他的无能、孤独，趋于衰老的可怜。

儿时，他带我下馆子，扬手挑起门帘，油腻腻温暖的热气扑面而来。跑堂的穿着油脂麻花的白衣服，端着盘子，来回穿梭。焦黄的锅烙在锅里嗞啦啦，大平底锅，比圆桌面大。几个人围着，猛地揭开盖儿，热腾腾。外面，雪落无声，粗粝的饭桌前，坐着我和爷。锅烙，咬一口，满嘴流油。爷仪态端正，有模有样，人喊他"崔老爷子"。他没亏过我的嘴，想吃啥几乎都能吃到。

我和爷去粮库旁的铺子买煎饼。厚厚的，软软的，很有质感的煎饼。带几根肥厚的油条，打一壶豆浆。里面人影幢幢。

现今那些人去哪儿了？估计都像爷一样，老了或不在了。

十一

儿女家住不好，三个姑征求爷的意见，给他找个老伴。那年爷七十多岁，老太太更大，比爷大七八岁，是三个姑从敬老院接出来的。老太太一辈子没生育，五保户。年轻时，是名司令的三姨太，司令死了，她流散，嫁过人，依旧没生育。男人走后，剩她孤身一人。是姥那头的亲戚，妈叫六舅母，但这事，妈并不知道。

大姑在铁道南给爷租的房，离她那儿近，置了家具物事。老太太背不驼，腰不弯，干净漂亮，看着比爷年轻。

大伯给爷买了电视机、洗衣机，放大姑那两万块钱，让大姑按月给爷发生活费，用完再说。承诺老太太把爷伺候走了，给她一万元酬谢。20 世纪 80 年代中期，一万元算个可观的数目。

老太太给爷端茶、倒水、洗衣服，爷做饭老太太在一旁拿盐递油。老太太硬实，推着板车给大姑家送缸，两个外孙出来抬，发现爷一伸头，坐在里面。

大伯回去，在爷那儿打地铺睡，给三个姑买了皮衣服、金戒指，说她们辛苦。半夜两老削苹果，一个说，你先吃；一个说，你先吃。这样的日子，平稳地过了七年，爷没去任何子女家。

姑们说老太太落了不少钱，爸说，照顾了咱爹。爷打针输液，看戏搓澡。一个澡十元钱，连搓带剪脚指甲，再在那儿睡会儿。

老姑冬天发的两吨煤，一车车给爷推去，一点不给婆家留。春节发肉，剁成馅，团成团，排骨剁块，老姑父用篮子一起挑去。冬天，滑滑溜溜，经过高高的天桥，在爷那儿包完饺子再回去。剩下的放屋外缸中，东北冷，冬季零下十几度，属天然大冰箱。有年，大伯和爸妈他们回去看爷，鸡鸭鱼肉满满一缸，冻得杠杠的。

爷坐在炕头和老太太摸牌，一人抱一把，见大伙进来，忙倒在床上哼哼："你们咋才来看我？我都不行了。"随后又高兴地坐起来，让老太太拿冻柿子、冻梨招待大家，又嗔小了。老太太道，早起化的，又连忙到外面缸里拣大的。

妈说，不给不给，逢年过节，得表示。一年不寄不寄，也要两千多元钱。回去，也得放点，不照顾老人，再不邮钱，不像话。家里并不宽裕，我、大弟、小弟相继结婚，妈的秋裤裤脚烂得一条条的。我回去见了，要给妈换。妈说，怕啥？在里面，别人又看不到，棉的，舒服，旧了更舒服。

大姑曾来信，让爸给爷邮茶叶。爸拿回信，妈回的信。

1985年，建家属基地，集资，一户人家一千五百元钱。爸妈没钱，我们在读书，爸回了老家。爷说，他有，二话不说，领着爸去找大姑。说，玉芹，你拿一千五百元钱，给你二哥带走。大姑回身，便拿了出来。

大姑在火车站上班，家里开着旅店。院子里陆续建了一二十间房，离火车站近。爷对爸说："那些木料被他们老王家用了，卖房钱放她那儿，你哥给的钱也放那儿。你哥有钱，不要，你得找她算账。"

爸当没听见。大姑说，爷会花钱，几天就挂着拐杖来要，她贴了不少。

十二

老太太对爷说，我走了，照顾不动你了。爷恋恋不舍，留别人，别人还是挎着包回了敬老院。

爷抹眼泪，送人家去。八月十五，又买了水果和月饼，去看人家。两人坐在亭子里说话，爷掰开月饼喂老太太吃，然后洒泪而别。

大姑把房退了，东西拉回家。爷住到大姑那儿，又闹着去长春二姑家。到长春第二天，又吵着进敬老院。

大伯赶回去，联系了一家部队疗养院，一个月二百七十元钱，是长春最好的敬老院，有专门的护士。费用大伯出。我那时每月工资也就二百一十七元钱。

爷收拾了一个小包，带着一股火，住了进去。每天坐在大门口，隔着大铁门，巴望着子女去看他。第四天，发高烧，二姑父给他送进了长春铁路医院。

爷持续发烧，大口大口吐血。病情加重。三个姑轮流照顾，夜里住附近的小旅馆或在病房打地铺。死冷寒天，窗外大雪无休无止，零下十几度。20 世纪 90 年代初，医院条件差，边搓衣服，边上冻。

大伯说，老爷子想吃啥穿啥就给他买，想咋治就咋治，钱不用担心。隔几天，便汇去一笔。

爸回去看爷，爷很开心，买的包子，爷一口气吃了好几个。爸带了一千元钱，大弟的小孩才出生，妈走不开。爸住店吃饭，开销一部分。单位去电报催他回来，工程等进度。爸不能再待，给爷放兜里五百元钱，两盒阿诗玛烟。剩五元钱，往回返，在北京倒车要待上一天。铁路单位免票，爸两天没吃东西。到家，妈说他笨，管他们借点，回头邮去就是。

那五百元钱，爷贴身揣着，谁都不给。两盒烟一根不抽。女婿在那儿照顾，半夜没烟了，爷也不往外拿。时不时掏出来，贴在鼻下闻一闻，放回去，再拿出来闻一闻。儿子买的，爷对医生、护士、病友炫耀。医生逗他，老爷子，给一根。爷只是摇头笑。

爷昏迷后，大姑给爷换了身老衣服。滑溜溜，紫红缎子，新棉花。两盒烟也揣了进去。

爷醒了，喜欢，一把一把地摸，说，我要走了，你四叔来叫我了。没知觉后，也不咽气。老姑来后，握着他的手，他在老姑手心抠了一下，意思是我走了。他在等老姑娘。

爷死的那天，长春大雪封城，下了一尺多厚。大伯那头打的电话，爸这头拍的电报，回去迟了一天，只看到没炼透的骨头棒子裹在爷的黑袍子里，老姑抱着，埋到祖坟黑坎子。

那个老太太又活了几年，九十四岁走的。

爷走后，每家依旧留下他的鸟笼子，春天来时，啾得好听到忧伤。

妈说，你爷就是个小孩，没正事，市中心带院子的房说卖就卖了，搁现在得换多少套。

我想的却是，一个人的晚年，得守住自己的家，哪儿都别去，孤独就孤独着。

爷没了，对大家是种解脱，姑们不用再照顾他；妈也说："咱家可算晴了天。"

大弟从爸妈那儿回来，落我这儿。我忙着做饭，他立在厨房门口说："爸说，爷想你，走时对姑说，让平回来，让我再看她一眼。"

我停下手中活儿，抽泣起来，继而呜呜滔滔。爷走了，我连对他好的机会都没了。

十三

十年后，大伯也走了。六十多岁，脑出血。晚上还兴高采烈地与爸通话，说退休后，部队在北京二环给了房，弄好后请我们全家十一口到那儿住上一两个月。第二天早上五点，表弟来电话，说夜里去了。那是大伯最后的一个电话。

我和爸还有大弟，去的北京。301医院殡仪馆的化妆间静悄悄，大伯脸色乌紫，面相和爷一样，躺在巨大的案台上，肚子挺得像小山。爸弓着腰，低声唤着哥。我走近，又退着跑了出去。

大姑是她儿子背去的，五十多岁的人，已不能走路，类风湿。

大娘晚年得了抑郁症，在女儿和儿子家辗转，最后撒手人寰。

表弟把日子过败了。

表妹信了佛，要爷和奶的出生地和出生年月日。

多少年，我梦见爷，一遍遍喊着他。一趟趟回老家，要给他买东西，翻遍荷包，一块块的纸票，还有几个硬币，凑起来，才二十元钱。我想给他买两碗荆沙扣肉，走过泥泞的菜市场，却怎么都走不到。待急醒，茫茫然瞅着放亮的天光或窗外凄寒的夜色。

想起我那没见过面的瞎奶，心也是疼的，怎奈人没有来世。

前几年，我回去找过那个胡同。

那些立起的横七竖八的青灰高楼，让我怀疑是任何城市、任何街道上的住宅，有着相似的面孔与符号。那个我梦里不断寻找，记忆里依旧熟悉清晰的胡同已然不在。也让我明白，有些地址只存活在记忆的版图上。

就像风刮过的土地，什么都不曾有。

时间，像黑黑的粗糙的管道，有雪花在爬。

每个老人，是不是都需要别人收留，就像爷当初收养的那个孩子，是对我们的绝望。

不开就不落

一

看到留言，已是几天之后。

洛哥写道：

方才 QQ 提醒与你相识已九年，让写上几句纪念的话。首先说明是 QQ 的提醒。我们相识不止九年，十九年也不够，再不能说更接近的了，不提是不想提醒我们的年纪。那时还没 QQ，直到我们分别不方便相见时，呼机、手机、电话什么都没有，于是有过一段往来的手书。你的字里行间，藏不严的诗情外泄，文字美感婷婷在纸笺之上。

不经意间，望见你向散文幽远的路上走着。荷将开时，尖角似笔。你用的笔名，让我叹了一口气，不开就不落，悄悄地当着读者。再不能见面的岁月，是 QQ 让我们时而知道彼此在哪儿。有段时间 QQ 里见不到了，我知道即便哪儿都见不到，也不会相忘，一定的。因为不是 QQ 说的九年，QQ 里只看你的文，早年黎明翻墙晨跑，那个月也很特别，后荆楚大地初读手书也属小众。写上几句吧，是为纪念，谢谢QQ。

这是他的原文。

隔着屏，我差点错过这条信息，就像错过许多苍茫无垠的岁月。

我回道："常在微信，这边极少来，来只贴下文。精力身体都有限，不知不觉就老了。那时，写信的只你和珂，十八岁，孤单的年纪，尚无法强大到支撑自己。从珂那取过手书，大多销毁了。字也不好，人又单纯，又喜欢说，像走了一段很远的路。想来自己是愚钝率性，随心所欲，不会规划的……"

我噼啪打着，眼泪竟不断涌出。家里很静，只有我指尖碰触键盘发出的清脆的打字声。

二

想一想，我们已相识三十余年。

那年，我才参加工作，一辆解放车拉着我的铺盖行李，以及几本有限的书，顺着一条土路，开进一座两扇大铁门的院落。夏风习习，落日的余晖挂在红砖瓦屋的墙顶，像幅精美的残图。

两个女同学先我到那儿。那排房空荡荡，我们三个女生住一间，右边是广播室，左边是画室，放着笔墨纸砚和颜料。阿榛告诉我，有个极好的，叫洛哥的人，常于此作画。

那时的夜极静，月亮像枚古老的银饰，别在深邃的夜空。星河浩瀚，仿若上古深渊。中原大地干燥的风，吹拂着我们年轻的脸，也吹拂着这片在荒郊野外搭起的建筑群。基层铁路人是动态的，蜗牛般背着自己的行囊，蠕行在大地上。又似一支庞大的乐队，带着自己的七音八律。

没有一个乡人，只有铁路人于此喧哗，又井然有序平静地劳动。

两个院子，一处家属院，一处段机关。年轻幼稚的我，竟不记得所修铁路线的名称。

十八岁，仓皇，净直如莲蕾的年龄，多少有点叛逆任性。报到没几天，便开始后悔被自己荒疏的学业，给家里写了封长信表达重读的愿望。不愿求人的父亲挖门盗洞，把我塞进一所升学率高达 80% 的重点高中。

一辆吉普车卷着尘烟，拉着父亲的上司、父亲还有我来到校长室。

我插班到高三，寝室逼仄，与当地一名女孩颠倒睡。铺很窄，翻身都困难。她们一袋馒头，一瓶咸菜，便是半个月的伙食。虱子在女孩鬓角，顺着发丝窸窣上爬。第二天清晨，我没进教室，便跑回了家。

很惭愧，我不能吃苦。

一个月后，又回去上班。

三

时间进入秋季，起了凉爽的风。

下班路上，一排砖房前，挂着一件黑白条纹的高领毛衣，像面小小的旗帜，在高高的铁丝上滑来滑去。阿榛说，是洛哥的。第二天、第三天都在。阿榛又说，洛哥出差了。衣服不在时，证明主人已回。

此之前，没注意过他，阿榛开朗友善，和谁都亲近。我常画地为牢，待人接物有几分生涩木讷，人熟了，方有话讲。

见他时，已是十一。季节像朵饱满的白菊，晶莹剔透的夜色里，弥漫着月亮的冷香。食堂大厅灯火通明，里面有两桌乒乓球比赛。我往里走，一名穿白衬衣，手握一卷纸的人往外来。他微笑着，算是致意。直觉好人理应如此，干净、得体、朴素，看得出教养，有着初雪后的晴好与皎洁。

我穿了件胸前有两根短飘带的淡青绸衣，黑皮鞋。之所以能记住那天的装束，完全因为对面走过来的那个人。

后来知道，他就是阿榛口里的洛哥。他让我俩帮忙油印资料，茶褐色透明蜡纸，手工操作，一推一拉，便是一张。黄昏时，停了电，我和阿榛借着不多的光亮，刮刮刮，印了一大摞。交时，他拿到门口，翻来覆去看了看，"咻"的一声笑了。一口好看的白牙，轻悦的笑声，有纯银的质感。

晚上，他依旧在那儿吭哧吭哧复印，才知道我们把字印倒了，全部作废。

他从不责备人。

洛哥比我们年长许多，走路大步流星，有种天然做派。有段时间，替通信员在我们隔壁放广播，做操的动作，滑稽卖力。阿榛捂嘴窃笑："快看，快看！"我们忍俊不禁，回屋笑出了声。

他给我画过像，工作需要，去参展。坐在椅子上，能窥见他房中全貌。他站在对面的画架后，小窗的光线折进来，穿过冬日雾霭霭的空气。屋角盘个炉子，温着一膛火。他目光冷峻，像道闪电，可以穿透冰层，或者切割下岩石。严肃，一个人最美的层面，代表着专注、观察与思考。也是一个画者，最完整的目光，似手术刀。

他爬高上低，从柜顶倒腾下一卷卷画，一幅幅打开。是工笔，淡绿美人轴，他大学时的习作。单位大门、宣传栏、黑板报的字均出自他之手。门间贴着"闭门十日"的毛笔字。我指了指，他说荒疏太久，补补书，然后笑说，对你例外。

熟识后，我找他借过书，《培根论人生》对我影响极大。那样的"鸡汤"，营养过我不谙世事的青年时代，透过内中媒介，得以用另一种目光审视世界，与之平衡且自慰。每次还书，都小心翼翼用牛皮纸包好书皮。这样的情节，虽老套，于我却是一份神职，做得极认真。且以为生命很长，时间很多。

静穆的夜晚，他拿着望远镜，穿着厚实的蓝布棉大衣，领着我们立于门前的高坡，仰望星空，寻找着哈雷彗星。空气如墨，银河似雪，天蓝地大，我们罩在清冷美丽的夜幕下，呼出一团团热气。观毕进屋，趴在简陋的木箱上，绘制哈雷的运行轨迹。

那个冬天，漫长而美好。宣传栏旁，两大花池的月季落英缤纷，美到惊人。我捡拾一枚枚花瓣，甚至一朵朵夹进书里。世间万物春风春意，轻盈可爱。内心喜悦的粮仓，装满谷穗。我怀揣着千万道光线，行于密林，却分娩出无限的忧伤。

我有了私意，站在一道清澈的溪水边，手足无措。

是他传递了友善，还是我不知不觉地靠近，无法回答。

那样的年龄，迷茫恍惚，像走在雾里。

有次，他拿来一道题，问谁能解开。是道余角 30 度、60 度的直角三角形，用勾股定理，计算出的斜边数字，为何与实际不符。这样的题，并非谁都感兴趣。我搭了条辅助线，解到深夜，用三角函数证明斜边不在同一直线上，并找出那个点。即所谓的 30 度角和 60 度角是不成立的，相当于现今的高中奥数。想到天不亮，他要赶火车去处机关学习一个月。凌晨五点多，我头不梳脸不洗，去敲他的门。灯是燃的，我把答案递给他。他惊诧道："解出来了，是大家做的，还是你自己？"我不好意思地笑了笑。

他说，水龙头冻死了，只能用茶水洗把脸，果真把杯子里的茶叶水倒进盆子。又把脏衣服叠好，放在四四方方的被子上，意味深长道，来不及了，可惜没人帮着洗。我能听出话外音，但什么都不能做，我还是个少女，那样意味太多。

四

有天，单位一把手被一辆警车带走，投进大牢。那个白皙，高挑，气质优雅，走路身板笔直，亭亭玉立的打字员，成为众矢之的。人们绘声绘色讲述着一把手每天天不亮，从她房里出来；通信员如何凌晨四点去给他们烧炉子；她如何像蹲监狱，没人理，没人要，只能老死在打字室。人们言语傲慢，忘记了当初的谄媚与噪声。

我像听天书。洛哥却道，她工作极认真的，从没出过错。打字时戴副白手套，神情专注。人们一下子冷了场。后来得知，她没父亲，有个未成年的残疾弟弟。有时一个违背大众的稀缺声音，不见得是真理，却可撼动人心，甚至可以让一个人活下去。

大家常在一起。他QQ中提到的黎明翻墙晨跑，始于清早打篮球，砰哪的声音，影响到老同志休息，遂改为跑步。大门紧锁，墙并不高，还有坎。我瘦，从两根钢筋缝隙，侧身可过，让翻墙的他们惊讶不已。跑着跑着，天就亮了，中原大地用它古朴诚挚的情意，迎接着几个年轻人的脚步。

他问过我家中情形，我直言不讳说不喜欢父母。他说他妈好，一年到头，极少睡觉，一夜夜坐在炕上，做几代人的衣服。他说时，双眼望着旭日东升，遥远的地平线。这让我很惭愧，我的父母又何尝不好，只是对我严了点。

春节前，他低低说道，小崔你也别回家。我立在柔黄灯下，像站在一处水草丰美的深潭边。我跑到总机室给父亲打电话，那时，还没到违拗父母命令的年纪。

那年的三十没有雪，空气冷得像思想者。我上午回的家，父亲单位来车接的。初八往回返，司机把我送到大马路，追上一辆去县里的车，再徒步至单位。

他也回了家，家在很远的地方，两三天的火车，不断倒车。

我穿了件父亲给我新买的长毛大衣，似旧电影里太太小姐的装扮，这让我很尴尬。寒素，倒是一个少女应有的清仪。想着在客车上，碰见他该多好；又想着，千万别遇见。

他也是那天回的，只在家待了一夜。

回来后，我搬了家。单位已往湖北迁，年前走了几拨儿。院子里空落落，要求集中到一处。搬家很简单，总务处派几个人，东西一收，床铺一抬就走了。

晚上，听见他的声音在隔壁总机室响起。我莫名其妙地紧张起来，内心恍若深谷，脚步一步步咚咚而来，再一声声咚咚而去，不觉间，已是几个来回。那边一阵寒暄说笑，他问，阿榛、小崔她们去哪儿了？

接着这面响起敲门声，开门的不是我，有人问找谁。

室里灯光雪亮，很是热闹，他只稍作停留。

正月十五，他们接到通知，去湖北。这一批有阿榛。我和同寝室的芹姐依旧留在后方。

他走的那晚，分外安静。寒星点点，珍珠白的月色，洒满整个院落。我没见到他，很多人忙着收拾东西。第二天，远远看着他往车上装行李。

他们走后，院子里几乎没有什么人，黑乎乎的夜晚愈发寂静，只有为数不多的几间房，闪烁着零星灯火。

有次，隔壁话务员小高，与人唠嗑。尽管我听不到电话里的声音，都能感知是他从湖北打来的。世界太静，他们东拉西扯，说着前方、后方的事。小高问，你还想和谁说话。不知对面如何作答，小高喊了声小崔。我走过去，拿起耳机，语句零乱，讲了几句便挂掉了。心中千百只扬蹄奔跑的小鹿，却要按住那耀眼的光芒。时间慌乱，我无法像常人那样，与之从容交谈。

五

余下的几人似没家的孩子，常聚一起。南南与我同岁，是个鼻梁挺括的小伙子，面容白皙光洁，长腿，高个，极漂亮。常背一杆猎枪，和通信员在我们原住房门前的空地打猎。他与阿榛熟，我们曾私下开玩笑叫他奶油小生。

在年长的芹姐带领下，大家时不时聚餐，海阔天空畅谈各地风物美食。他们都是渭南人，只我一个不会说渭南话的夹在里边，偶尔学上一句半句。大家下棋打牌，翻阅相册。南南偷走了我的一张四寸照片，再来时，从怀中掏出，又快速揣回。我上前要，没要到，大家哄笑。他走的前一晚，通信员敲门说，小崔，有人找。我拉开门，望了一眼黝黑的夜色。问是谁？他说南南，我笑着合上门，大家也都笑出声，没人当真。

我们是最后一批离开的，一个鸟不拉屎的位置，他们如是说。我却对那儿饱含深情，一排排红砖瓦房，高高的生了锈湿漉漉的水塔，开水房、篮球场，几十年后，闭着眼都能勾勒出它的布局。

几个人途经洛阳，转道荆门。四月，牡丹极盛时，于洛阳逗留数日，穿梭在各色牡丹花香中。火车上，芹姐喜欢把鞋脱掉，双脚放在对面的椅子上，我正襟危坐，很是拘谨。

来之后，阿榛告诉我，大家误以为她和南南在谈恋爱。南南天天找她，说的全是我。把我的照片揣在怀中，边说话，边掏出来看。问我喜欢吃什么，有何爱好。阿榛想不出，随口说我上学时喜欢嗑瓜子。南南便买来一包包瓜子，和阿榛一起嗑，说一定要练出来，以后天天陪我嗑瓜子。多年后，因咽炎，我已不再嗑瓜子，好像原本也不是那么喜欢。

在一个孩子天真的眼中，也许两个人好，或许过日子，就是在一起嗑瓜子。

来的第一天，异常忙碌，行李早到了，得收拾。单位还没浴室，晚上几个人去一处公共浴室淋浴。路有点远，洗完澡，端着盆，披着湿漉漉的头发，顺着山坡上的小路，有说有笑往回返。

空气轻柔，荡漾着荆楚大地的诗情美意，绿茵茵的草地，似舒缓的夜曲，有别于中原的黄土干沙。草地上三三两两，坐着人。南南骑着摩托车从远处疾驰而来，唰地转弯，单腿点地，停在我们面前。芹姐打趣道，接谁的？南南歪头向我示意，走！她们哄堂大笑。我躲开，能意识到阿榛的失落。我说，阿榛。阿榛亦跑开。芹姐笑道，你们都不上，我走。说着跨上后座，飞驰而去。

新寝室住了很多人，洛哥来过，没说找谁。默默地帮我们钉了墙上的线卡，把电线走顺。

这之后，芹姐、阿榛，我们几个去过南南的住处。他独自一屋，布置得精致漂亮，他爸爸有点权。那个年代，摩托车极少，南南帅气，常穿一件真皮夹克或一件细格毛料西装。一张照片嵌在相框，放在铺着白色镂花桌布的床头橱上。照片并不好，我戴着一副淡咖墨镜，白手套，说不出的做作。他们说："咦！小崔的照片。"我也看见是他偷的那张，便说："别闹，我和阿榛马上下到几十公里外的不同基层。”他说每天骑摩托车去看我，我说千万别。当着众人，他不掩饰对我的喜欢，我不知如何作答。

我和阿榛也去过洛哥那儿，原血防站改的民国老建筑。高高圆拱的走廊，两侧墙裙刷着崭新的绿漆，咚咚的脚步，有空洞回音。他办公室里，有人坐在椅子上抽烟，我们把带给他的信交割清楚就走了。他原来幽静的小屋，不复存在。

总机室的班长李姐终于找我谈了话，说了南南的意思，我郑重表达了自己的意愿。

晚十点，南南酩酊大醉，哭号的声音在黑暗的院落传得很远。我已睡下，李姐急匆匆跑来，让我去安慰一下。去时，屋里已有几个人团团围着他。他很失控，双手抓着脸，也许觉得自己长得太美。我已忘记站在地中间说了些啥，是不是很冷酷。他们和南南家熟，是老乡，把他当孩子般呵护。

之后，我没见过南南。当时年轻，除了觉得对不住外，没更深的愧疚。若干年后，想起这个英俊少年，于我的好意，宛若我于他人的相思，属同病相怜。

六

走的那天，洛哥来帮着装车。我很沉默。依然是春天，我穿着铁路制服，一低头坐进驾驶室。

天空似洗旧了的手帕，蒙了一层灰。新单位，依旧是一座孤岛，条件比机关差。那段时间，好像一直在下雨，道路泥泞，深一脚浅一脚。我谁也不认识，心情恍若沉重的雨水，水淋淋。记得走时，在纷乱的人群，洛哥用手比画着可以写信。我与他的第一封手书，便诞生于此，伴着绵绵的梅雨声。

很遗憾，若干年后，我连地名都忘记了。

洛哥来过，和那儿的年轻人很熟，有人喊我，我见到了他。他和几个人在一起，有说有笑。我很沉闷，无话，默默转身离开。这之后，我回了趟家，说不想在那儿待。父亲派车，把我的行李物品，一股脑儿拉了回去，过后，手续也迁了回去。

南南骑摩托车去看过一次阿榛，且写信说，每次经过我们居住过的小屋，都会伤感。准备回渭南，后来果真回了西安。

我回到父亲单位，给洛哥寄过一些小信，都是纯文学不成体统的青涩诗文。他回信鼓励过我写作，也有诗来。他的字、文，自然比我好。那鼓鼓囊囊的信封，总会让他人误认为潜藏着无限的天机与秘密。

信，由市里邮差，经这边通信员中转。彼此手书没有只言片语，言及情感之事，能承载的多半是一个少女的孤独。现今想来，多少有点像《珍贵的尘土》里，那个在茫茫海上沉默的苏珊娜，渴望着一个老兵的故事。

洛哥来过父亲单位，做短暂停留，估计搭的顺风车。

我没见到他，这边的团支书告诉我，他从处机关带来了我的团关系。我并不在乎那些，于以后的人生更没在乎过。

后来，他的信被父亲截留。父亲拿着信，坐在逆光的门口，掸着那几页信纸，挑着里面的句子，进行过度解读。

面对父亲的诘问，我沉默不语，怕自作多情，也怕给他人带来麻烦与伤害。我们之间没一星半点的关系与承诺，他没说过喜欢我，我也没。若他明确表达，我一定会争取，或飞蛾扑火，只是眼前大雾弥漫。

世俗的力量和世俗的存在是巨大的，我丧失了一个法定收信人的权利。所谓世俗只是让这个世界没有秘密，且在统一的目光里行进。

七

其间，技术室有个大学生，给我写过许多信。我数过，二十七封。漂亮的蓝色钢笔字像来自深海的叹息。那是真正的情书，从我的体态样貌，都有廉纤琐碎的描写。内里多次提及《红楼梦》，有句宝玉的《红豆曲》："恰便似遮不住的青山隐隐，流不断的绿水悠悠。"他每次默默放下，转身离开。信的日期是连贯的，往往五六封，一起送来。这样的日子，持续过一段时间。

对方像攻克一个技术难关，从夏到冬。那些小信，用巧妙的方法折叠。一次，信中说晚七点，在路口小商店门前见面。那天是大年三十，说会等到深夜十二点，希望能一起听见新年的钟声。

我坐在家中，焦虑不安，看着指针一点点无声滑过。那个小商店门前，吊了盏孤黄的圆形灯，每晚洒着微弱的光。父母不准我下班后外出，不准这，不准那。心想他等不到，自然会走；又想着溜出去，又怕回来，引起轩然大波，遭人误会。

过后，接到他的信，说在冷风里等到十二点，直到飘起新年的雪花，踯躅而归。

多年后，我想过此事的残忍，对家庭的妥协与老实，以及人生经验的匮乏。不能大大方方去找他，说明情况，或作为普通朋友交往。我是熟知《红楼梦》的，对他信中所言，并不陌生。

最后，我写了封小信，用粉红纸笺糊了信封，贴上八分钱邮票，郑重寄去。内里表达了深深歉意，谢他的真诚，且坦诚相告不能接受的缘由。

我们始终没说过一句话。那些小信，我留了很多年。男女有别，很多感情，不能相依，必然背离。

八

而我一直呵护着的，内心轻颤的情感蛛网，生怕一阵风就刮破了。

我在等一个信息，或者什么都没等，只要这个人存在，便是一种满足。我甚至喜欢这种雾蒙蒙的临界状态，如此遥远美好，可以支撑一个人的精神漫游。

我埋下一粒种子，不开花，不结果，像枚纽扣，紧紧锁着。

而婚姻是件奢侈之事，两人彼此相托，掏心掏肺，风雨同舟一生，本属朝拜。

在无限的等待中，我得知洛哥结婚了，是集体婚礼。

有刺痛，也有平静，生活的冰面，大雪纷飞。那些承载我少女孤独的手书，若被他夫人见到，无疑是刺心的。我喜欢秘密的美好，像一个人抱着热水瓶行于寒夜。

很多年，我怕听闻他的名字，依旧会心跳、唰地脸红，甚至刺痛。初恋是不死的，躺在大脑皮层。哪怕千百次遗忘，都像石缝的花朵，或几千年前的岩画，隔几年便刻入梦中。

日子像松散的发辫，却倥偬二十余年，许多记忆成了深海，也成了大漠孤烟、落日长风的一道背影。

我平静地过着小民的日子，偶然有了QQ，在空间打两行字，算是自足。有天他过来加我，报出名讳，说，不会加好友，操作了几次。

彼此稍作寒暄，便是沉默。这时的我已能自如地应对社会及社会上的人与事。那个冬季的炉火，伴随着我清教徒式的单恋，慢慢熄灭。我不再羞怯紧张，内心咚咚打鼓，像株覆薜的植被，笃自成林。

昔日同窗，包括珂，也寻了过来。

九

2017年，珂邀请我去上海小住。她上海的家是空的，希望我去陪她，旅游且忆旧。之前，我们曾在几地相见。

她在出站口接我，拉着我的箱子，坐地铁去她家。我们一前一后走着，新雨后的小区，亮晶晶的水泽铺满紫红落叶。风轻拂着我们的衣角，仿若中间几十年的光阴并不存在，我们依旧是友爱的同桌。

第二天，说好去外滩，却下起淅沥沥的小雨，且越下越大。我站在窗口，望着雨水刷向玻璃汩汩流下。珂打开一个墨绿色四方铁箱，拿出我当年写给她的手书，那种箱子，我儿时常见，不知是装电影胶片的，还是装账本的。父亲单位有，家里也有。随着岁月，已淘汰。珂用它放信，倒有一种怀旧感，似老式唱片咿呀着无限悲凉。我一封封打开，一百多封，伴着潺潺雨声，挑出几封来读。

想念的珂……

人生，是需要想念的，我想念的是自己。鲜花一般的年龄，需要一片诚恳朴素的土壤接纳它的存在。年轻的心属于年轻人，那种青春焦虑，并非血缘之人可以化解。光阴滔滔，我们皆非当年之人。我把那个曾经的我，置身时空之外，很难再认。信封很小，八分钱邮票，留下三封，有封是除夕夜写的。余下的撕成一条条，那叫岁月。

翌日，我俩去了张爱玲的两处故居，爱丁堡公寓和麦根路 313 号。下午回来后，发了朋友圈。有电话进来，我拿起，"喂"了声。对面"哧"的一声轻笑，银白色的笑声，亦如水晶杯口，有着耀眼的明净。几十年后，我依旧能清晰辨别出他的声音。对方说："到了家门口，也不说声，太见外了。"我"咦"了声，笑问，哪儿来的电话，他说管他妹要的。

洛哥家也在上海，问我和珂现在在哪儿，家里还是外面？我说回来了，在休息。

他说："我和你嫂子，接你们吃晚饭。"

我说："不去了，太麻烦了，也太累。"

"不麻烦，太累才要出去吃。"

"珂已在做。"厨房传出珂哒哒的切菜声，尽管手机显示不到五点。

他一再坚持，我一再拒绝。

确实不想见。关于过去，我早放下。金戈铁马，猎猎长风的日子，止于平静湖面。且到哪个城市，也不想打扰谁。于珂却不同，我们儿时便在一起。

这时，珂走进来，问谁的电话，我报了名讳。她说当年是不是他追求过你，你爸不同意。

我说："没有，是我喜欢别人。"她"噢"了声。

这些年，我默默独行，于古墓样的过去，不知能说什么，或想说什么。那样的尴尬，是不愿面对的。更不愿见他夫人，或因我的偶然出现，引起一星半点的不快；也怕应酬，越来越不想消耗自己。

晚上，他来电话，说明天若没安排，想带我和珂去一个极好的地方，离此二十公里。我说不麻烦了。他说不麻烦，常带人去过，你们会喜欢的。

他的声音平静真挚。

第二天早起，在小区大门口，他开车来接。他并没老，一件半旧格子衫，罩了一件摄影师与记者常穿的米色多口袋马甲。老的应该是我，秋风上脸，几十年光阴窃窃而过。打了招呼，和珂上了车，我能感知自己脸部肌肉的僵硬。倒是珂，和他热络，滔滔不绝讲着话。他们在上海曾是同事。

那个景点是家很大的私人博物馆，馆长是位传奇式人物，在海内外拥有诸多馆藏。他在网上订的票。我的拘谨是在那些上亿年前的化石前被打破的。面对神奇的自然伟力，人类实在渺小孤单。那些沉睡了亿年的莲蕾、翩然起舞的宝石，让人心生惭愧。生命活成永恒的化石，死即生。

中午，在景区餐馆，他请我们吃饭。我借故起身付款，他拦下，深情地对珂说："你不知道，她是我的另一个妹妹。"

五点，我们离开，他顺路带我们去另一处景点，再至他夫人诊所。他夫人订了晚餐。

他夫人是名医生，言语温柔，极有教养。一头乌黑的长发，不见皱纹。开了两间铺面的牙科诊所。

月色溶溶，照于万里之遥，四人的小饭，吃到夜静风息。五月的上海，雍容华美。

十

我离开上海的前一天，接到他的电话，说刚送了亲戚去机场。现在还有点时间，想带我和珂去文庙。我说，珂去了银行。

他说来不及了，文庙四点关门。吃午饭的时间都没有。不去，又可惜了。

我戴着墨镜，穿了件淡粉偏紫，隐约着仙鹤图案的改良宽松绸旗袍，到了附近的地铁口，顺着楼梯，哒哒哒往下走。他站在月台等，带着我穿行在迷宫一样的地铁站。年轻时，希冀单独见他，三十年后，真的单独在一起，却很平静。时间冲淡了很多，就像地铁外黑乎乎擦擦而过的无声时光。我们并排而坐，头一次离得这么近，一路上谈些杂七杂八的事，唯独没有提及过往。

下了地铁，走了好久，穿过破旧凌乱、充满旧时光味道的梦花街，方到达文庙旧书市。书的霉味扑面而来，那些死了的、活着的，更遥远的读书人的精神世界，于此流放。我淘了几本民国版发黄发黑的书和一些小物件。

因没吃午饭，从文庙出来便找饭吃。我坚持请他，想寻个优雅所在。他偏偏落脚一处快餐店，也许想给我省钱吧。我点了一堆，实在难吃。想起路过的一个很有名的卤菜馆，挂着黄澄澄诱人的烤鹅，便去买了两盒。

电话里，他对他女儿说，今天陪崔阿姨逛文庙，晚饭在外面吃。

华灯初上，人来人往，他谈些工作，以及如何在上海买房安家，照顾九十多岁岳母的事。一桌子菜动都没动，回去还需两个多小时。

从餐馆出来，走出好远，我发现手是空的，不禁"呀"了一声。灯火璀璨的大街，他逆着熙熙攘攘的人流，往回跑。幸好，东西被吧台收了。

地铁里的灯，让人昏昏欲睡，站满了人，却恍若郊野。于这样的陌生城市，见一个久违的人，更有种不实感。回至来时的地铁口，已是夜里九点多。路灯孤寂，浦东宽阔的马路，亮如白昼。分手时，我们各自走开。我忽叫住他，伸出手。他轻叹一声，远远笑着。一生，只是一个握手。能有这次握手，也是因为确实放下了。

回荆州后，我在楼下的天福茗茶买了一盒普洱，顺带两本书，寄到诊所。写了《梦花街》《生命的波长》两篇小文。

一切回归沉默。这几年，他在对话框说过两次话，一次博物馆吕馆长去世，一次旧书市搬家。历经几十年风雨的文庙旧书市，许多人的精神集散地，不复存在。

涉及情感的留言，只此一次。算作纪念。有价值的朋友，是种精神相应。当年，那些稚嫩的诗文，发表给他，与现今面对公众，皆因精神之苦。即便有爱慕之心，也是源于品质。

我爱的是一个人身上更深的人性，是治愈我少女孤独的心灵胶囊。也曾想有一天，平静地告诉他，我曾多么爱他。怎奈真的不需要了。

翻书柜时，发现当年夹在书里的花瓣，依旧鲜芳，恍若新生，亦如玫瑰般的青春血液。让它不死的最好方法，是保持真空。

大地的纸张，轻轻翻过。

站台重影

一

在河南待过几年。小学五年级，因水土不服，后背起了层红疹子；右手大拇指肿得老高，癫嘟嘟，弯不过来，握不成笔。也是春天，万物萌生的季节，在开封看好的。

爸的同事介绍去的，是名老中医。不大的诊所，在一条老巷子里，黑瓦木门，衬着苍灰忧郁的天。满城柳絮在飞，吹得短发乱蓬蓬。室内并不明亮，一些瓶瓶罐罐贴着胶布挤满案台，林立得如同海市蜃楼。他佝偻着背，满头银发，让我把手伸给他，又让掀起衣服，用一圈圈厚瓶底的镜片贴近看。然后坐在椅子上配药，间或在药柜东摸一下，西捣鼓一下。房间里弥漫着说不清的药味，倒有一股淡淡哀愁。没开喝的药，两三个瓶子，用蓝圆珠笔标着用法、用量。是些白色粉末水剂，用刷子涂上去，很灵验，很快就好了。所以我是信中医的，几十年过去，那名老中医肯定已作古。这便是生命，因曾惠及我，而被我记住。

开封多水，有"小威尼斯"之称，我始终对那个小城怀有浓郁好感。那里的人闲适，像古人。过去搭火车，快进开封时，列车员打扫卫生，广播播报介绍它的人文景观，现在的动车似乎一切从简了。

那次，还去了"第一楼"，那种薄如蝉翼透明的灌汤灯笼包，可谓名副其实的"天下第一包"。宋的审美考究，尽数体现在那行云流水的细褶里，像古装仕女穿越千年。多年后方明白，馅子用猪后腿精肉加生姜剁蓉，放蛋清，兑水，顺时针抽打而成。

陇海复线是爸他们修的，包括开封段，所以我对沿途大大小小的车站，都熟悉。开封、商丘、兰考、夏邑、虞城，包括安徽的滁州、砀山，每个地方都有铁路人。

那时，住铁道边，火车轰隆隆，在铁轨上哐哐运行；或"呜"的一声长啸，似怒吼，直上云霄，又余音袅袅，有划破青天白日之感。刹车时，"哐当""扑哧"一声，一条黑黑的"巨龙"便停歇了。铁轨旁有扳道房，孤零零的红砖小屋，也有巡道工，提着信号灯，叮叮当当敲着路基。大雾或黑夜时分，灯光在一条条磨光了的银白交叉的铁轨上晃动，恍若黑白大片，让人想起《钢铁是怎样炼成的》里的保尔。

每天顺着铁轨去学校，黑黑的货车旋风般从身边掠过。气流扑过来，欲把人卷进去。风吹着头发，呼啦啦扫着脸。一节节数着车皮，货车通常五十一节或五十二节。每节装着煤炭、沙子、矿石和看不见的货物，苫盖着泛黄的厚油布，用绳子系在厢帮。两侧的门"哐啷"一声打开，像解放车的侧门。

绿皮车厢里，塞满乘客，窗口掀开，一个个脑袋探出来。方桌上，堆放着茶杯、苹果与其他吃食。火车呼呼而过，我站在道边，迷茫地望着。隔几节车厢，写着"徐州—北京""济南—郑州"的字样。

火车，我常坐，并不稀奇。

二

那是一个小站，坡下是所临时小学。五个班，一个年级一个班。教我们的老师姓凌，语文、数学一起带。她很白，戴副金丝边眼镜，烫着短发，宽脸，风度很好，一望便知有别于普通家庭妇女。尽管和气，见人热情，但始终保持距离，能隐约感知她语调里对工人和家属的不屑，待当官的倒极尽敷衍。她对我不错，我写过一篇作文《我们的学校》。那时，不大会写作文，第一句话便是，清晨，伴着火车的长鸣来到学校，学校坐落在哪儿云云，无非拿腔作调，要写作文的来派。1979 年，我刚从老家回到父母身边。

凌老师说写得好，提来录音机，放课桌上，让我读。录好后，一遍遍放，再把磁带送到其他铁路子弟学校展播。

凌老师才调来不久，原是长春一所小学的语文教师，与她丈夫分居两地。她先生是个跛子，会拉小提琴。我出生那年或稍晚被打瘸的。当时，她先生和爸在一个工班，刚入铁路没两年。干这事的是平日极好的同事，小帽往后一转，用九节钢鞭蘸水抽的，表蒙子都抡飞了。那年我一岁，妈去爸单位探亲，晚饭后，常抱着我去工班。

爸单位当时在风陵渡，修黄河渡桥——三不管地界。河对岸是集市，用技术室的望远镜看得一清二楚。几根铁索连着两岸，上面稀稀拉拉铺排些竹条，没扶手，起风时，桥在水上晃悠，像秋千。河雾茫茫，人走在上面跟着摇摆，底下是滔滔奔腾、泥沙俱下的黄河水。那里的苹果好吃，妈想去对岸赶集，不敢过，得爸牵着，也不敢往下看。走到一半，两腿发软，常打退堂鼓。桥是爸单位临时搭建的，便于工作，为修更大的桥。

那个班叫潜水班，戴着带氧气管的巨大头盔，穿着鸭蹼样水裤在水下施工，衣服是橡胶的，充了气，鼓鼓的。家里有张照片，清一色小伙子，背着氧气瓶，肩头挎着钢丝，地下摆着工具、机器。前排就地盘腿一坐，后面站一排。据说刚入铁路时很苦，挑土篮子，厨师抬筐送饭，有的工人一餐能吃十几个馒头。

火车站离工地有点远，一个不起眼的小站，一条铁轨，一个站牌。站前有个烤红薯摊，北风猎猎，爸妈买了票，又买了两个烤红薯，一人一个，蹲在地上吃。远远来了两个人，其中一人便是凌老师的先生。那时他腿瘸没，妈已记不得。他们说饿了，后面有人追，也想吃烤红薯。妈掏出毛角子给他们一人买了一个。他们又说想回家，能不能再借点车费。妈留下零用钱，掏出一张五元整票，嘱咐他们扒货车走，千万别坐客车。只要离开此地，不管到哪儿，再坐客车回原籍。他们拿着钱往西边去了。二十分钟后，棒子队气哄哄赶来，一个个歪戴小帽，问爸妈看见没有。爸妈说二十分钟前见了，往东去了。他们便往东追。没追到，又折回来，见客车，便上去搜。这个故事，妈近些年絮叨过几次，那个小站，是潼关站。也许老了，爱回忆。爸在老家待了八个月，事态平息，被电报追回。单位复工后，历时两年，风陵渡至潼关的黄河大桥竣工，是他们一点一点干出来的。

我小学五年级时，凌老师的女儿和我同班，也同岁。她叫晓蓉，细长的眼睛，文弱秀气，与她妈一样白，皮肤像蛋清，看得到下面的血管。那年，凌老师的先生好像已平反，即便没有，也已扬眉吐气。

没上小学前，我见过晓蓉。她随她妈来铁路探亲，他爸从农村刚接受锻炼回来，还在关黑屋，住在一处洼地，单独一户。屋里黑乎乎，没阳光。凌老师从大城市来，又是问题职工的家属，终日不出门。她带来的小女孩晓蓉也是孤单落寞的，尽管穿着漂亮的布拉吉。我那时很淘，像男孩，爬树上墙，顺着土坡往下滑，或者拿着树枝骑在墙头上摇。裤子常开裆，妈每每于灯下缝至深夜。

初春，空气里悬挂着奶粉的香气。一排排新叶似孩童的睫毛，弯着一湖碧水，清荡荡的绿。我们吹柳笛，折花环。我和晓蓉玩，把她带回家，也去她家。不敢进屋，几个小伙伴躲在门缝后或窗下往里窥。知道里面住着所谓的"坏人"，觉得特别神秘。一个女人坐在钢管床床沿织毛衣，低着头，看不真切，满头白发，穿件蓝布工装。几个小伙伴捂嘴窃窃私语，说晓蓉妈好老，像个小老太太。后来她教我们，头发漆黑，人白净细致，神采奕奕，似换了一个人，倒似我们记忆错乱似的。

三

那个位置属河北涉县，爸单位已搬离潼关，又辗转几个地方，还没到河南。现在想想，很多记忆是漫漶的，无非一个个地名的罗列。妈说起，也是凌乱的。1976年的光景，住的地方叫下弯，也有上弯。地势高低不平，有山。爸单位在那儿施工。有段时间，弯路上有十几岁的孩子拿着红缨枪站岗，也有大人。过路凭路条，来去需打开包裹检查。妈带着我到段部开过介绍信。

方圆几里种了许多柿子树，走也走不到头，一眼的青柿子挂满枝头。看园人是个老头，养了一条皮色暗淡精瘦的狗。小伙伴们背着他，用棍子打柿子，或者骑在树杈上往下扔。我们脱下小褂，在下面仰脸接，然后偷偷包回家，埋在米袋子底部，捂熟再吃。妈并不知晓，有时忘了，长了毛，反把米带累坏了，会被妈训斥。妈提起总说是大弟干的。

唐山大地震时，段部搭了许多帐篷，黄绿帆布，有房子那么大，还可以更大。帆布边缘有一个个白铁皮圆孔，一块块系起来。里面牵上照明灯，晚上灯火通明。大喇叭号召职工家属带着孩子，集中到帐篷睡，不能在自家砖房过夜。小孩自是欢天喜地，过节一般疯闹。爸不愿意去，一个人躲在家里看书。一地震，帐篷挂着的灯泡来回摇晃，我们赶紧往外跑。满天星斗，夜风徐徐，兴奋得一夜夜不睡，并没多少忧虑。妈带着我和俩弟，折腾了有些时日。后来，帐篷撤了，恢复了平静。

那里满是山坡，黄土，满眼的黄土，地势崎岖。山坡上长着酸溜溜，还有悠悠。悠悠能吃，紫黑色，珍珠般大小，是甜的。学名龙葵，不高，匍匐坡上。有些植物秆生刺。长夏孤独，白腾腾的日光，像奥勃洛摩夫卡村庄的正午，蒸着热气。很多孩子采悠悠，我也跟着下去摘，顺着山坡滚了下去。新裙子划成几条，身上到处是口子，不敢回家，在外游荡。能记住的不多，长大后，爸的同事说："哎哟哟！你小时候可不这样，比男孩子还淘。"

跟着大孩子进过山，密密层层的丛林。下雨后，蘑菇雨后春笋般冒出。妈采过，越漂亮越有毒。生蘑菇时节，家家门口支个摊，那些白色、金色的蘑菇，摊晾在细细碎碎的阳光下。也会生蛆，多半集中在蘑菇的中心部位。当时不懂，觉得这么美的东西，为何如此不堪。太阳一晒，便爬出来，所以坚决不吃蘑菇，无论妈如何劝。

山里溪水极净，从长着长长绿毛的藓石上，泠泠流过。水中漂着成团成团、絮状透明的青蛙卵，似蛋清，中间一个个小黑籽，尚没发育成蝌蚪。那种清凉感，比白石老人的《蛙声十里出山泉》更有意境。很多小伙伴蹲在水边，捞蝌蚪，用罐头瓶装回家。溪水里也有鱼，小伙伴，挽着裤脚下水抓。大弟外号"大笨蛋"，抓不到。一天水大，对着他冲过来。一条几斤重的鲤鱼跃入怀中，他一搂，抱回了家。

太阳大时，林间光影闪动，似多棱镜，又似一所彩光的大房子。走到最远处，发现一块陈腐木牌，上面写着"红军"。

四

在涉县时，妈除了工作，下班后，常到农民的田里拾麦穗、溜土豆。土豆能溜一筐，麦穗有干枯自然折断的，也有农民掉落的。妈拾回来，搓出粒，用大盆洗净。太阳好时，摊在芦席上晒。晒好后，再去磨。妈还养了二十多只鸽子般大的鸡。

午饭后，妈把麦子铺好，嘱咐大弟好生看着，别让鸡叨了。她躺一会儿，下午好上班。刚迷糊着，便听到外面有小孩的欢叫声，一个说，我扬得高；另一个说，我扬得比你扬得高，夹杂着大弟的雀跃声。妈爬起来，赶出屋。大弟撒腿就跑，麦粒扬得到处都是，没在土里。妈气不打一处来，大弟跑，她就追。妈瘦，八十多斤，风都能吹倒，追也追不上，心突突跳。大弟往山里跑，跑到一处山涧没了路，惊慌回头，傻了眼。妈上去抓住他，气得直哆嗦，打也打不动，照着大弟腮帮子咬了一口。几十年后，大弟一提，就说妈咬了他。对这些，我毫无记忆，问妈，咬得重吗？妈说，重啥重，能真咬吗？你大弟不把家，净祸害东西，好好的闹钟拆了，还原不上，藏在被垛里。晚上拉被，哗啦啦散一床。把柿子藏在棉衣里，棉衣跟着长毛。

有段时间，家属院鸡走瘟。早晨妈上班走时，两只鸡已打蔫。我们住的那排房，有个厨师，年龄比爸妈小。才结婚，人英俊，妻子也好看，我们称周叔、陈姨。他夫人是从哈尔滨来的，不会做饭、缝纫衣服。妈常帮他们做棉衣，包括生小孩的小衣服、小被子。他们家吃食堂，不开火。男的炸熘爆炒都会，轮到休班，便大显身手。在院中砌个炉子，垛口大锅，支个案板，经常给大家包包子、包饺子、烙葱油饼。

他把那二十多只鸡都杀了，放上生姜、桂皮炖了一大锅。放学一进院，便闻到香味。场面壮观，火熊熊燃烧，锅旁围了不少人。他做这些，妈并不知晓，也无须言语。

小弟是个把家虎，天天在家看家，那年也就四岁。周叔若是来了兴致，想做饭便会挨家对米。我刚入学，大弟不管事。妈下班，小弟提名道姓，气鼓鼓向妈汇报："周明海又来咱家对米，他挨家对，就他家不出。"妈说："人家对米是对的，给大伙做饭，咱家人口最多，我和你爸下班能吃上现成的热乎饭，有啥不好？"小弟便不言语。

邻里相帮，在那个时代很正常，关系比亲姊妹还亲。家里困难，邻居送米送面，往褥下塞钱，屡有发生。后来的几十年，爸妈也尽量回报。之后我回老家读书，回来时，妈回去接我，二十多天，把俩弟托付给邻居照顾。

多年后，天南地北，也就星离雨散了。

五

爸在山西境内工作十年，辗转七八个地方。我最早能记住的叫牛筋坪，归太谷管，十来户人家的小山村。据妈讲，那里人过得不错，炊烟，老牛，种点菜，养点鸡。

离太原近，局总部设在太原。

那时是手摇电话，黑把手，黑胶话筒。爸打电话，先骨碌碌摇几下，再拿起来，说要哪儿。里面有个女的，后来知道是总机。电话接通后，谈工作上的事；接不通，撂下；通了，总机再打过来。妈上班，我常带俩弟在爸办公室玩。爸有件灰大衣，终日披在椅背上，毛领磨得光秃秃。我们在外间的椅子上，爬上爬下。爸在里间拿着话筒，按理说如何如何，按理说该咋办。"按理"两个字，困扰我许多年。"按理"是谁，为什么每次电话，都会提到"按理"，貌似可以指挥一切的大人物。所以一直想知道"按理"长啥样。

遇到暴雨，狂风大作，地动山摇。树枝抽打着玻璃，雨水溪流般蜿蜒而下。穿着军绿雨衣水淋淋的人，走马灯似的出入。爸在里间，摇着电话喊，这儿塌方了，那儿塌方了，请求指挥部火速支援，牛毛毡多少，木料多少。我们在外面唱：大雨哗哗下，北京来电话，叫我去当兵，我还没长大。那时，觉得当兵是件了不起的事，最大的理想便是长大能当兵。

待风停雨住，天安地宁，出门一看，泥沙俱下，树连根拔起。似劫后的战场，一片凌乱。

那里是山路，妈总说住山沟里。段部有几台解放车，供应站的东西由解放车拉回来，带鱼、白条鸡、燕鱼、针头线脑、牙膏牙刷等。车一回来，大喇叭便喊，到了什么什么东西，职工家属同志们赶快来买。爸也出差，到很远的地方购料，几个省会跑；或开会，太原、太谷是常去之地。

人说车回来了，你爸回来了。听到时，我正在山路上玩，便拼命地往段部跑。鞋子跑掉了，停下来，回头去捡，后面跟着俩弟。爸答应给我们带凉鞋。跑到段部，果真看到爸站那儿和别人比比画画说着什么。忙完，我们跟着他回办公室，他从帆布包里掏出凉鞋，浅紫色透明凉鞋。我套脚上，再往家里跑，给妈看。

出差，路途远的要半个月，爸也会带糖回来。一次放学回家，他坐在地中间的小凳上，递给我们一人一块糖，说是从北京带回来的。我们剥开花花绿绿的糖纸，糖是半透明的，蒙了层雾，排列着一条条整齐的细纹。很硬，不像吃过的奶糖或高粱饴。我拿着翻来覆去有点纳闷，小弟迫不及待，放在嘴里就咬，又"呸"的一声吐出来。我也试着咬了一口，发现是蜡。爸料库有很多方蜡，一块块很大，施工用。若停电，放在火上融化，盛在碟子或碗里，放一根绳子当芯，便可照明。真糖肯定是有的，也会掏出来。爸笑称，先苦后甜。现在想想，倒难为他，把蜡切成一小块，一小块，再刻上花纹。

爸单位没幼儿园，妈上班，把我们仨锁家。那里荒芜，有沟有水，外面天寒地冻，飘着雪花。三个小脑袋挤挤挨挨，从玻璃窗往外看，白茫茫一片。在屋里待得无聊，火墙上有个玩意儿，具体是什么已记不得。火墙用红砖砌的，里面空心，取暖用。从床的一边可以爬过去，我们排着队往上爬。大弟打头，拿了东西，想退回来，转身时，从墙上掉了下来。下面是烧得通红通红的一圈圈炉盘，大弟眉骨磕在水泥炉角上，鲜血直冒。我大呼救命，幸好隔壁赵婶听见，"嘭嘭嘭"拍门摇锁问咋回事。室内乱作一团。她跑到爸办公室把爸喊回来。其间，我打了一盆水，给大弟洗伤口，水越洗越红，大弟和小弟没命地哭。

炉子很大，外面零下十几度，不烧又冷。妈平日嘱咐我们不要靠近。炉盘是铁质的，一圈圈，中间一个圆巴巴，带个鼻子，可以用炉钩子钩起来。炉盘也可以一圈圈钩下来，做饭时，看锅的大小决定炉盘数。上面可以放铁丝弯的盖帘，烤馒头片和红薯片。

爸慌张赶回来，背着大弟往卫生所跑，缝了三针，打了巴子。背回来时，大弟瘫巴巴趴在爸后背，披着爸的灰大衣，像个受伤的将军，看见我俩会心一笑。大弟漂亮，有两个酒窝，大眼睛，人长得好看。那个疤现在还有，眉毛从中断开。

六

大弟生在闻喜，脐带绕颈七圈，小脸憋得黢紫，妈以为活不成。爸去请大夫，妈手忙脚乱，用剪刀剪断脐带，扒拉扒拉，提起来拍拍，没承想大弟"哇"地哭出了声。待医生背着药箱赶来，妈已用小被把大弟包好。

大弟两岁时还不会走，鸡胸脯，患有软骨症。生大弟时，家里拮据，妈怀孕时身体差。爸心里只有工作，不太管家。妈坐月子是房东奶奶照顾的，自己也做。闻喜，也属山西地界。那个地方闭塞，穷，他们不吃鸡，也不吃鱼。鸡的作用是生蛋，只吃鸡蛋。鸡一般是老死的，死了便扔，说带毛带鳞的东西咋能吃。主要是不会做，也一辈子没见过火车。

妈找他们买过鸡，杀了褪毛煲汤，端给他们；煎煮鱼，也会送去一碗。他们说好吃，常说你们官家人真会吃。但他们会煮粥，南瓜、红薯、土豆切成块，添上水，倒一碗小米，加七八颗红枣，咕嘟嘟，一煮五六个小时，黏稠透明。房东的炉子放在窑洞口，一天到晚咕嘟着粥，满院飘香。大弟会走后，拿着他的小碗站在炉边等粥，说，奶奶粥、奶奶粥，奶奶便给他盛碗粥。

爸那时不做家务，即便妈坐月子。家里的脏衣服，他提一包到办公室。一个星期后，妈问起，他又提回来，依旧是脏的。妈没法，只得自己洗。

大弟刚会说话时，吐字不清。妈上班，把他托给房东奶奶照顾。大弟嘴里念叨着："倒，倒！"房东奶奶不明白，以为他要睡，便把他弄上床，拍着："倒，倒！"大弟翻身爬起，指着窗外依旧说："倒，倒，倒！"房东奶奶愈发莫名其妙。妈回来后，房东奶奶讲给妈听，妈也不解。后来，大弟拽着妈的裤管，指着院中一棵枝繁叶茂的大枣树说："倒，倒！"妈恍然大悟，是"枣"。房东奶奶，用棍子一捎，哗啦啦掉下许多。是棵上百年的枣树，我在场没，妈从未说起。我比大弟大一岁半，因身体好，可以忽略不计。那枣呈椭圆形，有小孩手掌那么大，我吃没吃过房东奶奶的太谷壶枣和粥真不知道。爸把房东奶奶的两个儿子弄到铁路干临时工；回老家带的土特产、供应站到的新鲜玩意儿也会送他们，总之关系处得极好。

大弟被炉子磕的那次，已离开闻喜，也已有了小弟。小弟生在台曲，归榆社县管，依旧是山西。妈忙着赚钱，无暇顾及我们。家里不宽裕，爸结婚就还公债。奶在长春铁路医院住了六年院，爸是铁路职工，给奶办了铁路家属证，看病有了保障，没钱不打紧，先欠着。

奶是肝腹水，一只眼失明。照顾奶的事，由几个未出阁的姑妈做。她们天不亮，坐"小晃荡"去长春给奶送饭，或者陪住在那儿。"小晃荡"是一种短途绿皮火车，供铁路职工上下班用，凌晨五点发车。医药费归爸，在每月工资里扣，转了两次，近千元。爸还没结婚，基本工资加流动津贴，每月五十多元。尽管比地方工资高，但这笔医药费在当时也算是天文数字。爸结婚时，奶已去世，走时，想吃西瓜，东北天寒地冻，并没那东西。大姑托跑广州的列车员带回来一个，辗转送至奶枕边。奶死在长春的铁路医院，20世纪60年代，才四十二岁。

那笔医药费，每月扣十元，扣了许多年。若紧张，知会会计一声，当月就不扣了。爸背着这笔债结的婚，婚礼时，借了他表哥一条毛料裤。第二天妈收拾东西，问要不要洗。他不答。再问，支支吾吾说还了人家。家里有了我和俩弟，一直到20世纪80年代初我十二岁时，这笔账还没还清。最后的两百元钱，单位给免了，爸年年是标兵，常夜以继日、通宵达旦做报表，整理材料。进入20世纪80年代，工资上涨，一个月能拿一百多元钱，外带其他福利，有两百多。大干时，一直有奖金陪着。

有一年，爸的调令来了，调回长春乘务段工作。为这一纸调令，老家的大姑没少跑动。爸单位已搬到河南，我刚读初中。爸拿着公函立在大屋，妈一脸阴云，说，咱家仨孩子，回去没流贴，很多待遇取消了。大城市生活水平高，一个个要读书，长春又没房子等着，肯定困难，没得让人笑。无法说妈当年的决策对否，若以教育的角度考虑，回去是对的。安定，教学质量高。大弟上了三个小学二年级，三年搬了三次家。跨省课本不同，一天净忙着转学、买新书了。

妈要强，只闷头干。

七

在牛筋坪，我偷过一元钱。爸妈上班，我在家带俩弟。小弟不好带，一天到晚哭咧咧。他比我小三岁，那年也就两岁多。有天，怎么也哄不好，冬天，外面呼着寒风，我们躲在屋里，具体情节，已无法还原。总之，我看到妈挂在木架上的灰上衣，便直直地走了过去，掏出一张一元的票子。三人研究了半天，准备买一瓶罐头。我一个人去的供应站，他俩在家等。罐头恍若是梨还是黄桃，妈坚称是山楂，爸说是橘子。我极不喜欢梨。

供应站冷冷清清，两个女营业员在嗑瓜子。室内昏暗，挡着厚棉帘，外面雪花纷飞。九毛六，我把钱举得高高的，营业员想都没想就转身拿给了我。余下的四分钱，买了一支带橡皮头的铅笔。我们仨都没上学，但很向往。我抱着罐头跑回家，遇到一个极大的难题，三个人围坐着盯着，就是打不开。

当时的罐头封闭好，用铁皮冲压，没丝扣。我找出螺丝刀，叮叮当当鼓捣半天，无济于事。只好抱着罐头，去找爸。爸的办公室在坡上，抬头便能看见。我顺着土坡凿出的台阶，期期艾艾走上去。他问都没问，便把罐头用刀划成十字，再把四块扇形铁皮翻过来。

我开心地抱着跑回家，自己吃没吃，已忘记，反正还剩了大半瓶。三个人竟没吃完，所以无法毁尸灭迹。现在想来，是没敢吃。爸下班早，也许故意早点回来。我们把罐头交给他，他在不大的房间转悠了一圈，举头看了看，便搭凳把罐头放到横梁的木板上。然后两手拍着灰道，一会儿你妈回来，都别吱声。又对小弟说，你装病。小弟连忙躺下，我给小弟盖了床小被，他啃着铅笔头装睡。

中午，妈下班后，觉得气氛不对。一个躺床上，两个坐着一动不动，爸也不言语。便问，咋的了？没人应。她又说，不对呀！咋都这么蔫？走到床边伸手摸了摸小弟的额头，又放在自己额上试了试，疑惑道，不烧呀！我们愣愣地看着她，把眼皮耷拉下来，又去偷瞟那瓶罐头。母亲完全可以顺着我们的视线发现那瓶罐头，但没有，她脱下外套，紧接着做饭。吃完，她搂着小弟躺床上午休，一抬眼，瞥见房梁横板上的罐头，心里纳闷，哪儿来的罐头，还放得这么高？爸让她不作声，说我偷拿了一元钱。小弟一直假寐，看穿帮了，一骨碌坐起。妈并没训斥我们，我们所担心的暴风骤雨并不曾发生。

但这事在家里，很多年被当成反面教材。搬到河南后，妈还向邻居提及。我放学后，在外屋听见，涨红了脸，转头跑掉。有次家来客，爸陪着吃饭，酒后落泪，说亏待了孩子们，提到我背着大人给弟弟们买罐头。说不怨我，怨大人没把生活过好。

其实，妈很勤劳，干的活儿比爸苦。在山西，天天背着铁锹、洋镐去工地。家里有好吃的，她不吃，紧着我们和爸。东北有很强的大男子主义，来客，女人不上桌，这在家里保持了许多年；孩子也不上桌，客人走了再吃，或在厨房扒拉两口赶着去上学。南方好些，张爱玲的《半生缘》和钱锺书的《围城》，描写吃饭场景，即便来客，也是男女老少挤得满满当当，杯箸乱响。

施工人员在山里放炮，把山炸开，再用水泥一点点往前推。妈干的便是这活儿，修山洞，通火车。他们埋下炸药，点燃导火索，跑下山，匍匐在地。炮响后，过一会儿再上去施工。两个女同志着急，刚上去，山体瞬间下沉，人不见了，只露两顶小红帽。后面的人，哭喊着往上赶，又喊来救援队。两个人的脑袋还在外面，土石已没肩膀，还能说话，告诉大家，腿让石头卡住了，别拉，先把石块搬走。

有个男职工，放炮时，看好久没响，便跑过去。结果"呼咚，轰隆隆"烟尘四起，两只胳膊瞬间炸飞。在有高铁的今天，不知道那些荒山野岭的山洞还在不在，那是最早的铁路人，一镐一镐艰难修出来的。

八

我出生在东北的一个小城，祖辈是山东人。闯关东时到的东北。儿时，很多人说爷是山东老坦。东北历史短，也就两百多年，属一次大的迁徙移民运动。爷的父亲从小过继给他姑妈家，太爷爷开过粮行，阔绰过一段时间。爷做事也就有了那么点来派，比如抽大烟、提笼架鸟、挥霍金钱，散漫，无正事。他的天真曾影响过我许多年。爸也有儿时戴瓜皮帽的照片，人称"二少爷"。新中国成立后，划成分，爷把家里包金角的家具全劈了，一清二白，划成"贫农"。到我们上学填成分时，都能理直气壮填上贫农。哪个同学若是富农，会趴在课桌上受气，被孤立，同学们起哄。

爸妈结婚时，奶已去世。奶走后，爷家经济状况稍稍好转，吃的是有的，所以妈怀我时很健康，我也很健康，至今没生病住过院。我生在那个小城的县医院，后来改成市。妈并没待产经验，小腹小坠，一趟趟往厕所跑。大姑还没出阁，比妈小，在街道帮忙，见多识广，说嫂子，只怕快生了，咱得上医院，便雇了一辆黄包车。

爸当时在外地，回家要几天几夜。妈生完我，三个姑轮流在走廊抢着抱，一个说，这孩子头发真黑，像咱嫂子；一个说得了吧，像咱哥，老崔家的种。医生跑出来问，你们还要不要大人？产妇还躺在冰冷的产床上呢。

妈怀孕时，大伯休假回家看爷。他在部队工作，给爸妈补送了一套《毛选》做结婚礼物。那套《毛选》，我上小学时翻过。妈说，当时买不到，几个姑抢着看。

大伯回来后，每天上午，组织家人跳舞。妈不愿意，常撇嘴，大伯宣布，鉴于杨振芬同志有孕在身，免除跳舞，但学习照做。晚上，家里开展大辩论，爷、二姑一伙；大伯、大姑一伙，一直辩论到深夜。熄灯后，院内方安静。

我出生后，大伯再次回爷家探亲，问起我的名字。爷说，叫平，平安之意。大伯说什么瓶呀罐的，叫迎春。当时流行《卜算子·咏梅》："风雨送春归，飞雪迎春到。已是悬崖百丈冰，犹有花枝俏。俏也不争春，只把春来报。待到山花烂漫时，她在丛中笑。"很多年，我嫌自己的名字土气，现在想想，挺好，有人间烟火的致味，也是时代记忆。我生在阴历五月，阳历已进入六月，尽管东北还很冷，也不至于迎春，所以是咏梅。

九

爸妈修铁路进入河南，已是中原，修复线，条件自然好一些。处机关设在商丘市，底下是段部、队部。常搬家，我们的户口从最初的吉林、山西、陕西、河北、河南，绵延至湖北，一路迁移，户口本上面署上不同省份，具体地名就更多了。爸单位，有专管户籍的，走到哪儿迁到哪儿，在河南就迁过诸多位置。除开封、兰考、兴隆，还有新乡、长垣、塔铺，后来安定在商丘。

什么样的房子都住过，最短的只有几个月。但不管走到哪儿，爸妈都精心布置房间，刷涂料，用红砖铺地，或者抹地坪，刷红漆。艰苦时，用报纸、白纸糊棚。对家有着极端的热情与向往，大有百年常住的架势。且干干净净，柜上摆着果碟，墙上挂着卷轴。打沙发，做柜子，日子红红火火，长久不熄。

爸妈间也有矛盾。在山西时，妈一生气，就哭着把箱底一套崭新、叠得板板整整的灰哔叽衣服拿出来，穿在身上要走。窗外淅淅沥沥下着雨，她拿着手电筒，穿着套鞋。我们太小，站那儿干看着，并不晓得阻拦挽留。外面漆黑一片，都是弯曲的山路，估计即便走到太谷也得一夜。那场景，我始终记得，家里静悄悄。妈几个小时后，在黑黢黢的夜色里，又折转回来。现在想来，她内心的挣扎，我们并不知晓。日子还得照过，其实，一个女人一旦有了孩子，也就泥足了。妈那时也就三十出头，短发，长得好看，人也好。

现在，妈八十了，老两口特恩爱。妈总说，那是在哪儿啦，你看，我这记性，你多大？那些地方于我也只是些散碎记忆。但对当初的建设者来说，走过的每一处，都深深爱过。

前几年，参加省里的春秋讲坛，听阎连科老师讲座。

他说当兵提干，一直生活工作在商丘的军分区院里。那个地方我很熟，曾住过军分区院里的老陈列馆。很漂亮的房子，灰色水砂石建筑，有小门通入废弃的陈列室。里面满是灰尘，我常一个人进去，摆弄手枪、奖章和一些战地日记。那个军区院特别大，往外走，路两旁满是浓荫蔽日的法桐。一次听刘震云先生讲课，说在塔铺中学当过老师，那个中学，大弟、小弟就读过。世界很小。

有次，在外地客栈，一个文友靠在床头，就着黄幽幽的灯光，看一本当红作家的散文集。说，菡萏姐，建议你也写系列的，像他那样写儿时村庄。

我伤感道，我没有故乡，我的故乡一晃而过。

的确如此，很羡慕那些写故乡或攀老乡之人。面对这些很茫然，尤其大弟、小弟的出生地，他们自己都混淆。我们的命运，在最需要故乡时，是漂泊的，也尽力去爱所在之地，并且把每个经过之地都当作故乡。

我甚至连乡音都不地道，记得刚从东北回来时，喜欢说清代满语"嗯哪"，爸叮嘱道，是"是的"，别"嗯哪、嗯哪"的。

有天晚上，与朋友散步，望见一轮明月。我说这月亮可真好，全世界都能看见，只此一枚。朋友说，当然，太阳也是。我说太阳太刺眼，所以月亮最能代表乡愁。

可见乡愁是柔软的，属于暗光阴。怎奈我没有刻骨的乡愁、纯粹浓郁的地方风格。那些拥有泥土属性，稔熟生养之地以及土地上的人与事的人是幸福的。

前几天，洛阳文友晒牡丹，我赞漂亮。她便快递来一箱。我抱着一捧捧层层叠叠、玉质流风的牡丹很感动。她说两元钱一大捧，早市买的，还带着露水。我说若碰见，也定会买。至于把它们留在枝头，还是掐断供奉好，这个当然倾向前者。然而有些生命是自己无法掌控的，也会疼，也会流离失所，如人。凡是花，我都爱。

初次去洛阳，十八岁，也是四月，牡丹极盛时。一座幽深清寂的小城，似古罗马，很帝都的城市。晚饭后，几人顺着一条普通街巷往外走。洒水车洗了街，间或有吹糖人、卖冰糖葫芦、玩皮影杂耍的。但并不热闹，像走在喑哑的古琴上，得体朴素，却分明遗有盛唐风花雪月后古墓般的清宁。

进入四月，春有点深了，像洗旧的蓝布罩袍上绒嘟嘟的白，老旧，惆怅，温暖。这个春天，妈把胳膊摔坏了，说老了，想回老家都回不去了。那儿是他们的故乡，而月亮是我们的故乡。一些常念之地，都被它普照过，在记忆深处一次次回去，亲切又模糊着；又似车窗外的地名，重叠着。

少年游

一

绿房子静悄悄的，窗外的阳光一动不动。

低头翻微信时，看见儿时同学晒出春日图景。其中一张，一眼认出是处机关食堂。杂草丛生的院落，有棵硕大泡桐，三十多年了，它还活着。每至四月，一朵朵开放，再一朵朵凋零。校园里如是，繁花遮过走廊，伸手便可摘到，朴素的花，朴素的香。

那时住校，十一二岁，在食堂打饭吃。机关食堂，一份排骨两毛钱，有个条件好的女生一次买三份，吃不完，用炉膛炼，弄得浓烟大炮的，我在《片片梨花白》里写过。那年读初一，觉得食堂特别大，现今看来门脸竟如此之小。两级水泥台阶，红瓦红砖，木头门窗，晒得不能再淡的淡蓝油漆，什么都没改变。

清整的房舍，依旧很有看相。

每次打饭排好长的队，后面的同学在我背上写字，几乎都能猜到。惊讶，不信，再写再猜。伙食真的不错，馅饼、粽子、麻花、油条、米饭。菜翻着花样，流水牌写着菜名、菜价。黑木牌，彩色粉笔字，开饭时，往窗口一挂。熘肉段、蚂蚁上树、什锦菜、酥白肉、豆腐脑。豆腐脑是咸的，不像沙市的豆腐脑以甜为主。师傅白衣白帽，油渍斑斑的工装泛着厨师特有的油腻味。舀一瓢，放到饭盒里，浇上剁碎的榨菜码子。旁边摆着酱油、醋，各色调料随意添加。长方形铝制饭盒，有的男生进来时，拿着勺子，迈着八字步，边走边敲，喇叭裤扫在地上；打好饭，边走边吃，一副倜傥风流、玩世不恭的样子。也有穿吊腿裤、揪揪着短上衣、留着小平头的老实男生。

有次打完饭，出食堂，碰见大弟拿着饭盒上台阶，身穿一件大翻领、束腰带的黑皮大衣，不由得眼前一亮，有点像《瓦尔特保卫萨拉热窝》的场景。大弟绰号"英俊少年"，大衣不知穿谁的，估计是援助伊拉克的工作人员从国外免税店带回来的。折合人民币四十元钱，校园里不少学生穿。援伊人员很苦，五十多度高温，灰扑扑的路，短裤搓烂，没得穿。

家里每月给我们十至十五元生活费，大多家庭如此。不乱花，足够吃。铁路食堂，不赚钱。

饭票，红色、绿色、黄色，薄薄的长条纸，印着一两二两、一角二角的面值。用一张撕一张，一般塞在塑料小钱包里，有时夹进词典，然后忘掉。发现时，会惊喜。

爸那时每月七十元工资。妈拿得多，计件，二百多元。她矮小，但能吃苦，不分昼夜地做，所以我们能过得比较好。现在回想，妈都是最好的，因她的勤劳，又总是轻描淡写自己的付出。

妈干的活儿，一般男人做不了，倒预制板、卸火车皮、拉架子车。我曾说，如果长大了，做她那样的工作，不如去死。说这话时，是20世纪80年代初，不知当时以何种语调，轻而易举就说出了口。那日的余晖，把家属院染得通红，仓房的油毛毡顶，晒着妈用牛皮纸包好的大酱坯，还有给我们纳鞋底打的袼褙。妈迎着光无言地站着，像尊雕像。刚洗完的头发，干净地沥着水。

二

朋友把照片裁剪放大，说，远处是学校，还记得吗？那栋矮一点的红房子是咱们上课的位置，两排树还是原来的。她说之前，我已看到，学校已更名。

"H"形楼房，两排树当年很细，还是树苗。不知是什么树，有别于乌黑虬曲的泡桐。笔直的小树围了圈红砖，呈锯齿状。

阴凉的过道有黑板，我出过很多期，字并不好，总是斜斜地往上飘。一位语文老师站那儿看半天，说我喜欢写倒笔。自己并不知，包括自信，都是一件迷茫空洞之事。

星期一，也会升国旗，掌握不好节奏，没有一次顺顺当当到顶的，不是快，便是慢。有时音乐停了，还差一大截，不得不嗖嗖嗖地往上拉。众目睽睽，难免尴尬，幸好有人做伴，四人升旗，两人配合，两人拉。

有次星期天，起了狂风，黄沙漫漫，地动山摇，吹得对面的人都看不清。是龙卷风，每年春天都来那么一两次。寝室的床上蒙了层塑料布，塑料布上落满黄沙。心里记挂着国旗，和几个同学跑去，连拉带扯，迎着风拖回宿舍，塞到床下。国旗很大，像行李。

初三时，流行"神秘链"，不知哪个学校发起的，总之在校园里风行。下课后，同学们急急地写。一封信，抄六份，寄给六个朋友。每个朋友给寄信人的上线两元钱，再写六份发出去，等下面的下下线给自己两元钱。如此循环，正常的话，每人能收益七十二元钱，只需两元成本。与现在的传销类似，一种空手套白狼的"金字塔融资"方式。两元钱对一个小孩不算小数目，同学们纷纷往学校收发室跑，有信来，便迫不及待地拆开。收到过钱，也寄出去过。天南海北挖空心思寻觅能写信的人，最远的寄到了松花江。也可以给本地朋友，班上你给我，我给你，最后不了了之。信中说，不传下去，家里会遭殃，被汽车撞死云云。总之钱在作祟，那年是1983年。

也有不少学生集邮，集邮的钱，多半从口中省出。放学后，几个人蜂拥去校外的小邮局。我有一本很大的集邮册，里面的邮票，有往来信件上的，也有同学给的，还有妈从出国工作的邻居家要来的。故有许多外国邮票，可能面值不值钱，一长串一长串的。大部分是自己买的，有领袖头像、山水花鸟、开国大典等。翻检时，戴上白手套，用镊子一张张拈。从信封上取邮票，要先剪下来，放在水里荡一荡，慢慢把邮票和纸分开。再晾干，插进集邮册。也和同学们换，一张换一张，一张换两张。弟弟比我集得多，饿得小腰精细，天天猫猫着。

两本集邮册一直由我保管。后来不集邮，遇到夫家一名聋哑孩子喜欢，便给了他。20世纪90年代，偶然得知被他哥哥拿出去随便换了两千元钱。那些邮票若保留至今，一张都不止这个数目。听到时，很是沉默，怅惘是有的，我们曾满怀着爱，极认真地去做一件事，并非为了利益，那是青春年少的日子。且对弟弟深含歉意，谁都有拮据的时候。

三

寝室里有个女生叫小宁，短发，齐刷刷的刘海儿搭至眉毛。眉心有颗痣，头发柔顺，贴着精致的小脸。她不算好看，眼睛细长，皮色白净，平日轻手轻脚的。放学后，喜欢抱着纸盒看她养的蚕宝宝。几条肉乎乎的白蚕，卧在绿叶间沙沙蠕动，叶子在学校院墙外沟边的桑树上采的。

我们两家住一起，关系不错。她妈很胖，生了四个女儿，她老二。可能是想有个弟弟，始终没生到。邻里之间发生龌龊，常骂他们家"绝户"。儿女双全的，是像我妈这样的人，哪家有喜事，会被请去缝被子。

最后一次见小宁，我已结婚，回娘家，碰见小宁也在。她从另一个城市来处机关办事，好像要开一个证明。那几年，爸妈家像转运站，接待天南地北一拨又一拨的旧时熟人。妈人好，身上散发着本质上的热情与温和。晚上我和小宁睡在大屋的床上，她脱衣服时，露出雪白的肌肤，饱满的胸，有种让人不敢直视的逼迫美。好像她还没正式工作，才结婚，准备去丈夫单位。我们聊到很晚，说了些什么，已忘记。第二天一早，我送她去火车站，在早春蒙蒙的细雨中分的手。

后来听说她生了一个男孩，再后来听说她跳了水库，是自杀。那水库清亮亮的，她的尸体漂浮在水面上。

影集里，至今有一张她斜身的黑白照，两个拳头支撑在腮帮子下，模样清秀。很多年，我想着她头发散开、漂浮在水面的情景，以及她孤独苦闷、视死如归的决心和温柔可怜不张扬的个性。她比我低一届，死在 20 世纪 90 年代，一个充满欲望、浮躁的年代。我甚至不知道她因何而死，对人世背负着怎样的绝望。

她姐与我同届，也住同寝室，长得有点丰腴，穿喇叭裤，紧绷绷裹在大腿上。晚上睡觉前，喜欢用夹子把刘海儿卷起，第二天打开，形成波浪。也有女生用烧热的铁钳子烫发的。不知道谁回去说她变坏了，传进她妈耳朵。星期天她回来，在寝室里骂。

寝室里，冬天烧蜂窝煤炉子，有的同学偷偷用电炉子取暖、烤馒头片。不用时，藏铺下，用鞋子挡起。一千瓦的功率，常常造成电线短路，舍监经常来查。宿舍的门平时不锁，只晚间插起。星期天，谁第一个回来，去舍监那儿拿钥匙，黝黑锃亮的圆形木牌，转圈的孔洞里挂满叮叮当当的钥匙，上面贴着医用胶布，用蓝色圆珠笔标着几栋几门。

晚上，排队到锅炉房灌热水袋，开最小的水流，水咕嘟咕嘟往下流。水淋淋的地面，雾气腾腾。夏天，寝室外的黑白电视，嗞啦啦闪着雪花，看得最多的是山口百惠演的《血疑》。教室里有暖气，一到冬天"嗞嗞"冒着白气。玻璃黑板，写字发出落叶般好听的沙沙声。

铁路子弟学校，免学费。

20世纪80年代，港风吹拂，为共产主义好，还是资本主义好，曾在寝室和同学有过争论。认为资本主义每个毛孔都沾满鲜血，说，你们去资本主义国家好了，不做包身工，便当妓女。听说邓丽君演唱的《何日君再来》有关某国，便不再喜欢。这首歌最早源于周璇，后被李香君演绎成中日两版，再后来成为邓丽君的代表作。

想一想，真是一段铿锵的岁月，幸好漫长的时间河流使自己柔软下来，重新审视一些事物。

四

高一时办报，每个人都要办，写上自己的作文，然后上交。

题目是《文明古国的美德》，写了洋洋洒洒一大篇，画上报头刊花。拉扯上谭嗣同、文天祥诸人，用了不少排比句。与另一名低年级男生到市里演讲，一位河南口音的语文老师带我们坐公交车去的。挺大的礼堂，乌压压坐满了人，腿打没打抖已忘记。

　　紫红帷幕徐徐拉开，人站在刺眼晃悠悠的灯光下，时不时打着手势，实在渺小孤单。侧面和后台有穿白衬衣来回踱步温稿的学生。

　　去之前，班主任让把讲稿拿到语文教研室给教研组组长看。一直记得他的名讳，姓奔，大脑门，有点像马克思，曾与父亲同事。他在稿纸上划掉一句我引用的话："宁做社会主义的草，也不做资本主义的花。"沙哑着嗓音不知说了句什么，让我极为惭愧。似一个高声讲话之人，一下子遇见了一位极有教养的低语者。我站那窘半天，一句话都没有。后来听过他的朗诵，声音绕过几道溪水，枯竭时又缓缓流出。似幽谷，一排排荡漾的林木；秋风，闭目的海，抑或淋湿的往事，总之带入遥远的无人之境，又在语言艺术的范畴中掌控。不激情澎湃，也不抑扬顿挫，骨髓里的好。方知道文学或者说文艺可以如此温柔，磁石般演绎着。

　　前年，听说他去世了，是癌。

　　得了二等奖，一个书包。后来局领导来视察，叫我去演讲，和一些文工团的演员一起汇报演出。在处机关俱乐部，本单位的礼堂，能容纳许多人，平时放电影、开会两用。那些女演员很时髦，烫发，裤线笔挺，身上喷着香水。她们在后台化妆，上油彩；也给我化妆，上油彩。演的是新疆歌曲《达坂城的姑娘》，"你要是嫁人，不要嫁给别人，一定要嫁给我。"再是《天仙配》，一喉两声，一会儿男声，一会儿女声。

现在，对演讲、表演、朗诵，已没多大兴趣。暗，其实是种很华贵的东西，宝石样闪烁于黑夜，是对思想最好的尊重与礼赞。后来在学校大会上演讲，竟卡了壳，脑袋一片空白。良久，学生会主席过来移话筒，算遮过去。丢了一大段，因尴尬，便记得。

还参加过全市的作文比赛，得过奖，题目是《我的老师》。写的初三班主任，开头便用了"风度翩翩"四字。老师姓柴，外号"才大官"，抑或"柴大官人"，真的不清楚，也不知道男生为何给起了一个这样的绰号。或许觉得不太符合劳动人民的审美气质，有点鹤立鸡群、气宇不凡的清高味道。很板的一位老师，骨子里有硬的部分，用风度翩翩一词实在不准确。这样的人不随和，像个概念，身段放不下来。吝啬笑，笑起来似假的，却发自内心。

有回，从教室的窗口，望见老师踮着脚，扯着腰带上的钥匙，开教研室的门。咋都够不到，一次次失败，便有点扎心，这样的动作实在亵渎了老师。

老师待我不错。晚自习布置作文，来来回回巡视，走到我身后停下，说，好！抬手想拍我的肩，可能突然意识到我是女生，便戛然停止在半空。本子上，第一句话"教室的白炽灯下……"正是当时之景。

高一时，柴老师继续教我们语文，课讲得生动。讲《孔乙己》时，画出曲尺形柜台。阔时，拍出大钱；落魄时用手爬进来，垫个蒲包，盘着腿。

很多年后，我在菜市场看见他蹲在一个摊位前选土豆，依旧是大背头，一尘不染的衣裤。后来分了楼房，曾住我家楼下，鲜有来往。父母的家，也是一搬再搬。

五

高中时，教历史的老师姓蒋，个高，魁梧，南方口音，常穿一件洗旧了的灰色中山装。两个指头夹着粉笔不用回身，便能在黑板上弯弯曲曲画出全世界任何一个国家、任何一座城市的版图。莱茵河、尼罗河、阿尔卑斯山脉，同样弯曲的河流与三角形小山呈现在他的粉笔之下。他的南方口音并不好懂，但课好懂，简洁明了，人名地名，起因、发生、发展、结果，几个重点一串便完事。

清晨的校园，许多人陷在薄雾里，嘟嘟囔囔背书。我不大背，每次考试，大多用自己的语言，"衣不蔽体""食不果腹"两个词，用得最多。历史在一个框架里循环，打破，进步；再打破，再进步。淘汰不合理，从矛盾到触点的过程，思想亦是。

100分的卷子，常考98分或95分。记忆里，没和蒋老师说过话，也没去过他的教研室。他在二楼办公，斜对着我们教室。考完试，许多同学跑去，围着他的办公桌看分数。回来感慨，说蒋老师拿着我的试卷，掸着说，看看人家的卷子。

蒋老师十六岁上的大学，中年后调入我们学校，年年参加高考阅卷。我离开学校后，再也不曾见。他的女儿是我的微信好友，很优秀，有自己的一方天地，身材颀长，每天迎着朝霞跑步。我去深圳时，她在微信里说，能否出来喝杯咖啡。很遗憾，我当时正忙乱，未能赴约。

后来得知蒋老师已不在人世，一个立在讲台上像塔一样的人。在他手里，我知道了什么是历史。历史是活的，在时间里构筑着人性，尽量往良善的道路上靠，它的前方是文明的曙光，而非一本薄薄的书。

一部历史便是一部战争史、反抗史、发展史、思想史。教的是历史，更是认知与目光，人类一直处在这样的艰辛蠕动中。

教物理的老师姓张，很幽默的一个人。会吹口哨、拉手风琴、弹钢琴，粉笔头能准确地弹出去，落在开小差同学的额头上，在大家没被那道美丽的弧线吸引前，继续轻松授课。每次正式上课前，出一道题，再讲解新的知识点。每个同学写在一张小纸条上，组长收上去，第二次上课再发下来。不是什么难题，只是概念，什么叫"抛物线运动"之类的。每次我信心满满答好，往往只得七八十分。概念，便是概念，严谨，不能有一字之误，这是在这位老师手里明白的。我的物理不错。他夫人教我们英语，很白，尖尖的脸，不爱笑，是个美人。也许自己英语不好的缘故，觉其不够亲切。因频繁转学，英语发不好音，遂窘迫，后来整个放弃。在我的记忆里，她总是杵着教鞭，皱着眉，站在那儿。

教化学的女老师有点老，温和白净，走路慢，烫着短发，标准的知识分子形象。浙江人，住在校园里。她的先生很瘦，棱角分明的长方脸，凸颧骨，黄黑皮色，戴副黑边眼镜。每年九月，他们家的水泥外墙，爬满漂亮的紫粉色牵牛花。室内凌乱，不大收拾，吃食堂，一筐筐买馒头。太阳好时，晾出的被子满是黄色地图，大圈套小圈。

高一的班主任是那种矮小、爆发力却很强的人。走路带劲，课讲得有力，子集、并集、交集，奇函数、偶函数，并且会作诗，名牌大学毕业。学校组织诗歌比赛，他写，让我们朗诵。女生问，什么是幸福？男生答，不是餐桌上的杯盘狼藉，残羹冷炙；男生说，什么是幸福？女生答，不是身上的绫罗绸缎、华服美饰。

自己散漫，并没活成老师想要的模样。但想一想，很多年我是爱他们的。一个老师，便是学生心中的丰碑，才华、智慧、幽默的代表和体现。他们曾参与过我的生命，给予父母身上欠缺的东西，算是社会意义上更广博的家长。

六

儿时，看书随意，抓一本是一本，不求甚解，读字读半边。带字的都喜欢，一张报纸看半天。弟弟有个小木箱，里面攒了许多小人书。每次坐火车返校，车站外也有小人书摊。那是一个寂寞的小站，父亲单位修的，空旷的站台，异常干净。很高的木架，一排排，封面朝外竖放着，用小绳一拦。两分钱一阅，摊前摆个小杌子。

《红楼梦》属早期读物，十二三岁开始接触。白色封皮，有注释。书是爸的，记忆较深的一部书。

看到黛玉的《唐多令》，"粉堕百花洲，香残燕子楼"便觉得好，少时喜欢明艳悱恻之句。那个暑假，在淅淅沥沥的雨声中，辗转于这本书里。室内幽暗，家属院的房子一家挨一家湮没在苍茫的烟雨里，像一艘艘湿漉漉的小船。那样的船载着我的年少时光。

那时刚硬，小小的心灵露出齐刷刷的锋芒。看到"好风凭借力，送我上青云"，觉得宝钗做作，有野心。言为心声，有所思，方有所言，也是一种思想反馈。"韶华休笑本无根"这句，现在看来，也符合薛家，无根的飞絮，从头至尾寄居贾府。

同一时期，还看《东方列车上的谋杀案》，人名冗长，恐怖。我害怕，坐在屋子中间，面对着门。边看边警觉地环顾四周，好像四面八方都会有坏人出现。

半夜，吓得不敢睡觉，搬个小凳子坐在爸妈房中。妈半夜醒来，警觉地问："谁？"我在黑暗中答："我。"妈欠身问道："坐那儿干啥，咋不睡觉？"

看《一双绣花鞋》时，直接把书扔了。不甘心，捡起来再读。窗帘后总有一双隐隐的脚，脚上穿着绣花鞋，那是女特务，阴森恐怖的象征。更夫一梆子一梆子敲着寂静凄惨的夜，似在自己窗外，我吓到惊魂。

高一时，读《三言二拍》和晚清文学家李伯元的长篇小说《官场现形记》。有次，清晨五点多，去食堂打饭，天还未亮，端着粥往回走。操场上，影影绰绰有晨跑的学生。快到寝室时，发现脚边有一长条粉色饭票，捡起来，数了数，大概两元钱。想起"莫把金枷套颈，休将玉锁缠身"，便弃之不取，端着粥直直地走了。真有"富贵五更春梦，功名一片浮云"的潇洒想法。多年后，犹记得那个微薄的清晨。放到现今，是要捡的。

读《官场现形记》，有"云水看遍，世道人心不过如此"的感觉。一个人的一生，除原生家庭给予的，余者多半来自书籍。书是个好东西，教坏的可能性并不大。后来，看《张爱玲文集》，太太们千篇一律的生活方式，秀旗袍、打小牌、嗑瓜子、涂红指甲、嚼耳根，消磨无尽的时光，在爬满褶皱的光阴里苍然老去，都是自己暗暗要远离的。那些水面的花，太令人惆怅和浪费。跳出来，方属于自己。

一本书给读者一种想法。这种想法是拒绝，而非接受，这是我一直认为的。人生是个拒绝的过程，所有的接受均为此铺垫。对不属于己之物的拒绝，对一种生活方式的拒绝，对来自别人伤害的拒绝和自己伤害别人的拒绝。

而写者，一定是觉醒的，这样的作品才有社会价值。《猎人笔记》《红楼梦》《官场现形记》均如此，站在自身领域反思，醒在黎明之前。而非处于压迫方的自觉反抗，这是其全部意义与高明处。像屠格涅夫本是农奴主出身，却反对等级制度。当其动笔时，一只脚已迈出那个不合理的怪圈，朝人类文明的进程蠕动了一小步。

一个不读书思考之人，拥有再多的财富，都是当初父母思想的翻版。只有穿上认知的外衣，才会生出更广博的爱与自律。这些也是我多年后想到的。

七

儿时朋友见我感慨，又拍来处机关大楼的图片。夕阳把整个楼宇涂上忧伤的红，我从来不知道它有如此之美。咖啡色墙体，粗大的圆柱，伟岸、坚固、肃穆，与现在的豪华场所所差无几。

那时抓腐败，哪个贪污，判了刑，在机关门口张贴告示。路过之人七嘴八舌，边看边议论。犯罪之人挂个牌子，站在敞篷车上游街。同学的父亲，被关进某监狱喂蚊子，睡草袋子。家被抄，一床毛毯到处藏。

爸因修桥梁去了另外的项目，上亿的资金在手里过。办公室的黑板上每天有流水。放假时，我常去爸办公室，在黑板上写古诗词。回寝室，给爸写信，若贪污，便断绝父女关系。写好后，贴上八分钱邮票，跑到球场边的小邮局，找个绿色邮筒寄出去。

有年寒假回家，有人找爸办事，推来一辆飞鸽牌女式自行车。在那个年代，算值钱之物。外面下着毛毛雨，我推到马路上给扔了。妈赶出去，推回来，向别人道歉，让赶紧推走。

现在，妈还对弟说，你姐多革命，别人送的烟酒，当着客人的面，便让提回去。妈说这话时，并无责怪之意。反而说，一家人好过赖过，有饭吃，平平安安就好。

家里的钱，几乎都是妈挣的。爸只拿那点死工资，都知道他认真，一颗钉子都不往家里拿。我们三姊妹结婚，家里没花什么钱，婚后也是自己勤劳，没用过爸妈的钱，倒常给他们。

少年意气，刚硬、迷茫也脆弱，想来十分好笑。

机关大楼临着马路，围着一圈黑色铁艺雕花栅栏，对面是灯光球场。球场一侧是一级一级的石头看台，每到球事，围得水泄不通。

多年后，一个比我低一届，长得非常漂亮、一说话就脸红的女生，讲起她的初恋。初中时，夏日傍晚，她常一个人坐在灯光球场的石凳上，拄着下巴，呆呆地看一名男青年打球。暗恋别人好多年，连姓名都不知道。她说时，已结婚，美得依旧像巴伦博伊姆演奏的《月光奏鸣曲》。

岁月是个好东西，粗粝地扎着人心，又绵软如绸。

与新华书店有关的日子

一

冬日。雨夜。

与朋友临窗对坐在咖啡馆的白色方桌旁，宽大的玻璃像夜的帷幕。窗外枯叶被缥缈的雨水洗得发亮，霓虹闪耀，偶有车辆驶过。

朋友推给我一本书说道，你现在喜欢写小说，不妨看看。我伸手拿起这本浅咖色调、纸页泛黄、散发着陈旧气息的卷册。封皮绘了幅简笔画，一匹黑马拉着雪橇，橇上坐了一名包红头巾的妇人。背景由隐隐约约的尖顶教堂、木屋组成。另有一名执手杖、戴筒帽、穿燕尾服的男子，和一位穿长蓬蓬裙、高发髻的女子侧影。两只白鹅，几笔象征性的草坪，典型的俄罗斯风格，应该是大地解冻后的一个静静春日。下方印着《库普林中短篇小说选》，人民出版社出版。装帧典雅朴素，亲切柔软，携带、坐卧看都方便。喜欢这种简易册子，有书卷气，比精装硬壳的合心意。

翻了翻，五十七页夹了一张"新华书店"的发票。日期为1981年8月8日，0.97元，计划发行组印章。我笑说，好珍贵，发票比书值钱。朋友燃了一支烟，瞅了一眼窗外幽深的夜色，怅然道，这张发票在里面躺了近四十年。那时，市面刚出现此类书，计划发行，一书难求。因在"新华书店"工作过，有熟人，故有进入书库的特权。书多半从省城刚到，尚未拆封。每每记挂所到出版物，占有喜欢的孤本，感到莫大荣幸。虽购置有限，没多余的钱，架上近万册书，却是那时来的，且介绍同事去买。

朋友讲起有关"新华书店"的人和事。

小城最初的新华书店，坐落在繁华的中山路，毗邻老天宝银楼，面对觉楼街。新中国成立后便有，红底黄字，凹凸不平的毛体"新华书店"招牌。五米宽门脸，两侧是高大透明的玻璃窗，可谓中山路最漂亮的门面。三层建筑，遗有民国风。厅很大，进去，满壁书架。下面是书柜，取上面的书，得搭梯子。书分科、文、史，按序排列。像神殿，诸神安坐，不吵不闹，无等级贵贱，各自保持良好教养。

遇上阴雨天，暮沉沉，恍若钟表停摆；艳阳时，金光四射，晃动着无数尘埃。

店中台案，摆着新到书籍。收银台设在靠门处，两侧有木门。

书库位于门厅后。二楼为办公区，三楼是职工宿舍。

朋友娓娓道来，咖啡馆的壁炉燃着熊熊火焰。

一名八九岁的小女孩，从窗前经过，她妈打着伞，牵着她柔软的小手。小女孩穿着粉色透明雨衣，剔透的双眼闪着光。一双小脚并不安分，淡蓝套鞋"啪啪啪"踩着石板上的积水。

朋友说，像她这样大时，常趿拉着烂棉鞋在书店台案前徘徊，鼻子刚够台面，可怜巴巴，想伸手偷书却没胆。能带回家的，只是些免费的介绍册。卖了积攒的牙膏皮、废铜烂铁，方购得一两本。继而沉吟道，那些年，那些书不是纸，而是一座座花园和剧场。每个字都是台词，可以在晴朗的午后吟咏，也可以在潇潇雨夜静读。书翻烂了，掉了皮，能背下来。套用一句现在流行的话，新华书店便是"心中的天堂"，也是这个城市唯一能买到书的位置。

二

认识老贺，我已读高三。朋友抿了一口咖啡，对着烟缸，用中指敲了敲烟灰。

那年，地区筹办农业十年成就展，需要大批美工，人员从各方抽调。老贺在新华书店上班，操得一手漂亮的美术字，像他的人，庄重典范，正派热情且憨厚。人站凳上，举着刷子，三下五除二，一顿抑扬顿挫便完事。看他写字，简直是享受，既有韵律美，又有画意感。真功夫！哪像现在的美术字，多半打印出来的。

老贺，胖胖的身，中等个，脸上堆着笑。四十来岁，说起话来急促结巴，留着小平头，愈发显得粗壮结实。在工商联工作时，认识家父，所以特待见我。大型展览自然少不了工作室，寒暑假、星期天，我去帮忙，被安排与老贺同住。

一次，他叫我同去吃早餐，我还没起床。他边掀被子，边呵呵骂道："大懒虫，太阳晒屁股了，还赖床。非得老子喊。"话音未落，却愣在那儿，里面并没我，而是躺着一个直挺挺的纸筒。他抛开被子，四处巡视着。回身发现，我已背着画夹，笑盈盈立在门口。清晨的光线，从我身后涌入，把一个狭小居室映得通亮。你、你、你！他说不出话来。我站那儿，看着他，笑而不语。

天不亮，他还在酣睡，我已摸黑起床，来到江边。露珠尚未散去，绒毯般的草地撒满大颗珍珠。江水涌动，温柔地拍打着堤岸，驳船静静停靠。我支好画夹，等待旭日东升。初冬早晨的江面，热气腾腾，整个城市，在"呜呜呜"的汽笛声中琐碎醒来。

自那后，老贺愈发喜欢我，啥事都帮我。

加班发的麻饼，他不吃，偷偷塞进我书包。我红着脸推脱，他一言不发，拍着我的肩。多年后，我依稀记得那些无言的沉默。1959年，临近大饥饿，家里困难，姊妹多，但那时人活得体面。

水彩画家金家齐是该展总设计人，他工作间有本罗马尼亚画家格里高列斯库的画册，精装外文版，我特想看。老贺借来。画册让我开了眼，不止苏联《星火》杂志能见到的。坐在幽黄灯下，一幅幅画作甜美朴实。格氏是我喜欢的画家之一，笔下农妇、牧歌式夕阳中行走的牛群，平凡浪漫，磁石般吸引着我。提罐女形象使我懂得了美，当然还有老贺的情意美。

朋友笑声朗朗，仿若回到了那个朴素的从前。

小艾！他这样称呼我，是我的第一位成人朋友。同事中有人欺负我，他立马站出来，大声指责对方。一个年轻人嘲笑我不会骑自行车，影响工作。他便教我，撞到人，连忙道歉，你看，你看，怨，怨我！他指着自己的鼻子，我是他师……师父，没教好，对不起，对……对不起您喽。他点头哈腰，连搀带扶，替人家拍打着身上的灰。您慢走，慢走！目送他人离开后，他狡黠一笑，拍拍我的肩，挥手道，走！

后来，我上大学，毕业后分到大西北。你知道的，黄土，几十里的黄土、戈壁，有些地方不见人烟，没有一棵草。春天飞沙走石，冬天滴水成冰。我开始想念江南的潮湿，病榻上的母亲，剥莲子、糊火柴盒的弟弟妹妹们，以及江边吱吱呀呀的简易木楼。遂放弃省级工作证，调回小城。

回来后，我有意去拜访老贺，他已从新华书店调入剧场做宣传工作。在杂乱的后台，我找到他。他穿了件发白的蓝布工装，弓着腰，手握扫把在扫地。灰头土脸，头发全白了，横七竖八窝在一坨。看见我，很激动，先是一喜，后又不知所措僵在那儿。后台昏暗，只小窗射进来几束光。若没记错，他眼里闪过一丝泪花。我喊着老贺，小心翼翼走过去，脚下堆着一些破烂戏服和道具。他忽摆手，背转身。我慌了，不知为何。他低声结巴道，我可能有问题，离我远……点。他卷着舌头，"点"不上来。我魂不守舍回到家。再去找时，他已被隔离，无法见到。再后来，听说他因脑出血离世了。你看，世间再无老贺！

朋友掐灭烟头，拿下鼻梁上的眼镜，哈口气，抽出一张纸巾慢慢擦着。

窗外雨声渐大，沙沙作响。

三

我不知如何安慰朋友，便岔开话题，你不是在"新华书店"设计过橱窗吗？朋友连说，是的，老贺介绍去的。认识老薛，也是源于老贺。

在武汉读书那几年，寒暑假回小城，常到"新华书店"帮忙。老薛是橱窗宣传员，节假日之前最忙，五一、国庆、春节，均需展示，新书介绍更是必不可少。橱窗展示是门艺术，每有奇想，老薛总由着我。宣传小说《欧阳海之歌》，我照原书皮，画满窗底板。欧阳海奋力推马，身后是喷着浓烟驶来的蒸汽式火车头。再用铝制书架，摆出高低错落的造型，陈列上书。有散本，也有成排的，窗底放上彩条。那橱窗，繁华的中山路找不出第二家。

凡设计人物，老薛来家邀我，我自然愿意大显身手。俩人配合默契，干得热火朝天，最后的卫生归他收。他喜欢用灰色色块，图案精美，版面洋气，颇具现代风。默默影响着我的审美，不是老师疑似老师。他对仿宋体颇有研究，字大小安排得体，笔笔到位，像印在报面，无一丝手工痕迹。

　　老薛有单独的制作室，十分规范，纤尘不染。一件白大褂工装，可与医生媲美。他喜欢随手在烟盒、小纸片、包装纸上，记些灵感，或绘上几笔。被子叠得整整齐齐，上床后，尚勾腰把地下的两只鞋并拢。平日抽廉价的圆球牌香烟，旁人递好烟，他不接，也不给他人散烟。

　　老薛大高个儿，白净，戴副眼镜，胡子刮得干干净净，给人一种清贵感。眼神坦荡，举手投足，自带风度，一看便知出身书香门第。果不其然，他父亲是武大教授，世界语言学专家，在国际享有一定声誉。新中国成立前，老薛的许多亲戚去了台湾，喊他去，他收拾了几本书、几件衣服，提着藤条箱赶至江汉关。临上船，望了一眼滔滔不绝的江水和钟楼，退了票，回至小城。

　　老薛是家里最没出息的一个，倒乐得安稳，不声不响过日子。连工作间的绿铁皮蜂窝煤炉子，都擦得锃亮。红红的煤火上，垛着白铁壶，壶嘴"噗噗"打着响笛，喷着热气。有时垛个小炖钵，铺上菜，咕嘟咕嘟煮着吃。工作太晚，留我用饭。他吃饭很有吃相，再饿都仪态端庄，一粒一粒把米捡净，和汤咽下，再冲一碗白开水喝光。

吃完饭，我推门离开，大街上空荡荡，偶有几辆自行车。夜色苍茫，一颗星都没有，我心满意足走着，那是劳动后的安宁。路灯泛着幽冷的光，让我觉得人生踏实肃穆。你知道，我并没工资，算实习。1961年、1962年很饿，但因有对艺术的追求，而忘记肚子空瘪。那时对艺术的理解很肤浅，不像现在，从有法到无法，到自如，熟练到无拘束才算成熟。没精神需求，哪来审美？物为本，审为主观修为，两遇何其难。没阅历、时间，哪来审视？色盘上色，如今只凭感觉便能找到，年轻时总被客观及某些理论束缚。画多了，自有规律。调子以纯为主，加之冷暖变化。光是有情绪的，万变不离其宗，方为自由王国。

你看，扯远了，朋友怅然道。老薛20世纪80年代退休后，橱窗改成门面出租。书店萎缩，只剩下大门出入，外人根本不知在哪儿，像被吞噬一般。

四

我静静听着，并不插言。朋友又深情说道，在新华书店帮忙画橱窗那几年，还认识一名豫章小学的美术老师。虽是小学老师，却极有品位。三天两头往书店跑，站那儿，推着自行车仰脸看我画橱窗。

他在等书，20世纪60年代初，各种文艺书籍，如火如荼。苏联的一些文学著作灿若星河，普希金的《叶甫盖尼·奥涅金》《上尉的女儿》、莱蒙托夫的《当代英雄》、果戈理的《钦差大臣》、屠格涅夫的《父与子》、陀思妥耶夫斯基的《罪与罚》，托尔斯泰、高尔基、肖洛霍夫、帕斯捷尔纳克的作品都是架上贵宾。苏联的《星火》《青年时代》杂志，一次只到一两本，俏得不得了，几乎都被他买走了。

　　熟了后，向他借阅，他倒慷慨，常邀我去他家听琴看画册。

　　那是条石板街，大杂院，穿过几重天井，才能到他家厢房。过道磕磕绊绊，堆满煤炉子、摇窝、家椅子；巷口满是摇扇子、赤膊下象棋、叼着奶瓶的孩童和哺乳妇人。不时传来孩子的哭喊声、夫妻吵架声和拍皮球的砰砰声。他家整洁，老式彩花木窗，书架上垒着满壁书，用淡紫纱帘挡着，拉开便是另一重世界。除部分古籍，余者皆从新华书店购得。书香门第，他父亲是沙市某医院院长。他很有钱，最起码，我如是想，是我这个穷学生无法企及的。

　　他姓齐，人长得高大，戴副黑框眼镜。头发黢黑，梳着偏分。人干净，说话做事极有分寸。平日穿件夹克或对襟袄，围条枣红色绒线围巾，很文艺。自行车一路丁零，碰见邻里点头微笑，您呀您地打着招呼。

　　有次，他买了本紫红封皮的《金蔷薇》，看完后，借给我。我带到学校，寝室里，五六个人抢着看，外班的也来借。传丢了，不知便宜了哪个。你看，我还欠着他的书。上铺的同学，当即拜倒在这本书下，回忆录里提及不知我从哪儿弄来的，便是这位仁兄。后来那位同学自己买了一本，年年看，一直看到七老八十，每次阅后，留下笔记，标上年月日。最大的愿望便是到帕乌斯托夫斯基墓前献束花，这也是我的愿望。

每期《星火》杂志都有列宾、苏里科夫、希施金，一些俄国画家的作品。大四开，四到八个版面，刊登俄罗斯及苏联画家的油画，定价两毛五分钱。那些画养育了我的孤独与审美。都知道，我迷列维坦，多少年，他拄着拐杖，逆光里，礼帽下对我微笑。我喜欢他的味道，充满柔情，每一朵云都蓄满眼泪，那是医治他心灵的药。他喜欢秋天，黄金般忧伤。

每每重逢列氏的画，我都深感愧疚。久违了！阴沉的天，烂泥的路。但我不能重复别人，所以在一个个夜晚，寻找着属于自己的语言。每至乡间，面临真实的大自然，都犹豫回避。超现实，便是超真实。

现在，那位齐先生呢？我问道。

走了。人谦恭，一辈子安分守己。老来画画，尤喜丰子恺画风。自得其乐，平安一生。

朋友说着，白衣侍者过来续水，一捧热气于眼前袅袅散开。朋友坐在虚影里，极不真实。我理解这样的苦恼，先人之路再好，也得岔出自己的小径。

五

朋友向后靠了靠，说道，去新华书店工作，已是20世纪70年代。虽与所学不搭边，因是书店，倒十分乐意。那时，毛家巷口设了图片门市部，北京路红旗大楼1971年国庆，开了新店。橱窗展出的书籍除《共产党宣言》《鲁迅全集》，还有本《桐柏英雄》，成了热门货。再后来，店里只卖两种书——马恩列著作、《毛选》，以及一些课本，起先感兴趣的翻译小说几乎绝迹。生意冷清，书大多销往单位。

我做营业员，运一大捆一大捆的书。门市部男同志少，我成了一个干杂活的"宝玉"。大家说我不像大学生。中山路门市部的橱窗没机会接触，除非老薛需要，陈列的不是红宝书，便是文件精神。

当时的书记叫艾务农，人爽朗，大嗓门，特爱务农，常把我们弄到乡下劳动。大家唱着歌，坐敞篷车去。夏日，住在场院，夏虫吟唱，闻着干草的气息。夜空深邃辽阔，伸开四肢，望着满天星斗，舒服极了。只是蚊子多，怎奈那样清幽的夜色，城里人很难见。

早起，踩着枯枝旧叶，到野沟窄渠走一走。清流徐徐，阳光安静。林木透着香气，听得见树们的呼吸。绿草躺在阳光下，花瓣轻舞飞扬。每片树叶、每株草、每朵花都是纯洁的。

书店在那儿租了两亩地，种蔬菜，算职工福利。工具放棚里，春雷轰轰，大家跑到房东秦婶家避雨。她给我们烤衣服，熬姜水，煮鱼汤。她的女儿叫小舍，十七八岁，圆圆的脸，一笑俩酒窝，甩着两根大辫子，一天到晚腼腆地围着我们转。

多年后，我在菜场碰见一名妇人蹲在地上，满手血糊汤流给顾客收拾鱼。她不时抬头瞅我一眼，欲言又止。我买完，提着欲走，转身的一瞬，她粗糙脸上的一对酒窝，让我脑海划过"小舍"俩字。几乎同时，她喊出了"新华书店"。我愣在那儿，太亲切！怎奈新华书店早从这个城市消失。我俨然成了一位满头白发，一身粗衣，极不讲究的老者。她乃一把焦黄头发，满手裂口的农妇。

人生是枚苦月亮。

那两年，能记住的不多。书店安静，有个女孩，常来店里。第一次，她妈带她来的，母女胆怯，畏畏缩缩。妇人面黄肌瘦，裤子打着补丁。女孩很胖，十三四岁，倒有一百来斤，咧着嘴嘟囔着，我要读书，我要读书。她妈手里提个碎花布拼就的书包，抠抠搜搜，买了一本故事书。她低头捧着，边咧嘴笑看着，边走了出去。

一日，门前哗哗淌着雨帘，店里一个顾客都没有。她落汤鸡似的摸来，嘴里依旧嚷着，我要读书，我要读书。没几分钟，她妈打伞追来，连扯带哄，一阵风似的把她弄走了。说，砸了家玻璃偷跑出来的。如此往返，又来过几次。像约好似的，每次她刚到，她妈便找来，赔着小心。

其实，她是文疯子，并不祸害人。只她妈说，家里的馒头、本子被她用铅笔戳满窟窿。也有同事讨厌她，喊滚。她吓得不行，每次来，先站在门口瞄一下，咧嘴"嘿嘿"干笑两声，再蹭进来。两年后我落实政策被调走，没再见她。后来隐约听说，她丢了，找回来后，又死了。住在桂香街一带。

你看，一个生命，尽管智障，潜意识里却要读书。

六

咖啡馆洁白的棚顶，吊了一盏老式莲花灯，散发着幽暗之气。

朋友摊开手，继续说道，20世纪80年代，是我买书的黄金期。大地回暖，文化类书籍雨后春笋般恢复。看过的也买，喜欢往书店跑，在库里翻。小城市，新华总局配额有限，《金瓶梅》《十日谈》这些内销书，市面根本见不到。遇上喜欢的，真是难得，一得人家出版，二来自己需要。有的擦肩过，有的一遍阅，有的厚爱至今。虽不求甚解，却受益匪浅，潜移默化营养着精神。

书店的顾客都是读者，静静浏览，静静翻阅。书背面有价，按价付款，没商讨余地。不开票，也得在书后盖上新华书店的销售章，否则按偷盗处理。

店里每半年处理一次积压书，大多八五折，甚至五五折。这样的机会，朋友带信，我自然不会放过，也能淘到心仪的书。

朋友说的，我极赞成。文学、绘画本是孪生姊妹，文者没审美算不了作家；同理，画者没丰厚的文学修养称不上画家。

所谓审美，便是情怀。一个促狭之人，再优秀，骨子一旦轻薄，便写画不出好东西。

我来这个小城，已是20世纪80年代中叶，逛过北京路的新华书店。那时，小城很干净，穿袜子在街上走，都不会沾灰。胡乱买过一些书，《雪莱诗选》《现代小说美学》等。到20世纪90年代，已满街盗版，以个体经营为主的书城拔地而起，品种多，价格低。新华书店虽勉强支撑，已式微，被边缘化。

儿子八九岁时，迷恋书。寒假，大雪封城，他每天穿着胖墩墩的羽绒服，到新华书店泡一天。因离家远，午饭在外面吃。可能营业员有点不耐烦，有天儿子没吃午饭，花十元钱买了本《小王子》。后来把我弄去，买了二百多元钱的书。付钱时，扬着小下巴向营业员示意。

朋友听着，呵呵笑了起来。

新华书店曾是一所大学校，肩负着教养人类的作用，也是一座城市的精神地标和精神父母。它的摊派模式，注定被市场经济淘汰。北京路的新华书店，变成其他门脸后，又在原地立起了摩天大楼，遂彻底消失。后来，书城也没了。

电子时代，取代纸媒，正如手机取代读物。但纸质书籍的魅力依在，没手机的五花八门，是阅者能精神对话的单纯知音。

黑暗越聚越浓，空气越来越兴奋。灯光昏黄，咖啡馆放起了轻音乐《可可托海的牧羊人》。几个染着几缕红头发的年轻人戴着耳机，摇晃进来。

我从帆布包，拿出一套张爱玲文集，递给朋友，说网购的，喜欢她的作品，老辣真实，有奇想。相信一百年后，依旧辉煌。

离开时，细雨滴答，不疾不徐。2020年的最后一天，夜色晶莹，我和朋友各自撑伞离开。

秋天的早晨

一

这条路我常走，多半在黄昏，或晚间八九点钟。待拆的房屋围起来，已有两年。每每经过，偌大的院区黑乎乎，只有一两扇窗口亮着微弱的灯。人有时无法诠释家的概念，坚守抑或放弃。

今晨起得早，出来走走。路太静，落叶飘飘，真是深秋了。奥体中心有棵桂，依旧很香，一棵树要长这么大，一定得许多年。返回时，路上行人多了起来，几乎都是拿着早点的孩子，沉甸甸的书包压在双肩，后面跟着小跑的奶奶，边捯碎步，边扬手喊着慢点。湿漉漉的人行道，昭示已"降霜"。那踉跄的身姿让我想起自己，儿子小时候，也曾这样跟在他身后，喊着宝宝，宝宝！他嘟着小嘴，回头横我一眼，你才是宝宝呢！

上小学后，他不再喜欢这样的称谓。而那鼓鼓的书包，让我觉得苦与罪恶，这是现今全部的感觉。没有看到希望，也不知道希望在哪儿。月亮和六便士在这个世界是混淆的，我不希望他是一味低头寻找六便士的人，也不愿意他是那个流落塔希提岛追逐月亮的人，只希望他健康、轻松，抑或快乐。

时间太轻了，一晃许多年。

那时，家住郊区，月亮很白，冬日亮得晚。儿子常搭第一班车，穿过北京路寂静浓重尚未散去的夜雾去上学。空荡荡的公交车上，往往只有他背着沉重书包、孤零零坐在那儿。出门前，我在他书包两侧的网袋塞上奶和水。大街上漆黑一片，经常一个人都没有，只有霜样冰冷的空气悬浮空中。我牵着他的小手，把他送上车，或留他一个人矮墩墩立于寒风的站台。就像送出去一封深情的书信，希望得到庇护或眷顾。我们没有遇到坏人，他有着两排长长的睫毛，一对忽闪忽闪瓦蓝瓦蓝的眼睛。一顶螺旋帽和一条同色围巾，衬托出他圆嘟嘟的小脸，还有小小的自尊与倔强。

有段时间他起得更早。

他睡临水的房，有单独的小床。每晚，我把他待穿的干净衣裤，叠放在他床头。从我卧室的窗口，可以看见他房里的灯。

有次，夜里两点多，他的灯是亮的，且隐约传来"踢踏、踢踏"的下楼声。我披衣起床，打开房门，发现楼梯灯也亮着。因没戴眼镜，只好摸索着下楼。敞开的卫生间里，小小的他穿戴整齐，肩头背着书包，满口白沫，正对着面盆奋力刷牙。我惊讶地望向他，他歪头斜瞟我一眼，狡黠一笑，又继续晃动着小脑袋。我问他为何半夜起来，他说怕迟到，要给一个叫秋天的同学补课，得提前半个小时到校，中午再用四十分钟。

我劝他上楼休息。他说，是要睡的，洗漱、穿戴好，爬起来就可以走了。我跟着他上楼，让他安心躺下，答应五点准时叫他，并且上了闹钟。

我早就知道秋天这个孩子，儿子曾搂着我的脖子，用清澈疑惑的双眸望着我："妈妈！妈妈！秋天的妈妈会不会回来了？"

"去哪儿了？"

"福建。"

"多久了？"

"一年，和他爸爸吵架走的。"儿子补充道。

也许这一年，对这个孩子是无数个日夜的折磨和魂不守舍。离婚，于大人是人生艰难的抉择，对孩子却是被动接受、黑洞、无所适从或落寞；是惊天秘密，以及同学间相传的小道消息。秋天的座位在儿子身后，也许老师故意为之。他的成绩全班倒数第一，有时只考几分，也是全年级末尾。那段时间，我常听到秋天的名字，袜子穿错了，没带橡皮，衣服的袖口脏兮兮，发烧了，趴在课桌上啜泣。看见他奶奶了，还有关于他粗壮父亲的长相和爱喝早酒的习惯。

补课是班主任安排的，一个刚生了粉嘟嘟宝宝的年轻老师。圆脸，温厚，脸上闪着新鲜明亮，近似月光的光泽。她给孩子喂奶，由婆婆课间抱来，儿子曾绘声绘色描绘过，那个幼小鲜嫩生命的可爱。妈妈，他的手指是透明的，像胡萝卜；妈妈，他的眼睛会转，像认得我们。他不知道他们都是从那么小开始，一粒种子种在泥土里和种在人体里，并没多大区别，都要经历爱抚、风雨与挣扎。那是个好老师，中午常端着饭，边吃边督促学生做作业或温课。当发现儿子没吃午饭，揣在裤袋里的钱不翼而飞时，便默默买来一盒饭放在他面前。

那个冬天，儿子一直披星戴月，忙忙碌碌。期末考试的前一天，班主任悄悄把他叫到一边，低声道，把卷子耷拉下来，帮帮秋天。不知道儿子是否这样做，同年级老师换班监考，非常严。高一年级的老师阅卷，每个老师的业绩都将列入考核，与奖金挂钩。那次，秋天的数学得了六十分，他的最高分。那年儿子七岁多，上小学二年级，秋天也是。

成绩出来后，秋天的爸爸在校门口的一家早酒馆请儿子"过早"。过早，吃早饭之意。这是一座以早酒著称的城市，秋天的爸爸点了肥肠、猪蹄，并拿出十五元钱作补课费。儿子没要。

我能想象得出，那条嘈杂小巷，校门口早点铺、玩具铺、零食铺的喧嚣。似一场寂寞大戏的开场，在无数黑夜的等待下，突然热闹起来，又瞬回宁静。冬日尚未大亮的天光，清冷微寒的天，热气腾腾的火锅飘着肉香，油腻的餐桌旁坐着儿子与秋天父子。然后是长长的假期。以后秋天咋样，不知道。他小学那么多同学，我只记住了秋天，具体相貌，并没印象，也想过也许比儿子有出息或幸福。

教他们的老师，也应该成了一名资深的中年教师。

无以言说这样的教育，我们都裹挟其中。能不能允许一个孩子考得不好，抚慰帮助他情感的伤口和低分，这是我想说的。

多年后，儿子已在南方某市工作，我们也已不再年轻。有天，阳光很好，家里先生站在单位大门口，一名年轻的小伙停好车，向他走来，喊了声伯伯。家里先生"呃"了声，搜肠刮肚，想不起是谁。当他看出家里先生的窘迫时，报出那所小学、儿子，还有自己。家里先生恍然大悟，哎呀呀道："你是秋天呀！那时你这么高。"家里先生用手比画着他的个头。他说："当然，曾和同学去过您家，您带着我们到一个种植园采摘过草莓。阿姨还烧了一桌子菜，有土鸡、鳝鱼、泥鳅，我吃了两大碗饭。"

当家里先生进门，边脱鞋，边漫不经心讲起这些时，我愣了一下，随即隐约记起这事。他阳光吗？我问道。挺好，块头也大，在给一个浙江老板开私家奔驰车，脖子上挂了一条很粗的金链子，脸上有道刀疤。我没言语，不知道这个孩子经历过什么，他的生命是不是从小就被预设。

只是看起来有点那个，家里先生欲言又止。我明白他的意思，有些人注定在披满荆棘的路上彷徨，曲折前行。

他是儿子的同学，叫秋天。

二

儿子上中学后，路程比小学时还远。有天，他放学回来说，妈，能不能给我买一辆捷安特自行车？我说当然！只是咱家离学校的距离，骑车不如搭公交。他说王秋鹤的爸爸就给他买了一辆，作为升中学的礼物。

捷安特专卖店设在三中旁，我精心挑选了一辆丁香紫弯龙头赛车，并配了一把同色锁。他很喜欢，穿着一件红毛衣在门口飙了几圈，似他激情澎湃的青春，可以展翅欲飞。又在他爸的陪护下，骑到市里兜了一圈，然后尘封在三楼。除他爸保养过几次，基本没动。

他曾和王秋鹤及另外两名男生，在中山公园照过相。十月的天空，宁静深邃，小叶女贞优美干净的树影洒落在地，像静静贴上去的金。他们勾肩搭背，青葱的小脸布满阳光。儿子身着米色帆布马甲，大大的眼睛，没脱奶膘的脸。王秋鹤并不高，五官很酷，棱角分明，窝进去的眼睛，似一汪忧郁的湖水。

儿子告诉我，王秋鹤的父亲是继父。待他好吗？我问道。儿子点点头，挺好！来过我们学校，给王秋鹤送饭。大胡子，瘦，牛仔服，骑着踏板车，有点凶。"凶"字出口时，儿子迟疑了一下，也许不确定，或许有诸多顾虑。我随即在脑海里，勾勒出一张目光阴郁沧桑落魄的脸，以及提着饭盒，走在学校走廊的寂寞背影。再听儿子提起王秋鹤已是初二，成绩下降、上课睡觉、身上有伤、抽烟。淡蓝色的烟雾从课桌下袅袅升起，光线颓废，挨批。我能觉察到儿子的担心和惴惴不安。

有一天，在台灯下静静写作业的他，忽停住笔，侧头问道，妈，王秋鹤已好几天没来上学了。我正低头看着毛姆的短篇《爱德华·巴纳德的堕落》，即那时起，开始反思人活着的意义和所谓的成功标准，以及茅屋与大厦、文明与原始的真正距离。病了吗？我抬头问道。他没有请假，儿子回答。几天后，儿子回来突然说，王秋鹤的母亲死了，是他继父用刀捅的。杀的是王秋鹤，他母亲冲上去，拦在中间，他跑了。儿子眼噙泪水，有少许恐慌。我合上书，过去搂了搂他。第二天翻报纸时，在一个角落读到这则新闻。至此，有关王秋鹤的故事戛然而止。是否转学，或被他生父接走，不得而知。即便儿子讲过，我也忘记。初二下学期，年级成立重点班，儿子被抽走。

每个孩子都可能是秋天或王秋鹤，于这个尘世摸爬滚打，就看是否碰到他们遇见的一切。又似这猝然而至的秋，每棵挂满勋章的金黄树冠都藏满忧伤和无家可归的花朵。

很多时，需要一片完整的天空，以及外界平静温暖的双眼与手掌。

落叶是凋敝的，像眼泪，只剩下骨架在空中寂寞翻飞，又静静落下。很多脚步踏过去，并非每一步都充满诗意。

路过文星中学时，校门口两边蜿蜒出两条长龙，一百米是有的。孩子们穿着校服，端着碗，背着书包。有的戴着口罩，有的褪至下巴底下，一个个默然不语。学校还没放人，开门也要一个个测体温，他们都似当年的儿子。

人生也有四季与早晚，只不过有些人的早晨，过早迷茫、忧伤、困惑在一片阴影里。

我是热爱秋天的，似小语境，在不断紧缩的语言里，更适合缓慢叙述。阳光开始藏在每一株植被的果实、叶片里，以固体的形式存活。似母亲的炉膛，燃烧于我们体内。故常常把秋天想象成黄昏、一盏灯，或者我和儿子的童年，以及更靠近理想的地方，等待寒冬十二分白的到来。

在家附近的小巷，我从容地吃了一碗"大连面"。朴素的面馆，并不干净的桌椅。灶台设在门口，对着马路。一对身穿迷彩服工装的年轻夫妇在灶间忙碌。客人并不多，一位头发花白的太婆在圆墩上切葱，腿边缠着一名两岁多的小男孩。另一名七八岁的小男孩坐在我前面的餐桌前，背对着我，手里摆弄着什么。

我漫不经心吃着。女老板走过来，摸了一下他的头，嘱咐道，不准把玩具带到学校去，听到没？男孩没作声。她走开，忙了一会儿又转来重复刚才的话，男孩还是不作声。男老板提着一个白色塑料袋，袋里装着纸碗，碗里装着面。放桌上，催促道，快走快走，到学校吃。那男孩站起来，懒洋洋抬起胳膊，他妈妈把书包架他肩上。他提起面，极不情愿地走了。

小一点的男孩开始哭，嘴里喊着奥特曼，我要奥特曼！奶奶走到哪儿，他跟到哪儿，重复着他的奥特曼。干号着，眼里并没泪。奶奶边收碗、擦桌，边温和地哄他，谁动了我宝的奥特曼，奶奶去找他，乖，奶奶去找他。

呃！奥特曼，多熟悉的奥特曼。许多年前，一个严冬，儿子曾一块块把它的肌肉和骨骼拼起。三百六十块，他哈着小手，举着他的玩具，兴奋地向大人炫耀，成功了，我成功了！而这个秋天的早晨，许多人的奥特曼才刚刚开始。

生命的香气

一

在这个村，我认识的蒋城语。

站在她家房山后，一棵粗壮白杨树的巨大鸟巢下，周边环绕着十来棵小树。楼后空地打着木桩，围起的丝网，养了二三十只鸡。

孤零零的小楼，略显颓败之气。浓雾锁住路口，荒野一片混沌。几声犬吠，间或"嘎嘎嘎"的鹅叫，以及公鸡"喔喔喔"的打鸣声。

大自然在晨起。

浓雾于乡村显得格外深情，毛玻璃似的世界，恍若纸船冰月，有着广寒宫的意趣。当水以另一种形式呈现时，是极其幽冷迷人的。

再往前，我住在一家简陋的乡村客栈，短小的被子盖不住脚。当大家开车到镇上吃早点时，我一个人凭着记忆摸索着往回返。新修的马路，雾重重，偶尔对面隐约闪耀着车灯。终于摸回昨日办酒席的地方，主人"唰唰"地扫着院落。用过的一次性碗筷、桌布堆成小山，燃着青烟。

昨日傍晚，吃过酒席，我穿过一片废旧的预制板厂，来到这座小楼。余晖西斜，苍茫一片。前面的流水席依旧热闹，前一拨客人还没走，后一拨客人已经挤占上去。火锅冒着热气，鸡鸭鱼骨甩了一地，帮厨的人拿着乌黑的抹布，擦着流油的桌面。这样的流水席往往要开上三四拨，从下午四点一直持续到灯火阑珊。

红红的煤火，煮沸的汤锅，做鱼糕的鱼肉在盆子里打得啪啪响。如此节奏的大型聚会，在乡村，隔段时间便会上演一次。

而旷野是寂寞的，一轮红日摇摇欲坠。我有点看呆了，那遥远神秘，油质清凉的圆形红光，像位孤独的老者，缓慢燃烧又凄美绝情着。它那么宽厚，似一个回眸或转身。而暗夜一定是它疼爱的儿子，它才肯掩去自身光芒，优雅离去。

我静止在自己的目光中。

一排掉光树叶的枯黑小树，整齐地横亘在它面前，连带黑褐色的土地，粗犷坚硬、沉默着。

"这太阳可真美。"我自言自语。

"是夕阳。"一名小女孩补充道，抑或纠正，声调极其柔和。

我看了她一眼，为她精准的表述。她黑黑的头发，扎成一束粗亮马尾。一件淡蓝羽绒服，衬着饱满的小脸，黑裤子，小靴子，非常干净。

她也是从前面散下来的客人。

旷野里只我们俩，一高一矮。我有点羡慕她，这样的日落，她一定见怪不怪。

"多大了。"我问。

"九岁。"她吸了一下鼻子。

"这是你家吗？"她点头。"我能买点土鸡蛋吗？"她又点头，指着那些抢着吃白菜的鸡道："这些都是奶奶养的，吃菜和谷。那个最大的是鸡王，它吃饱了别的鸡才能吃。"我笑说："那不是和人一样？"她转向我，两手交叠着踯躅道："我们小朋友是讲友爱谦让的。"我听了，一笑，成人的世界，是不是很龌龊？

那只鸡比其他鸡高出半个身子，火红色，昂首挺胸，黑亮的尾巴弯成美丽弧度，像凤凰。也有老成、笃定、温顺的母鸡，都很肥。

"去年家里丢了二十多只鸡，强盗给狗子下了迷药。"

"抓到了吗？"

"到哪儿抓，还不是被那些游手好闲的人烤着吃了？"

狗子"汪汪"两声。她牵着我的手，"别怕，来，跟我走，不咬的。奶奶！"她扬声喊道。

一名五十多岁的妇人，应声出来。手里端着一次性塑料碗，正往口里扒饭。

小女孩说明我的来意，她奶奶忙放下碗，拉把凳子，让我坐。随后转身去了后屋。我以为去拿鸡蛋，没承想她端来一杯热气腾腾的菊花茶，含笑道："简陋之家，先暖暖手。"

房子没装修，桌椅简陋，对门的一面墙，贴满了奖状。

我捧着茶杯，凑近念道："蒋城语。"

"是我，"她指着自己的鼻子，接口道，"我还拿了金话筒奖呢！"说着一蹦一跳去卧室，拿出来一本深蓝色大证书。

"那你是班上学习最好的了？"

她点头，又羞涩地摇了摇头。

城语奶奶给我捡了四十个土鸡蛋，用空花盆端过来，又一个个装进塑料袋。说是鸡这三天下的，若需要再来。

说话间，有电话进来，她腾出手，从荷包摸出手机。里面咋咋呼呼，大意是乔迁之喜。"我微信转账，不得闲咧，要照顾孙娃。"城语奶奶回道。对方让她帮忙接客。"我不接咧，要接你自己接。"说完，便挂了电话。

真有点佩服这位温柔果断的奶奶。

我付钱，奶奶接过去，并没急着装兜，而是顿在那儿，抬头笑望道："那我就只好收下了。"不这样，能咋样，我笑着想。但她语气中透出的不得不收的羞涩，真令人喜欢。

二

今晨，我又站在这儿，专注地聆听着各种动植物的对话。

人类不懂鸡鸭鹅语，以及犬类、野鸟的语言。那遥遥的，此伏彼起有序的呼应，是亲切问候，还是互报平安？

一只狗若听不到另一只狗的呼叫，会不会失落，甚至担心。人类的知觉太有限，大自然似个巨大谜网。

我举着手机，对着朦胧的树杪，准备录音。城语蹦跳着跑过来，高兴地"嗨"了声。她手里拿本书，我接至手中，看了看，是本带拼音的故事书。这样的书，很浅显，哪怕对一个小学三年级的孩子。

妈妈给我寄回来的，她每次给我寄很多好吃的和书。妈妈在哪儿？在沙市。我笑说，我也是沙市的。她说，是吗，我爸爸也在沙市，是厨师。随即补充道，是大厨，大宾馆的大厨，做饭可好吃了。妈妈呢？妈妈做服务员，和爸爸在同一家宾馆。

那棵树很高，树杪几乎插进云端。我们仰望着，湿漉漉的空气像拍在脸上的薄粉，凉凉的。

"这个鸟巢，妈妈小时候常掏鸟蛋。"城语指着。

"咋掏，这么高？"

"爬树，用棍子，用火烧。"

她欲言又止，我们对望一眼，感到了残忍。鸟丢了蛋，会不会惊慌？我忽意识到，这棵树原来很矮，鸟巢是不断升高的。

"奶奶说那时掏鸟蛋，鸟也来；现在不掏了，反而不来了。是空巢，两年多没鸟了。"

"能陪我到田里走走吗？"

"当然。"她沉静地回答。

我俩并排走在浓雾里，脚下是略微湿润的土地。衰草枯枝，碧绿的蔬菜，田间赭褐色的小路也覆了一层白霜。冬日的早晨很萧索，像空旷清冷的内心。而露珠是它暗夜的伤口，因为冷，没有阳光的照耀，而愈发剔透。

"这条路，妈妈常带我采茅针。茅针好好吃，味道超级甜。吃起来嫩嫩的，长出来才一个月。采多了，就拿到集市上卖，帮奶奶分担点家用钱。""是果子吗？"我似懂非懂。"不是的，软软的，是茅草的芽，花苞的穗。"

城语停下，指着铁丝网边缘一堆凝着霜的淡黄枯草道："就是这个。茅针是它们的孩子，现在老了，不能孕育了。"我还是不懂，一脸迷茫。她继续比画道："圆锥体，细长的管子，颈从里面抽出来。剥皮后，软绵绵，很白的肉。肉上带一些小细毛，是甜的，是茅针的囊子。"我简直听呆了，一名九岁小孩在给我科普。草也是有儿女、有果实的。

我蹲那儿，摆弄着薄而有韧性的叶片道："这叶子可真柔软，可以当绳子，捆菜，穿腊肉。"

"是的，爷爷就用它提肉。顺着这条小路，往前走，是张爷爷、杨奶奶的家。"一条泥巴小径，岔出去，坑洼的路面有压实的车辙和东倒西歪的枯草。荒芜的土路，很像列维坦的油画。

"他们家养了很多兔子和漂亮的小仓鼠。"

"有经济价值吗？"

城语望了我一眼，迟疑道："很多人喜欢，村主任也会捉几只拿到集市上卖。"

狗被一条链子拴起，蹦跳着，往前吠。张爷爷接了出来，高高的个儿，六十来岁，身板笔直。身后是所简易房，堆满杂物。张爷爷说杨奶奶带孙子去了，家在埠河，这儿是他们的田。用铁丝网围起，喂一些动物。仓鼠没了，兔子也不见得能见到。

远处几只白鹅，扭着肥硕的身躯，列成一队，士兵样行进在奶白色的晨雾中。

"兔子！"城语喊道。我也看见了，雪白的一道，两只前蹄一落，后脚一蹬，嗖地一跃，再一跃，箭一般。还有上百只悠闲溜达的鸡，一排排幼小的树苗。

"为什么不种庄稼？"

"不赚钱。"张爷爷答。

四周没有人家，除了田野便是树林。

房子四通八达，是组合板搭建的。几袋脱了粒的玉米棒子堆在炉旁。他们烧劈柴。我说，会冷吧。还好，张爷爷接口道，冷，就发盆炭火。

三

从张爷爷那儿出来，城语指着一畦碧绿的蔬菜道，这块田，是刘爷爷的。刘锦生和我在一个学校，也是育苗小学三年级的学生。刘爷爷常来这儿种田，忙不过来，刘锦生就过来帮爷爷。

"他能做啥？"我问。

"挖坑、浇水。"

我一下笑了，想着一个九岁少年在田里忙碌的身影。爷爷的老婆和儿子也来帮忙，便种下了这么大块田。城语用手在空中比画了一个大圈。

田里种着碧绿的白菜，很兴旺的一块田，四周的田几乎荒芜着。

"这个刘锦生，真是一个好少年。"我赞道。

"我也会烧开水，洗衣服，帮奶奶做些家务事。奶奶常带我到这儿玩，能闻到绿草的香味呢。那些弯着的，是豌豆草。一些小鸟也会飞过来，还有很多小动物在这儿出没。蝴蝶呀，蜻蜓呀，花大姐什么的，还有黄鼠狼。"

"是吗？你竟然闻到了青草的香味。"

"当然，你闻，她嗅着鼻子。好好闻，现在少了，每种植物都有自己的味道。"我想起了《红楼梦》里的香菱，也说过同样的话，一颗敏感的心，一定是诗意的。

我忽感惭愧，为自己的无知，为城里的孩子们。我甚至认为天天接触泥土的人，对土地是麻木厌倦的，对花香、草香不会那么渴望。城里的孩子，每个双休日，到万达那样的游乐场，玩球、跳蹦蹦床、开音乐车。一进去两三个小时，入场券动辄数百。人声鼎沸，密闭的环境，没土地，没大自然新鲜蓬勃的空气与生命。

穿过一条水泥路，前面是片树林，城语道："这些树还没落叶的时候，非常漂亮，走进去，大自然清清凉凉的味道就出来了。"

光秃秃的小树，昨天就是它们横亘在夕阳下。

我对城语说，你可以把说的这些，记下来，不用修饰，便是好文章。她停住脚，抬头望向我。我说，是的，把想说的都变成文字，长大了就是作家。她惊奇地问道，真的吗？当然，你完全行。那味道是汁液，植物的血，只有生命成长时，才会散发出浓烈或淡雅的香味。枯萎时便弱了，直至腐烂。所以生命是有香气的。我摸着她的发梢，你比一些城里的孩子幸福，因为你能闻到生命的香气，闻到你自己。

四

前面的高岗，种了几排蘑菇样的树，有风景区的味道。

"穿过这里，有家小卖部。爷爷让我走这条路，替他买烟，我已去了两次。"

"自己吗？天黑或这样的雾天，不要一个人走。"

"妈妈也这样说。她养了好多多肉植物和花。她走了，嘱咐我好好照顾它们。若叶子被雪压弯，要及时处理，否则茎也会弯。我照她说的，每次下雪，轻轻地把雪拂掉。"

我忽然想起昨天上午来时，路边许多别墅一样的小楼。

气派的大门，延绵很远的白玉栏杆，多则占地四五亩，少则一两亩。栏杆旁探出几枝黄色的腊梅，院内种着美丽的景观树，假山哗哗流着水。优雅的罗马柱、大晒台，门前支着茶几、停着车。

有公家开发的，也有私盖的。原来五十万便可买到，现在涨至两百多万。这样的独门小院，自是令人羡慕。于城里人，能拥有一片神奇的土地，是多么踏实、奢侈之事。

因婆母埋在这儿，故年年来上坟。亲戚办事，也会捧个场。二十年前，这里残墙颓瓦，一派荒凉，几乎没有一座像样的房屋。大部分农民守着田，贫穷着。如今那些充满稻香、麦香的田被圈起来，变成豪宅。资金并非来自土地，而是农民在外务工所得。

田是现成的，建房费并不高，几十万便可解决。但也透着悲凉，土地失去了应有的效用，不再种庄稼，到底是失，还是得，谁也不知道。现今通了公交，恍若城市，是城市占领了农村，还是乡村在城市化，这便是工业社会、经济社会带来的忧患吧。

晚上再转过去，几幢别墅，隐约闪着灯火。落地长窗内，人影幢幢，传出哗哗的麻将声。办酒席的院落也支了七八桌麻将，烟雾缭绕，哗啦啦一天。

生命的成本太低，过日子，过好日子，住别墅，然后打麻将，这是其全部意义。接客，做流水席，展示着生命的到来或离去。无以言说这样的感受，若富改变的只是吃住，无疑还是贫穷的。

你的爸爸妈妈打牌吗？我问城语。不打，从来不打，城语道。他们挣的钱都用在我学习上。爸爸一个月八千元工资，妈妈四千元，他们在县城买了屋，为以后我读初中用。

五

我们往回返，城语家已很热闹，几个人在买鸡。

昨夜，趁黑抓进铁笼，放在厨房里。

厨房很简陋，暗灰的墙面，气坛子，黑锅黑灶，一大堆劈柴。城语说，厨房是奶奶一块砖一块砖自己垒的，爷爷搭的房梁。奶奶弄回红土，掺上稻草抹墙。那时穷，吃饭的钱都没有。

从城语口中，得知厨房是先建的，原是一家人的栖身之所。有钱后，方在旁立了楼。

城语奶奶边招呼客人，边烧开水，边称鸡的重量。

我和城语坐在堂屋的方桌旁。桌下一个火钵，桌沿一转用蓝布碎花棉帘挡着，把腿伸进去，很暖和。

城语拿出一罐葵花籽。下巴支在桌上，压低声道："奶奶很苦的，从小被人贩子拐了去，卖给了马戏团。她原本有个幸福的家，是独生女。她丢后，她爸妈到处找。有次，见一个戏班子表演，台上女孩像自己的女儿。待奶奶下场，他们拦住，拉着她的手问。奶奶记得丢时的情景，趁马戏团老板不注意，和他们偷偷跑了。后来做了DNA，果真是他们的女儿。好景不长，为找她，家里已钱财耗尽，她爸爸妈妈又多病，也就相继去世了。

"爷爷从小被抛弃在一个森林里。冷了，生点火；饿了，拿点盐粉或挖点红薯烤着吃，所以爷爷很爱吃红薯，说是红薯养大了他。困了，睡木板，遇见丢弃的破被子，捡回来盖，就这样度过了许许多多艰难的夜晚。

"爷爷在四十二岁时，遇见了奶奶，和奶奶结婚生下了姑姑和爸爸。姑姑对爸爸可好了。爸爸娶了妈妈，又生了我。奶奶说，我是最幸福的。"

城语讲的这些，像一部大戏。

城语奶奶出出进进，脸上始终挂着笑。爷爷扎一个皮围裙，穿着套鞋，提着一桶青菜，说是给前面办事的送去；酒席上的猪肉，也是他们家喂的猪。我恍然大悟，为何城语爷爷比奶奶看起来老许多。

其实，城语是留守儿童，她爸妈一个月回来一趟。为方便，买了一辆车，每次给城语带回一些文具、吃食。城语每天坐校车去县城读书，三十多公里路，得坐一个多小时。私立学校，一个学期八千元钱，中午在那儿吃饭。她说学校的烤鸡腿，黄黄的，焦焦的，可好吃了。有个同学浪费了一块排骨，让她心疼好久。

城语奶奶蹲在门前，双手在热水桶中褪鸡毛。一些人进来抓瓜子，嗑得满地都是。城语拿着扫把，慢慢扫到撮箕里。

　　他们散去，我也准备离开。

　　城语把我的手机号，用铅笔记在墙上，指点着旁边的字，说是她听过的歌。我实在是个乐盲，很多艺人和歌名并不熟悉。她在旁边加上"生命的香气"几个字。

　　我问，这是谁的？

　　她不好意思地瞅着我笑："你说的呀！"我忽明白。那是大自然的歌谣，唱给城语这样能闻到香气的孩子。

绿儿

一

我再也不曾见到绿儿。

不知哪年，废屋里有个鸟笼。它静静地矗立在那儿，优美的拱顶，暗沉的色泽，笼底放着鸟儿吃食、饮水用的绘着几片兰草的白瓷杯。笼是空的，老宅是空的，连同这座老宅四周的空地也是空的。

金色的光柱，从破旧的瓦缝洒下，照在这个完好的鸟笼上，有种颓废荒凉感，抑或华贵与梦幻。我走进去，拂下笼条上的蛛网。

清洗，擦拭，晾干，消毒。然后放在不锈钢晒台上，想为这个古色的笼子，请个主人回来。

我甚至不知道笼子是鸟儿的主人，还是鸟儿是笼子的主人，抑或我是主人。

我去了蛇入山花鸟市场，那里一笼子一笼子的鸟。停在摊位前，我望了望大铁笼，问，什么鸟？主人说"牡丹"。那是我第一次听说用花卉命名的鸟，一笼子可怜巴巴的牡丹挤在一起，足有上百只。

它们都是婴幼儿，毛还没长顺，睁着一双双圆溜溜惊恐的眼睛，在笼里挤挤挨挨。有的用细爪，死死抓住笼眼，向外张望着；有的站在横杆，缩头缩脑；有的扑棱着乱飞。活物的买卖，总让我想到罪恶，想到人类早期。

　　落了价，一只降下三十元钱。摊贩粗糙的大手，伸进笼里，说买两只吧，是个伴，免得孤单。我说好。他随便抓出一只，放进小纸箱，又伸手抓出一只，翻过鸟身，看了看，用大拇指摸了摸。松开，又去抓，嘴里念叨着公母。他在配对，好养育后代，抑或仅仅为了爱情。

　　鸟儿躺在他粗糙的掌心，十分害怕，两脚朝天，缩着黄色的爪。

　　我小心翼翼把纸盒抱回，掏出它们，装入笼中。接着做饭、炒菜、洗碗，水哗哗流淌着。它们沉默、新奇、紧张，缩着头，紧挨着，谨慎地站在横杆上，脑袋转动的方向都一致。双双挪到那端，又移至这端，不敢轻举妄动。它们通体翠绿，那绿色，翠得深沉。蓬松的羽毛，橘黄的头，异常灵活。红色的喙，弯弯的，带着鹰钩。一双美目，似一汪湖泊，又黑又亮。它们偎在一起，即便睡觉，也随时抖一下，警觉地睁开眼。我喜欢它们的眼皮，薄薄的一层，窗帘般，自由开合。

　　不知道，它们喜欢上百只密密麻麻群居，还是如此安静地生活。我说，笼子对鸟儿太残忍。家里先生说，你不买，它们照样留在笼中，等着买卖，更糟糕的环境，更残忍。

我无语。养鸟人是病态的，喜欢它，又给它套上枷锁。

至于它们的爱情，抑或婚姻，是不是从那夜开始的，就不知道了。

窗外月色洞明，屋内却异常昏暗。它们一点声息都没有。

二

喂食换水，我总会唤它们"绿儿"。它们不再拘谨，蹦蹦跳跳，欢愉着。两人依旧偎在一起，头挨头，转动，互望，深情地打量。偶尔快速试探着啄一下对方，继而嘴对嘴摩擦，亲吻起来。那姿势可真优美，一个扭着身子迎上去，一个俯下头，闭着眼，一副陶醉的模样，分明是人的做派。满眼柔情，又惊惶失措。恍惚脚下有溪水，有春暖花开的春天。

我分不清公母，分不清它们谁是谁，只知道都叫绿儿，且能感知那份绵绵情意。啾啾唧唧喃喃，这让我相信，人类最古老的爱情，来自鸟儿，要不为何有"卿卿我我"一说，是鸟儿给的灵感与仪态。卿卿我我，便是它们这样。

不知哪天，也许天气晴好，我把笼子冲着太阳，挂了出去。它们的羽毛那般蓬松，在金色清润的晨光里，每根都是翠绿的。先是欢蹦乱跳，彼此欣赏一番，再齐刷刷并排抓住笼条，瞭望着外面的世界。法桐茂密的枝叶间，藏着无数只麻雀。它们是自由的，从这棵树，飞到那棵树。空气里，滚动着它们细如流水的声浪，叽叽啾啾喳喳，似一串串雨水，尽情泼洒着。

一只绿儿瞅着它们，在原地跳了一下，"叽"了一声；另一只绿儿也"叽"了一声，算是打过招呼。那边并没回响，而是大珠小珠，继续成团地叽叽啾啾，呼啦啦不停飞蹿着。两只绿儿，又分别大声呼唤了两声，继而扯开嗓子啭了起来，是对话，还是你唱你的，我唱我的？绿儿一定羡慕那些灰雀，可以尽情玩耍。两者间语言是否相通，会不会像中国人与外国人那样，处两个频道，都是我想知道的。绿儿会不会嘲笑，那些灰雀不够漂亮；而灰雀是否认为两只绿儿被囚禁，长得好看又有何用，抑或羡慕它们丰衣足食，有主人呵护。

总之，绿儿在一天天长大，眼睛愈发明亮，羽毛愈发柔顺。尖尖带钩的喙，亦是多情。两人柔情蜜意，吻着颈，互搭着睡觉，交换着眼神，喃喃在一起。

它们嬉戏，生机勃勃，大多时是沉静的。似乎有笼子怕什么，有爱情便足够了。

它们喜欢太阳，啁啾时，往往在上午十点左右，先是一只，接着另一只，一问一答，进而交叠在一起。它们啭得天晶地明，水流花开。声线似贴了银箔，翻高山，翻月色，一直万水千山，再一路啾啾回来。而此时，我往往在打字，那流泻的音符，伴着金属般质感的阳光，配合着我噼啪打字的清脆声，让我觉得这世界安宁而美好。

我在写一篇关于20世纪初的小说，世家出身的男主人公如何受新思潮影响，走出老宅，投身革命的故事。而女主人公便叫"绿儿"这也是我唤两只牡丹鹦鹉为绿儿的原因。

若忘记提笼出去，它们会在客厅，啾啾唤我。音调急促，充满希冀。

提出去后，方心满意足，比赛似的啾啾。坦荡、清越、婉转。

很遗憾，我学不来，那浸满井水的嗓音。

它们的歌声是唱给阳光的。

三

有天，我出门回来，发现餐桌的绣花桌布上，有一堆嗑碎的黑色塑料壳。很疑惑，不知是什么。这个家没人来，也没老鼠。我问过家里先生，他说不知道。我照例跑去唤着绿儿，打开笼门，给它们添食换水。它们很乖，挤在一起，瞅着我，又一起掉转头。一切如常。我打字时，它们照旧鸣啭，只是音调里，多了一丝不安。

第二次办事回来，转动锁眼时，听到"啾啾"两声，接着哗啦的摇晃声，鸟笼旁植物茂密的叶片簌簌抖动着。一个绿影一闪便不见了，接着一片安静。我停在花格子后，一动不动。它探头探脑，想出来，又缩回去。我悄悄换好拖鞋走过去。它"噌"的一声，飞走了，快捷，迅速。笼子里的绿儿，站在横杆上，笼门开着。我不在时，它们用喙齐心协力，顶开笼门。或许这项工作，一只绿儿便能完成。抑或一起出来玩耍，听到锁眼转动，急忙往回返，一只进去，一只尚未来得及；抑或一只出去，一只守家。

我把笼门放下，去抓那只跑出去的绿儿，在厨房的橱柜上，好容易擒获。

家里先生找来一段硬铁丝，把笼门别住。

再一次回来，我在几上发现了一小坨白色粪便，茶杯口还黏有细若粉尘的绒毛，碟旁散落着面包屑。我没去找绿儿，而是直奔餐桌，又发现几块黑色塑料壳。我抬眼望着吊灯，搭凳站上去，发现灯罩线与房顶交接处的塑料盒，几乎被嗑完。想象得出，它们趁我不在，偷偷溜出来玩耍的欢愉场面，发现自己能飞得那么高。这个家成了它们的领地，玩耍，追逐，轻盈蹦跳，喝水，吃面包，比那个小笼子强多了。

笼里空荡荡，笼门紧闭。我转动笼子，发现笼子背面，有根笼条被嗑断。显然在紧急情况下，它们并不容易飞进去。四处寻找，终于在窗帘盒上方，发现它俩像做错事的孩子，一动不动趴在那儿。我费了九牛二虎之力，才把它们抓进去。剪了一块硬质壳塞上，再贴上封口胶。

太阳出来了，它们依旧跃跃欲试，我小心翼翼把笼子提到太阳区。它们并没跑，只是第二天，笼条又被嗑断，并且嗑了又嗑，纸壳也被啄得粉碎。笼子千疮百孔，形同虚设。它们知道，即便被抓，无非被装回去。

我每次打开家门，都能发现它们不是趴在窗帘上，便是双双依偎在吊灯、花格子上，俯视着我。我不再理它们。它们开始试着在我眼皮底下，做低空飞行。于卧室、厨房、卫生间，自由穿梭。我感到深深的悲哀，即便这样的场所，对于鸟儿来说也是狭窄的，它们需要的是蓝天。

我说放了吧。他说外面冷，吃啥？

很可惜，我没有潇湘馆那样的院落。黛玉的鸟儿从没有笼子，无论大燕子，还是八哥，都是自由的。

春节，我要到外地过年。临行前，小说写到第二部分的大红喜事，男主人公娶了女主人公绿儿，欲赴日留学。绿儿依依不舍，留家等候。

家里先生买了新笼子，白色铁质的，比那个大，并且设计科学，笼门有插销。即便有铁喙、铁翅膀，都无济于事。

我把它们装进去，提到母亲那儿。外面下着雪，父母家的暖气热烘烘。我交代喂食喂水等事宜，又交代要插好笼门，便离开了。

七天后回来，母亲从阳台把绿儿提出来，笼底铺了一层瓜子皮。

大家说，这对鸟儿可聪明了，嗑瓜子才叫快。"两人"很恩爱，母亲补充道，她竟用了"恩爱"一词。

他们扔瓜子，一只绿儿接住，"咔吧"一声嗑开，喂给另一只。咔吧咔吧，不停咔吧，瓜子皮纷纷坠落，一会儿便铺了一层。两只鸟儿一递一接喂着。

我做了试验，果真一只绿儿抢到，嗑开，自己不吃，递到对方嘴里。而那只绿儿仰脖，自信地看着，并不抢，等着另一只来喂。

是公的喂母的，还是逃逸的喂给留守的，真的不知道。

四

归家后，我想过要放它们，只是天气依旧寒冷。放出去，没一粒食物，它们又这么漂亮。

窗外一群麻雀，停在光秃秃的树干上，法桐只剩下几片枯黄的叶片。

我在等春天。

小说进展得很快，在日本，男主人公加入了同盟会，有了新视野，准备回国，开办新式学堂，给学生传播新思想，新民主主义理念。

我每次边构思，边给绿儿添食加水，打扫笼底粪便，再把笼门插好。

一天，太阳快落时，我去阳台提鸟笼，发现笼里只剩下一只绿儿，不免心惊。笼门敞开着，也许喂水后，笼门拉下来，忘把卡口锁死。

只一次疏忽，便给了它们机会。可见它们每天都在等机会，时时用喙去顶那门。

剩下的一只，焦急地在笼里，蹦来蹦去，笼子空了许多。我怕它也跑了，遂拉下笼门。又寻思着打开，怕关了，那只绿儿就回不来了。望着窗外的法桐，竟看到一个绿影子，张着翅膀，矫健地追逐着一群麻雀。呼啦啦，一棵树接一棵树飞跃着，与那些麻雀一同起起落落。它玩疯了，明显比那些雀大，又迅猛，像个王。边玩，边侧头望向窗口。笼里这只绿儿，呆呆站着，面朝法桐，不时蹦一下，对着那个绿影子啁啾着。那种呼唤是急切，不连贯，单声道的。

那只绿儿终于精神抖擞地站在笼顶，昂扬喜悦，抖着羽毛，像个凯旋的将军，间带几分得意。笼里的绿儿，难掩兴奋之情，仰着脖，跳跃着迎接它，朝笼顶凝视着。笼顶的绿儿，也低头示意。

我站那儿，不知该咋办，怕一提，它飞了。僵持了会儿，还是小心翼翼提进来，快速关上窗。那只绿儿，轻盈地从笼顶跃下，细腿伶仃，悠闲地踱了几步，一甩尾，从容优雅地转身跃入笼中。

之后，我很谨慎，每次不忘插好插销。也会在屋里放飞，只是它们大了，野了，变得异常有力，造成的破坏越来越大。在饭菜上扑棱，吊灯摇摇晃晃，斑斑点点的粪便随意掉落，并且越来越讨厌笼子，每次进笼都有一番折腾。

依旧是一个阳光灿烂的下午，笼里只剩下一只绿儿。

天有点冷，即将黑去，望着光秃秃的法桐，竟一只鸟也没有。天越来越黑，那只出走的绿儿并没回。天空一片死静。笼里的绿儿，先是踱着步，蹦跳着，叫唤几声，继而两只爪，牢牢抓住笼条，一动不动，死望着。这次没出现奇迹。天完全黑透，我把笼子提了进来。

剩下的绿儿，始终贴着笼条，惊慌着，朝外挣扎着。

没人告诉我，那只飞走的绿儿是迷了路，还是遭遇不测，抑或外面的世界太精彩，决绝到不再回来。

第三天，那只绿儿依旧没回。我每天起床第一件事，便是开窗察看。每夜剩下的这只绿儿，不知咋过的。白天，疯了似的撞笼，凄厉呼嚎，翅膀刮着笼条，啪啪啪。累了，吃点食，喝点水，再一次次发起猛攻。

我说，放了吧。家里先生说，万一那只回来咋办，岂不是错过？

时间延挨着，剩下的绿儿，变得异常沉默，维持着简单的食水。到处扒米，泼洒着水。它在无声抗议，甚至愤怒。

我始终在想，那只绿儿为何不带走它；笼门是开着的，它又为何不走？它们如何商量的，一定是这只守家，说好了那只要回。

我依旧把鸟笼挂出去，剩余的绿儿不啭，不动，只是痴痴望着。也常在屋里放它，它两点一线急急地飞，完全没了玩耍之态。

家里的厨房和阳台是通的。它视力极好，能看得到玻璃。直直地飞过去，唰地掉头，再直直地飞回来，急切往返着。叫声也是直直的。我坐在书房打字，能听到它扑棱棱一遍遍飞的声音。空气里，满是哀愁。

我忽停住手，起身径直走到客厅，打开阳台的窗户。望着它的背影，箭一般，笔直飞了出去。

也就在那天，我给小说安了一个结尾。绿儿的丈夫三年未归，无任何音信。宣统退位那天，绿儿决定去武昌寻他，却得知他在1911年10月10日那天已牺牲。

绿儿哭得不行，留在武昌，在丈夫办的那所学校执教。我本想修改结尾，让她夫君活着。但想一想，每一次为自由努力的脚步，何尝没付出代价？应了裴多菲那首诗：生命诚可贵，爱情价更高。若为自由故，两者皆可抛。

后来才知道"牡丹鹦鹉"是爱情鸟，生死相随，直至终生。

第

二

辑

五月的范家渊

一

黄昏时，我去了对岸的密林。

是拐过刘姐家那两扇极不对称的大门到那儿的。刘姐正戴着草帽，在门前筛枯豌豆。地扫得干净，两条黑狗悠闲地趴在她脚边。刘姐停下手中活儿，笑着说，散步呀？我指着湖边一大蓬金色的花说，这野菊可真漂亮。她说，不是菊，是茼蒿种子。我疑惑着又问了一句，得到的是更肯定的回答。很惭愧，清晨时，我采了一大捧。

刘姐很瘦，脸部柔和，说话小声。除了些许白发，并不显老。我问，有什么菜卖？她说，有韭菜、藜蒿。我说，各扎一把，回转时来拿。

夕阳在不远处的天空停留，湖面洒下淡淡的紫金色。我想过它的悲情壮阔，以及归于暗夜的宁静。如人之暮年，醇厚如酒，又默默无闻。

刘姐家的柴垛缠满了牵牛花，上面的两朵，开得空灵。用它的白，点缀着黑褐色的杂枝枯干。简陋与贫瘠，若染上一点点诗意，便格外动人。

几十年前，刘姐和丈夫从湖南迁来。开荒、种地、植果树。我进过那两扇不同颜色的大门，碗碟、炊具，都是捡的。房子由窝棚进化而成，石棉瓦，碎砖。卧室没窗户，靠两张透明瓦采光，刺眼的光柱，洒在怀旧的木床上。床上堆满了衣物，她看着我，不好意思地说，乱，没收。有收的时间，不如干点别的。我问，漏雨吗？她说不漏，爱人是木工，修修就好了。

家具有了年头，积了层厚灰，是附近村落拆迁时遗下的。烧灶，油盐酱醋摆了一灶台。她扫出一小块地，拉把椅子，让我坐。说，柴不要钱，可以铆劲烧。母鸡咯咯哒哒，昭示着自己的成果。那天，我是来买土鸡蛋的。刘姐说不急，看下她的园子。

园子很脏，破油布、粪池、腥潮的空气。果树很多，李子、桃子、枇杷。光透过碎叶，洒下明亮的水晶绿。

地上掉满枇杷，鸟叫雀啄，一片狼藉。刘姐说，往年可以卖几百元钱，今年雀多，被它们吃了。说着，踩着碎砖垛，要给我摘。又说，你买六十个鸡蛋吧。我答好。起先说三十个，我在湖边待不了几天。

刘姐是名肠癌患者，几年前做的手术。她说，现在什么都不想，活一天算一天。因是外乡人，没本地户口，便没医保、社保，拆迁也没份。让她搬走，她拿出诊断书，来人落了泪，没再撵她。

人有时也似野草。

刘姐家临湖而居，西面是深不见底的密林。羊肠小道曲折幽深，走也走不到头。树木葱茏，像个绿城堡，茂密、清凉、阴森、杂乱。不知名的野果，挂满枝头，偶尔漏下一束极明亮的光。

去冬来过，虬枝铁骨，满目萧然。枯黄的芦苇荡，没过头顶。湖面似安静的冰川，鸟雀子呼啦啦。

如今新果上枝，雏鸟轻吟，密叶遮天蔽日。深处偶尔传来"呱"的一声，想驻足流连，又不敢。即便大的上坡土路，也似19世纪的油画作品。

臭牡丹开得鲜艳，像紫红的玫瑰，于无人区燃烧。美得幽暗、壮硕，毫无忌惮。

植被乱长，蓬勃、热闹、拥挤，散发着原始的冲动与倔强。没受禁锢的肢体，自由生长，平静而亢奋。不远处，马路两边的树，便没这般好运，根部被砌好的砖台圈起，日益生长庞大的根系把地砖顶拱。让根裸出，呈出苍老之美，有何不好？是最初设计者的疏忽，还是审美单一？

回来时，刘姐已不在门口，青灰色的炊烟从烟囱徐徐冒起。

二

范家渊是个深湖，也是大湖。最深处五六米，方圆数公里，是长江溃口遗下的杰作。起先，周边环绕着大大小小十多个湿地。当地人叫滩涂。滩涂有水有草，是荒地。

三年困难时期，老百姓在那儿偷种水稻，后种藕，再后来什么都不种。大大小小的荷叶，布满水域，成为动植物的乐园。鸟啼花落，春生冬藏。那时，不准垂钓、抓鱼、捕鱼，哪怕无人触及之地，也是资本主义尾巴。一名教师因私捞了一尾鱼，铁丝勒入后颈，被挂牌游街，毁了半生清誉。如今人已不在，姓范，范家渊的范。

遇到雨季，范家渊涨水，漫上沼泽，汪洋一片。大鱼上来吃小鱼小虾，水清亮，看得见。熟悉地形的，极易得手。那时风光可真美，明如镜，清如水，鸥鹭成群，野鸭子呱呱呱。

到哪儿去找垃圾！生活拮据，塑料袋没大面积使用，也没衣物可浪费，吃食尤甚，装修垃圾尚未面世。

如今，几乎没有人类触及不到之地。无以言说那种悲哀，美好的风景，往往伴随着烟蒂、泼洒的快餐面、废旧轮胎、纸壳、泡沫、烂袜子与臭鞋。

人真的很脏。脏的不仅是修养，还有罪恶。

现今，范家渊一半被开发出来，一半处原生态。斥巨资开发出来的部分，和其他公园没啥两样。修剪过的树、路灯、大理石花台、广场、亲水平台。垂柳沿岸，红砖铺地，山包上铺了价值不菲的草坪。草坪柔软养眼，绿茸茸。晴美时，请几十名妇女清杂草。坐一排，一寸寸往前推，不放过一根野草、一朵野花。野生植被，能保留下来的不多，几乎等同换血。极力打造一个休闲娱乐之所，没什么不好，只是少了野逸与个性。

"学习"这个词，若囿于跟风，便退化成中性词或贬义词。

中国古画山水，几乎皆是野丛林。即便有园林思想，人工痕迹亦少。包括大观园，也讲道法自然。西方崇尚人工美，树木几何化，剪成圆球。人工路平坦笔直，小路弯弯曲曲通向远方，属两种美学观念。日本的侘寂风，乃人工与自然嫁接所得。完全人工美，难免熟烂。此地皮植入彼地皮，此树种移入彼树种，人类不可能重塑一个大自然。植物有己之性与所处生物链。屈原的"后皇嘉树，橘徕服兮。受命不迁，生南国兮。深固难徙，更壹志兮"，后皇，皇天后土，人之根本。难徙，借物歌人，却隐含着自然天性。沙漠治理尚可理解，江汉平原，本就丰美。

美的形式虽多元，但自然美是最高级，也是最廉价的。

一些野生湿地，被小区修地下车库挖出来的土填平，进而消失。

我喜欢在后半部流连。荒蛮，更见真情，见生命的热切与莽撞。也隐隐担忧，不知何时会被侵蚀掉。

自由、蓬勃、率性，是一种优美的品质。

虚伪是修剪过的，就像有时，我们关注的并非某一件事，而是真理。自然界充满着和谐自净，甚至不需要美学设计。如果这个世界连真理都没人关注，那么欺骗和虚伪将大行其道。

沿途，遇见过几斤重的黄鼠狼，也遇见过一只逝去的小刺猬。

三

躺在床上，听了一夜的雨声，间或一两声滚雷，以及偶尔的蛙鸣。白日用望远镜望得见湖畔的小路，以及远处的长江。

临湖的房子有点潮，被褥摸起来湿湿的，书页也软塌塌。若入了梅雨季，空气里的水分会愈重。

早起，一个人打伞出去。雨并不大，稀簌簌落在伞上。路很静，湖畔更静。湿漉漉的世界，恍若从水底冒出。雨坠入湖中，似一曲有序的弹奏，窃以为没有比水更美好的事物，没有比雨滴与水接触更空灵美妙的声音。拥抱、涤入、荡开、消失，一整套完美深情的动作。一滴水想要更好地保存自己，这是最好的方式。湖水也因之丰盈，否则它是枯萎的。

所以我更愿意把阳光、水、空气、土地，归于母系。古人敲锣打鼓祈水，可见水乃万物之灵。"无水则粮不生，无粮则人不存。"于植物亦然。

雨，这种没有固定形式、说来就来、说走就走的事物，不具备空气的永恒性和昼夜的准时性，也不具备土地的在场感与忍辱负重情怀。它神秘、个性，适合任何狭小或宽大空间的汇聚与蒸发。

听过京剧开嗓，于无人处，"咿——呀"两声，为下面的唱腔铺路。若是对着一盆水，或者一湖水，是不是会好一些。那种粉妆玉砌、尖细幽怨的金石声，在水面上，愁肠百结，又袅袅散去。文学亦属京剧里的青衣，生死阔别，一场千古醉事。多少人在那样的水色清音里，找寻着自己。

昨日，一名白白胖胖的男子，穿套练功服，在湖边打太极。一招一式，推拉，绵软有力。放风筝的老者，"呼啦啦"几次都没拉起。黑胶袋做的风筝面，缝在几根细竹骨上，既不是鹰，也不是蝴蝶或蝙蝠。我暗笑他小气，反正下了力，不如弄张纸，画几笔，拖个尾巴，摇啊摇。不过，爱一样事物可真好，专注自我，冷淡人间不过如此。我不认为冷淡有什么不好，似冬日或秋天结霜的清晨，清洁凛冽着。

孤独是孤独者的翅膀。

热情过度，是不是有点浮夸。当一个人过分在乎外物时，往往陷入丢失自我的窘境。为自己活，还是为他者目光活，简直两码事。一想到一些人固守着的光宗耀祖、传宗接代的理念，便哑然失笑。尘封于旧匣子，一定很累。争荣夸耀的无非是面子。面子若演化成面具，不仅与灵魂无涉，反而成了瘤。

那些花花草草有多好，随性繁衍，自顾自绽放，充满爱泽信仰。自然界似饱满的乳房，没名目、无目的地哺育，在一个大框架里，自由浪漫。它们眼中没人类，也不会在乎人类如何看它。只不过人类自作多情，又极端自私，充满占有欲、控制欲，自恋地认为万物是取悦自己的。若某种植物，不在人的视线中，倒是一种福分。

植物并不需要人类爱它，人类只需规范好自己。"保护"是建立在"破坏"上的说辞。没破坏，便没保护。

四

在雨中，我拍了鼠尾粟、一年蓬、菰、蛇床、翅果菊，还有美丽的茼蒿种子。我对它们一天天稔熟起来，叫得出名。

湖岸的绿，在一点点变深，有了孤独忧郁感。这让我很失望，我喜欢轻盈透明的绿，像孩童的眸子或一尊瓷器。我甚至喜欢它的幼稚。今早，在雨水的滋润下，绿又往回退了一步，翠了许多。

平日干爽的土路，变得泥泞。低洼处积了水，雨点噼噼啪啪，我深一脚，浅一脚，得想办法过去。这几天，一直穿长裤和旅游鞋，鞋里灌满了水，干了湿，湿了干。

写作的好，是让我敏锐，关心这个世界。不只是人，还有每一株植被。

湖边只刘姐一家，大门紧阖，估计她冒雨卖菜去了。门口扔着破沙发，一垛垛的柴，她开了许多荒。

这条路业已走熟，知道不会碰到一个人，只有这些野花一路相伴。花，也只是植物生命过程中的美妙瞬间，似女人结婚日的盛典，还有很长的路要走。

大自然的情欲坦荡而美好。

鼠尾粟一丛丛匍匐在地，有点像麦子。前几天还是绿的，这几天有了黄意。昨夜被雨水一打，集体倒向一边。我曾叫它野麦子。有知名网媒解读"小满"，用鼠尾粟图代替麦子图，让一些吃瓜群众嘲笑记者五谷不分。

一年蓬渐成气候，成了白色海洋。它清秀挺拔，具有良好素质。我曾叫它小白菊，是味中药，治蛇毒、胃炎。它泼辣清新，星星点点遍布湖岸荒滩，喜欢扎堆，但肢体净植，保持独立。我曾采回一大捧，路上，花朵闭合，耷拉着脑袋。进家，找出一只玻璃瓶，蓄上水，略修剪，插进去。不久后，便抖擞起来。它喜水，耐活，一朵朵小花像刷子，开得圆溜溜。它的美是慢慢释放出来的，愈久愈美。

水是一种奇妙之物，柔软，往低处流，却能使植物挺立。

蛇床也多，名字听起来不适，却是《楚辞》里的国香。因蛇喜欢吃它簌簌掉落的花粒，卧其下而得名。它香，也叫野茴香。秆直，顶一朵花。伞形，米粒样，一颗颗白。叶少，所以清朗，有一种稀疏的单调美。花开在四五月，它结的果叫蛇床子，祛湿止痒。五月正是人体湿气最重时，可见它的使命。而相邻的一年蓬能治蛇毒，是不是万物相克又相生？

它喜欢与胡萝卜花为邻，哪里有蛇床，哪里便有胡萝卜花。它们相亲相爱的程度，极易让人混淆。胡萝卜花的花盘普遍比一年蓬大，豆绿色，低调的绿，灰灰的，偏雅致。

我拍到了翅果菊，又叫山莴苣，有的地方叫山马草。翅果菊可入药，可人食，也可喂鸡鱼或做饵料。一年蓬也可喂猪，在没饲料的年代，有"打猪草"一说。大自然的巨手，安排好了一切。人对自然，可以休养生息。

很亲切，又见茼蒿种子，我已能把它与野菊花辨识开来。它的颜色比野菊花深，也艳，有黄铜质感，也古气。乡人把老了的茼蒿开出的小黄花，叫茼蒿种子。

我的手机，落满雨滴，得不时地擦。一个人自言自语说着，这是最后的五月，忽觉不对，明年的五月还会来。

回去，做了视频。朋友说，今天的屏做得好，野趣多多，有自然美。从流水碎石到栀子野花，很完整。列维坦的阴天，清凉忧郁。小草小花，低矮却旺盛，展现的是灵魂，是精神。

五

菰是会走的。

这是我最大的发现。菰，也叫茭白，乡间称篙芭。

路过那口长满水浮萍的池塘时，忽愣住，水面上空荡荡。我在雨中，随手拍的随风摇曳的菰不在了。它高大，柔美，叶片似剑。我大脑瞬间短路，似己之物被盗。目光扫至岸边，发现几堆篙芭挤在一起，忽明白，半夜起风，菰被吹到右岸。菰会走，不像土里生长的植被，牢固在那儿。

年年吃篙芭，嫩黄皮，白白的肉，切丝或片，用鲜肉或腊肉爆炒，是江汉平原的一道时令菜。成片成片的白茅摇曳在夕阳下，茅针可以吃，一名公安县的小女孩，告诉过我。一枝黄花特别肯长，瞬间一片。前几天，有位专家说它是进口品种，属入侵者，走过之地，寸草不生，得灭掉。我查了查，产自中国华东、中南及西南等地，是不是引进的不知道。

毛蜡烛，是我熟悉的，也叫香蒲。叶揉碎，制香囊。据说是《九歌》里的荪，湘夫人北上洞庭寻找湘君所乘龙舟，便是荪草做帐、薜荔为帘、兰草为旗。荪与荷惺惺相惜。多年前，与友人去湿地采过十几支，大腿弄出了血，举着回家，很是悲壮。

密林里的青果，便是薜荔，开白花，又名木莲。"山鬼"赤身裸体，戴花冠，披薜荔，骑黑豹，此乃她昂贵的衣饰、行具。屈原《楚辞》里演绎的香草，在这个湖岸，大部分能找到。香草美人，这些跨越千年之物，依旧带有楚文化的神秘色彩与灵秀气质。

凤眼蓝幽卧在碧叶间，淡紫花瓣长有一只凤凰美目。它是水中卫士，像个检验员，监测敌兵入侵，保证水质清洁。生长过程，能吸收水中的重金属，对工业废水与生活污水有净化功能。本地人称水葫芦，可顺水漂流。花与嫩叶能吃；全身剁碎，与麦麸拌了，是鸡、鸭、鹅、鱼、猪的优质饲料。

水是另一种土壤。

一丛丛碱蓬，颜色已没落。种子可做工业油，还可防血栓、降脂、抗肿瘤和动脉硬化等。嫩苗味道鲜美。

湖岸的植物，嫩时几乎都能吃，也几乎都是随手可及的中草药。你会怀疑，古时郎中采药，并非一件太难的事。当然，此认知需建立在神农尝百草的基础之上。包括鼠尾粟，也有清热解毒之功；密林里的臭牡丹，祛风除湿、消肿降压；凤眼蓝解暑利尿；一枝黄花全身入药。它们大多是凉性的。即便有毒，也只是人类界定的，于大自然并无害。有些有毒植物亦可入药，比如巴豆、夹竹桃等。

你会发现，千变万化的自然界，到处是宝。人类却似乎在慢慢遗忘它。比如中医的没落、饲料的崛起。

你更会发现，越来越自信的人类似脱缰的野马，在远离自然界，抛弃所处生物链。人类制造化纤衣料、染料，手过多地探向地球内部，从石油、煤炭中提取化学物，制造塑料袋，替代竹篾编的筐篮等器物。还想发明人造肉、搬离地球，嗖嗖嗖，像枚火箭。其实，地球的外部资源，足够我们活。

人类过分迷恋自我创造能力，淘汰一些大自然恩赐之物，使之退出一代代人的记忆。比如菰的米，又软又糯，曾是招待贵宾的饭食。

人之所以敢破坏自然界，是不再太需要它，不再太依赖它。古人讲："天人合一，万物共存。"意在每种植物，皆有自身价值属性及规律。敬天拜地，山神、水神、花神，诸神，并非全是迷信，而是知道自己离不开它们。

如今，大自然成了我们单纯的美物风景，我们成了纯观赏者。人的不自觉退出，导致对大自然愈发无知。

大片大片种花、绿植，拍照嬉戏，认为那便是环保。

"保护"一词，亦有强者意味。"月满则亏，水满则溢"有谁还记得。

我们对大自然要做的只两件事：杜绝垃圾和减少索取。

六

细雨后，蝴蝶多了起来。它们的翅膀带着露珠，在花丛中飞舞。大自然的早晨与人一样，梳洗一番，便格外精神。

那种紫色小花叫飞廉。飞廉拘谨，但有锋芒，秆、叶、花都带刺。全身甲胄，不壮硕、不热烈、不成形。它脆弱，像个任性少女，极易受伤，但那一抹淡淡的嫣红，却格外动人。它花朵小，旋转成圆盘。荒野里的花，极少大家闺秀型。蓬勃，浪漫，越小的花，越喜欢呼朋唤友，随处安家。

两只白蝶，一上一下，在空中原地飞舞，翅膀的震速非常快。真是"乱花渐欲迷人眼"。待走近，方意识到被蛛网所困，要解救它们，得过去。草很深，没膝盖。我夯着胆，试探着一步步行去，怕蛇，也怕飞廉的刺。终于看清，树下挂着圆盘样的蛛网，两只蝴蝶在丝里挣扎。无法解救，只好扯下整张网，把蝴蝶带出来，一只只摘净。它们并不急着走，围着我绕两圈，再振翅高飞。一共救了三只。一只黄蝶，粘在我掌上挣扎，我把手掌翻过来，让它悬空，还是飞不走。抖动，也不走。蛛网太厉害了。

所有的蝴蝶都不再怕我，它们之间会不会传递秘密？我拍到五只白蝶追逐嬉戏，也拍到一只蓝蝶落在飞廉花蕊上贪吃。

下雨时，蝴蝶会躲在花间或翅膀紧贴在树叶背面。它吸食花蜜、果汁、树浆，传播花粉，帮助植物受精；鸟儿果腹后，带着种子旅行，一泡粪，便是一株植物。一箭双雕，受恩施惠，不知不觉。我们何尝不是一只蝴蝶，吸吮着大自然的乳汁，而于自然界，又能做什么，抑或做了什么？

每一天的湖岸都不同，每一株植被都是灵物，通向地球的毛细血管。它们比人和动物洁净，吸食阳光雨露，排泄氧气。衰老的速度比人快，似大地的钟摆，昭示着生命的轮回。而时间于每个生命皆珍贵。儿子小时候曾说，妈妈，把时间种到时间里，你就不会老了。但老又是一件多么慈悲之事，藏着万物的爱。

这几年，我一直在反思文明。人类的顽疾乃等级观念，真正的文明，便是打破这些。而自然界所秉承的旨意，并无高低贵贱，从这点讲，人是劣于大自然的。

七

两场雨后，小山包长满了地衣，俗称地捡皮。嫩嫩的，指甲那么大。昨天有对夫妇，拿着塑料袋，蹲那儿，边说话，边低头往前检索。我问能吃吗？他们说可以。我弄了一点回去，亮晶晶，有弹性。用热水焯了，与黄瓜丝凉拌，放了香油、醋、蒜子，鲜爽可口。地衣漫山遍野，今天又见两名妇人在那儿捡。一名妇人是骑自行车来的，说，晒干储存，包包子是美味。我捡了一斤左右欲走。她说，多捡点，用清水泡了，明天吃；另一名说，太阳一出来，就没了。

地衣密密麻麻，我录了像，发朋友圈。有的说，儿时记忆，多年未见；有的说，绿色环保纯生态之物。

啾啾、唧唧、咳咳、咕咕、呱呱、喔……喔。绿盒子里，鸟鸣是复杂的，单纯清越，抑或沙哑苍老。人之语言无法具象这些清凉之音。它们的嗓子，是用金子做的，也有被砂纸打磨过的痕迹。

我一直相信，鸟鸣能驱赶清晨的忧伤。

无风，水面平静得像一小出折子戏。只对岸的密林映在水里，让我想到"清美如镜"四字。

　　从沙滩回来，捡地衣的两名妇人，才从半山坡往下走。手里沉甸甸，提有上十斤。

　　晚饭，我包了地衣饺子。包包子有点麻烦，要买酵母粉。家里没香葱，但无所谓。地衣用沸水烫过，挤压干净。早起买的瘦肉，剁碎，打上一个鸡蛋，加生抽、姜、香油，热了花生油，嗞啦啦，倒进去，掺上地衣，香喷喷。白白的饺子端上桌，真是美味。

　　采地衣的山包，长着大片白车轴草的位置，有对新人背对着夕阳，拍婚纱照。早起的地衣并没消失，只是变小变干，紧贴着土，缩在细草里。

　　白蘑菇风起云涌，铺满山坡。小黄花叫毛茛，五个叶片，很小，不高，但密。

　　湖边种的几排整齐的链荚豆，早起还在，开着紫花，晚上一株都不剩。种时，还搭了丝网，估计不在图纸里，抑或种错拔掉，有了新的规划。

　　两只黑白喜鹊飞到刘姐家的门槛，蹦跳着，踱着步。门口柴垛上的牵牛花，合在一起，扭着朵。

八

　　走出去很远，发现一处木栅栏，有深山老林之感。

　　低矮的门楣。一名老伯，打着赤膊，穿着短裤，绕过几架豇豆架，赤足走在泥水里，"啪啪啪"。古铜色的肌肤，古铜色的脸，脚下生风，一晃而过。

一个婆婆走出来。我问，您住这儿？她回说，是啊。我问，拆迁没？她说没呢，来了通知。我问，您这房有房产证吗？她说，哪有！我们是湖南人，在这儿承包果园，三十多年了，现在让我们往哪儿搬。听情形，与刘姐家相似。我说，刚才那老伯……不等我问完，她答，老伴。

婆婆指着远处，老伯和他们的女儿、外孙在那儿耕田。她来喊他们回家吃饭。她外孙很白，打着赤膊，文了身，推着一辆耕田的小型机器。一辆白色轿车，停在田边。刘姐的丈夫也有一辆小车，这不矛盾，大家本就活在新旧事物的交替中。

有棵火炬样的龙柏，被火熏焦半边。前几天，我还拍过，在蓝天下格外美丽。

老伯声若洪钟，底气十足。短桩子银发，一双泥脚，边说边比画。我问他多大年纪，他说八十多岁了。

再往前跋涉，发现一处湿地。晚风习习，我站那儿没动，有点窒息感，想欢呼，却什么声音都发不出。

"咔吧，咔吧！"有人在旁边的密林里掰苇叶，做粽叶用。

柔软的白云躺在亮汪汪的浅水里。直直的黑麦细剑一般，一堆堆，一簇簇。湿地丰富，清而寂，不像湖，只有平展展的水。

它的绿，是茸毛般，让人心疼的绿；恍若被婴儿的手捻开，精心呵护过、拧得出水的绿；是心尖上，能刺瞎人眼的绿。惶恐、心悸、不安，似一首春天襁褓里，没吟完的歌谣。非密林所呈出的祖母绿，那让我看出了衰老之姿。我喜欢这唱诗班的绿，像眼泪，在睫毛上颤抖，呈出层次美，又似江汉平原湿润的双唇。

碎浮萍也绿，油彩般泼洒着。大自然是由水定义的，植物水分的消失，是它变深变黄的原因与节奏。

据说，这里原本便是湿地，为卖地皮，用沙子填平。长江禁止采沙后，沙子涨价，有人把沙子挖走，又变成湿地。而美丽的江汉平原，只要有几滴水、几场雨，植物便风起云涌。给它一个坑，便是一个湖，呈出万千气象。

一群黑白喜鹊，呼啦啦腾空而起，上百只之多。于夕阳下，像场劫难，又似空中泼洒的墨。我忽感悲伤，为大自然如血的壮阔与寂寞。

很可惜，坑边竟扔了几大编织袋垃圾，里面装着废电线、油漆、塑料袋。看样子，是开车来扔的。优美的风景与人的切身利益相比，实在太渺小。

九

没想捡石头。无数次路过那个铺满鹅卵石的湖岸，都没停下。

上星期，在雨中走近那片沙地。无意间一瞥，一小块油黄壳石头，露出一点点身子，混在无数鹅卵石中间。直觉告诉我，是块好石头。俯身抠起，在水中洗了洗，果真不错，是黄蜡石。过去在江边捡过石头，除小部分透明的养在水里，大部分归还了大自然。

范家渊的湖底几乎都是石头，包括整个荆州地下，也是一层层的鹅卵石。此言不虚，古云梦泽，在没有堤岸的亿万年前，水到处流淌。

家里先生不喜欢我弄这些。我反驳道，亿万年前的东西，多少洪水的裹挟，流水的搬运，摩擦、碰撞、翻滚、碎裂，沿着古老河床，才至此。又在范家渊湖底沉寂了千百年，得以重见天日。他说："沙子也是呀，石灰也是呀，你咋都不搬回家？"我说："看你说的，还不得有点美感？"

是的，美感，而美感真是一件难得之事。趋美，人之精神所在。有些美是不需要花钱的，只需发现。发现又是一件了不起之事，发现的是自然，也是自心。天人合一，不过如此。

我想把滔滔的长江搬回家。

石头便是石头，普通之物，因有了时间，便有了不规则的图案。它的经历是人类无法触及的。殷红的岩画、大唐盛景、战国帛画，一层层山水图案，在石里涌动，小鸟也在石里欢歌。它的纹路，背负着怎样沉重或轻快的记忆，以及漫长艰辛的旅行。

我不玩石头，对一些专业概念也不太感兴趣。心疼的只是它走过的路。树木靠年轮，展示自身存在；石头靠断层，接纳包容异己。它们比人古老。人之皱纹，在时间的长河里，不值一提。

越来越喜欢脚下之石，它们穿越时间、空间，每一块都不同，皆有独特的际遇与生命组合。

偌大的湖岸，只我一个人，外加"汪汪"几声犬吠和成群的清越鸟鸣。清风徐徐，湖水款款，薄雾连缀的河岸，散着凉意。

雨后的阳光，纯度很高。太阳似枚金戒指，晃在水底沙地，打着金色的纹路，颇具抽象美。水波涌动，哗哗哗。那是可爱的阳光，我陷在那样的光影里，像太阳的泡泡，跟着旋转闪耀。

如果这个湖不种水草，这些石头便不会面世。

十

前两天，两名穿红色救生衣的男子，用棍子把水里漂浮的一种黄色泡沫，推至岸边，再用网兜捞起，装船。我问，是什么？他们答，净水剂，打多了，湖水消化不了。这个东西不好掌握，少了也不行，菌灭不掉。我暗忖如人体用药，得算好湖的面积、深度，按体积下量。此之前，他俩站在一艘小船上，一个摇橹，一个拿着管子对着水面"哗哗哗"，黄色药水喷涌而出。

他们的领导，站在水边沙地，指着湖说，要把水恢复到 20 世纪七八十年代的样子。可见在此以前，上亿年的时间里，这片水域是水草摇曳、澄澈见底的，不用花人力、物力、时间维护治理。

如何破坏，便如何重构。

种水草是件麻烦事。几名妇人穿着红马甲围坐岸边，用黄泥巴糊好水草，装入网兜，再装上几粒石子，口扎紧，沉入湖底。这么大的湖，要撒多少水草？

在路上，曾碰见一辆农用车压满水草，司机斜跨在座位上啃锅盔。

今早依旧走河岸，发现湖里种的水草几乎全活了。很遗憾，还是起了青苔板。青苔板，滑滑的，黏黏的，影响水质，不利于水草生长。夏天茂盛，冬季死亡，与水温有关。

去年，范家渊种过水草，因没打净水剂，水又抽得少，青苔板疯长，草全部死亡。死水草漂在水面，产生黏液，进而腐烂发臭。用船，一船船捞起，再一车车运走。一场种草运动，宣告失败。

祈祷今年成功。

湖的北面，刘姐家门前的水质已很清，看得见湖底。色深的位置是水草，浅的是水底沙地。

种水草，先要清淤，把淤泥抽出来，一车车拖走。再把水抽到西干渠，留下少部分水。水草成活后，放水回来，再投鱼。原来的一湖鱼，种草之前，被电打死，一车车拖走卖掉。他们说，怕鱼吃水草嫩苗，草长不活。其中有许多珍贵鱼种，比如鳡鲅，本地人叫朗姆子，一两斤的朗姆子，属朗姆子中的爷爷。鳡鲅在市面已很难见。打药后，一些老龟爬上岸，还有蚂蟥。湖底的小鱼小虾也在劫难逃。

千年的湖水，被洗了一遍。

这个湖是自然湖，前些年，有人承包养珍珠。之后，下水道的生活用水、附近工厂排污、菜场杀鸡宰鱼的水，都涌进来，经此流入西干渠，再入长江。范家渊似一个接收站、转运站，水质立马糟了。现今的污水，通过下水道，绕过范家渊，直排西干渠，湖水才得以改变。

范家渊很神奇，有自净功能。去年周边改建，为平场子，弄了一个豁口，把一些垃圾水放进来。流了两天，湖黑，鱼翻肚。堵上后，过了一个星期，水清了。湖水自己挽救了自己，里面的菌类、鱼类，能自我净化。与人体一样，有自我调节之功。

人便是大自然，大自然便是人。人体的湿寒、冷热、阴阳等征候，皆以大自然命名。牙齿、舌头、喉咙，离不开水；自然界有水便茂盛，实乃大型的人。

打破平衡方得病，小的平衡可以自愈，大的灾难性的会致癌。

千百年来，天人合一的思想，形成无为而治的理念，是顺其自然之事。"天之道，损有余而补不足"，大自然会自行修补，使万物和谐。

平衡，于人是无为；过多有为，适得其反。有为在先，才破坏了大自然的平衡，方需治。环保的理念是保，故叫大自然保护区。

尊天道，顺生就好。

"环境"一词，亦狭隘，属人为臆定。而人也是动植物的环境，它们又如何看待我们？

有朋友拍了一百多张瑞士风景照，没有一个垃圾袋。他们的垃圾袋呢，是被人收走了吗？显然不是，不丢就不用收。溯源为本。头疼医头，脚疼医脚，不能彻底改善整体循环系统。

自然的存活，便是人之存活。

十一

每次从湖归来，过了马路，便是热闹浮华的俗世。俗，人、谷，饭的意思，即活着。我们需要这样的融入，像一滴水，俗是生命的成本与基础。

那边是仙。仙，人、山。人靠近谷，则俗；靠近山则仙。一个倾向问题。抛弃谷，哪有这恋恋不舍的万丈红尘；一味钻营谷，便望不见那边的山。

大自然是恩师，教养着我们，帮助我们干燥的灵魂卸累降躁。

人往往徘徊在现实与理想之间。科学属于实用主义，似《红楼梦》里的风月宝鉴，具有两面性，制造便捷，也制造垃圾。大自然、文学艺术，同属理想范畴。理想主义者，有着对人、谷的依恋，更有着对人、山的深情寄托。

仙，不是白衣飘飘，不是云雾缭绕，而是身心合走，自由自在。大自然，我们伟大的理想。

黑夜如同一只苍鹰，收拢了疲惫的翅膀。我天天等待新一天黎明的到来。

每早出门，路上飘着冬青卫矛的鹅黄叶片，酷似银杏叶。晨六时，也会准时遇见一位婆婆。她七十多岁，背着一个大包，于人行道，弓腰急匆匆走着。有时，手中多出一袋枇杷。彼此熟了，常打招呼，知道她每天给儿子家送菜。

路上，我也会顺便买两样小菜。卖菜的商贩几乎都是老头老太太，自己的土鸡蛋、土盐蛋、鹅蛋、果蔬。他们不希望我扫码付款，问，有没有现金？我摇头。他们说，微信是儿子的。可以想象，儿子在那头"当当"收钱；他们劳累一年，一无所获。我问，花钱咋办？他们说管儿子要。我问，病了呢？他们说儿子给治。

老天保佑，都是好儿子。

我常想，我们并非热爱生活，而是热爱现实。现实由回忆与梦想组成，没这两部分，生活是枯萎单调、空洞与不完整的。回忆，情感的积累与丰富；梦想，生命的延伸与希望。

走的那天，两名红衣环保人，撑着小船，又在打药。黄色液体，喷枪样打在水里，"突突突"。依旧是净水剂，估计长了青苔板的缘故。辽阔的水面，衬托着他们小小的红色背影。

　　回到市里，接到刘姐电话，她让我去取李子。说，就这几天的事，熟了便落了。

范家渊的晚秋

一

菰已经老了，移至很远的角落。

这种舟一样，随风漂移的水生植物，根，可水可土，具有两栖性。因喜水，多发岸边，或者浅水中。

菰是江汉平原湖泊池塘的常见物，根部膨出的结节，叫篙芭。

三月三，篙芭是乡间的一碗鲜菜，能吃到，便是口福。绵软，清甜，号称水中参。

月朗星稀，河清人静时，鳝鱼在篙芭丛中做窝。少年们挽着裤腿，打着赤脚，弓身摸下水。空当里，滑溜的黄鳝，倔强的黑鱼，一摸一个准。插、钓亦可，眼疾手快，总有收获。

20世纪70年代初，每年此时，婆母在齐腰深的水中砍菰。拖上岸，装车，推回家。寂静的小路，若响起吱吱嘎嘎独轮车的声音，便是婆母回来了。家里先生幼时，也会跑出去接。

一车车的菰，摊晒在日光下，直到干干的，成了柴，再捆好，沿着大堤，拉往江边造纸厂。十多里的路，全靠脚，凌晨三点出发，六点多才能到。江风弥漫的造纸厂门前，队伍一直蜿蜒至堤上。东方破晓，汽笛声声，大人小孩，板车马车，好不热闹。待上班的人来过秤，再至财务处领钱。两分钱一斤，十斤两毛，一百斤两块。

卖的钱，攒在泥巴烧的坛子里。坛子粗糙，大肚子，上扣一个钵，坛口有碗口粗。钱积到一定数量，做了屋。

2010年，老屋拆迁，婆母已走了三十年。公公在满是灰尘的角落，发现坛子里一分一分的硬币，还有一百多枚。那时，一个馒头一分钱，如今只能作为留念。

婆母一镰刀一镰刀，砍了多少菰，没人知道。

如今的造纸厂，荒草没径，野鸦哀鸣。高耸的烟囱、粗粝的厂房沐浴在悲切的江风中。1953年建，2006年破产，历时五十余年。不破产，也得停产或搬迁，工业废水对江水污染大。

如今的菰，很少有人砍；砍，也扔在塘边。即便水草丰美时节，基部有篙芭，也懒得下塘掰，尤其这野塘，几乎自生自灭。

我喜欢菰，碧玉一般，摇曳多情。下雨时，唰唰唰，吧嗒吧嗒，于旷野晶莹渺茫得不得了。即便现今黄了，有了老意，亦苍然盈目。那一眼的幽宁，着实令人心痛。

秋天的湖水也是痛的，像一颗颗眼泪。它珍贵，尤其在这旱年。

这个塘与范家渊相连，原是通的，范家渊治理后，怕塘里的脏水流过去，孔被堵死。

稠密的水浮萍，已变成黄绿色。平展展的水面，无风无浪。岸边翅果菊稀拉的叶片，高举着零星的花朵，宣告着生命的倒计时。

植物的生命便是这般短暂，追着日光与温度。

从手机相册，翻出半年前拍的图，比了比，塘的水位明显降低。春时慌乱，水浮萍泼泼洒洒，快溢出塘面，如今老水横陈，深凹似镜。

吾爱春之炸裂，更爱秋之沧桑。短暂的轮回，你我均在其间。

菰在唐以前，是六谷之一，稻、黍、稷、粱、麦、菰，它有一席之地。菰又是菇的异化名，植物里的姑娘，抑或植物中，孤独的存在。又美又孤，便是菰。古人最早的审美情思，体现在造字上。菇从形，菰从性。

"秋"乃禾苗趴下之意，熄了火气，慢慢归于泥土。回家之路，自是风尘仆仆，何况这苍苍晚秋。

植物的家，便是泥土。

二

我蹲在一块洼地，俯身挖着什么，一条堤埂横在头顶。老伯从上面走，看了我两眼，继续前行。

我说了句，在观察。说完，自己倒笑了，我又能观察啥？怕他误会而已。

这荒田是老伯的，今年五月初，我曾来过。他站在这条堤埂样的小路上，用手指点着，扬言十月份有场官司，在省城开庭。今天已是十月二十四日，不知道他的官司若何。疫情，出不了门，只怕要延期。

从他摇过去的背影看，身体依旧健朗，满头银发，身姿挺拔。相较初夏，他打着赤膊、光脚的那个黄昏，多了一套深色秋装。

他没认出我，我戴着一顶鸭舌帽，还有一个口罩。

他家掩映在一片密林里，柴门，红砖、石棉瓦搭建的小屋。喂了两条狗，不知为何今天没吠。每次来，都恍若隔世。这里原是党校，他们一家从湖南逃难来，谋下党校看果园的差事。

前几年拆迁，党校迁走，只他家没扒。他说，老子在这儿住了三十几年，没户口又咋样？老家的屋塌了，你让老子住哪儿去？我八十多岁的人，怕个鬼。这儿就是俺的家，断水断电，老子就告你，乖乖地给俺接上。有本事，给老子安排住处，赔老子钱。

他告的是开发商。

这时节，田里几乎没什么作物。秋残枝败，一垄垄的蕹菜，腐烂到只剩下骨头。那低矮、匍匐的躯干，竟开出一朵朵洁白细腻的花朵，状若喇叭，又似翻过来的伞。我竟不知蕹菜能开出如此美丽的花朵。

洋姜花，开成了小太阳，似一个个小向日葵。洋姜苗肯长，蹿出一人多高。洋姜的果实生在土里，灰褐色，肉白白的。挖出来，洗净，晒秧，放辣酱坛子里，腌好后，吃着脆。

土里有鹅卵石，亦有透明的，我用小棍抠起来，放进裤袋。也有墨绿色荧光闪闪的甲壳虫盖。最多的是螺蛳壳，成千上万，或碎，或整，白花花掺在田里。我说的观察，便指这。

我痴迷于这些小物件，一个人蹲着玩半天。也足以说明，"古云梦泽"不是白叫的。这里曾是汪洋，土里埋了许多水生物尸骨。我捡了两个一筷子长的蚌壳和一些残片。这些古老生命留下的残骸，到底有多少年了，谁也不知道。

春天的土，黑而黏腻，去一趟范家渊，鞋底沾满泥巴。这时的范家渊，土白而坚硬，即便拣这些，手也是干爽的。

蛾子的须很长，足有四五厘米，估计是它的口器。它在一朵丝瓜花里，扎进去很深，触角一探一探。干枯的丝瓜叶，满身是洞，吊在藤上，成了镂空的艺术品。

秋葵的花很美，淡黄色，朵大。扁豆花擎着紫色花冠。这时节，很多花都很美。尤其紧裹的花苞，有奔放之势。

在最早的古代，没有家菜、野菜之分，都是植物，也都有自己的个性，平衡着人体寒凉。

三

地肤丛的枝头，两只蚂蚱交叠在一起。大蚂蚱驮着小蚂蚱，一动不动。大的比小的大出五六倍，是母亲背着孩子吗？

我蹑手蹑脚，绕着齐腰高的地肤丛，左拍右拍。它俩依旧纹丝不动，拨开丛枝，镜头悄悄摇近，亦不动。直到走时，恋恋不舍瞅了两眼，它们还在那儿。

去春来时，地肤是嫩绿的，芽叶可吃，清炒、凉拌，包包子、包饺子，唇齿留香。如今色若金汤，染了萧萧秋意。植物换装，如人之衰老。抽出的穗，像小麦，也似松枝，扎手，所以又叫地麦，或者孔雀松。

公公在世时，傍晚从归家的小路，拖回一大蓬。夜里坐在幽深的堂屋，就着昏暗的灯光，笨拙地扎扫把。第二天清晨，便能听到"唰啦，唰啦"扫竹叶的声音。

他扎的扫把粗拉、松垮，但露水时节，那便是最好的音乐。

有时想一想，好日子，便是那风调雨顺宁静的日子。

至于那两只蚂蚱，实是一对恩爱夫妻，雌的比雄的大出数倍，尤其肚子鼓鼓的。秋天正是繁衍的好时节，交配后，雌的要在十厘米的地下埋上五十颗左右椭圆形白色的卵。

土地是许多动植物的秘密家园。

此时的蚂蚱，无论大小，皆黄褐色。春时翠绿，藏在草丛。昆虫换肤色，如人换衣服。它们很会保护自己，让自己的肤色，与自然同调。也无疑告诉我们，春天是绿色的，而秋天是黄色的。肤色随季节走，这是其特异功能，也是智慧，至于如何做到的，真是一个谜。

周遭也只有地肤是焦黄的，它密，易躲藏。洋姜的叶片依旧绿着。交配地点，也许事先侦探好，也许临时选择的安全处，总之适合隐蔽。

四周天清地静，阳光像只金色的大鸟，风刮过的声音都不曾有。

我一直迷恋它们的生存状态，每种生命皆有自己的道场与罗盘。那维度，真不是人类能穿越的，尤其它们的大脑神经。

大自然神奇，田螺姑娘有薄薄的壳，河蚌拥有坚硬闪亮的房子，是家，也是衣服。猫狗虎狼身上长毛，只人类，光滑柔嫩的皮肤，需要续麻索缕，掩形避寒。想想，人真是脆弱，得制造各种武器武装自己。

四

站在一朵鬼针草花前，一只箍金腰带的黑蜜蜂，弓腰趴在圆盘样的花蕊中。它肥硕，几乎盖住整个花盘。我怎样凑近，都看不见它的动作。它太专注了，无暇顾及我的到来。

花蕊细细的毛囊下，藏着它要吸的蜜。

它是一只工蜂，母的。雄性通常留守家中，只负责交配。于动物的世界，我总是感动雌性的伟大，它们工作、繁衍两不误。尽管蜂群只蜂王受孕，但所有雌性都肩负着抚养幼虫的责任。每次蜇人，拼尽全力。刺，是它们的产卵管，扎进人体，倒钩拔不出，扯出来的反是它们的内脏。

儿时便知，蜜蜂蜇人，自己也得死。

邻家的男孩捅了马蜂窝，蜇得满脸满头是包，疼得满地打滚，惊动整个家属院。哺乳的阿姨，掀开衣襟，挤出新鲜的奶水浇上去，也有人跑回家拿来大蒜、生姜涂抹。治不好，家长背着跑到医务室，医生用镊子拔出刺，又是消毒，又是上药，很是一番忙碌。

家里先生说，黄蜂喜欢在刺树上做窝。儿时，喜欢吃刺树上的嫩叶，穿着短袖、短裤，不小心碰了蜂窝。黄蜂"嗡嗡嗡"紧追不舍。他们抱头鼠窜。

其实，蜜蜂仁义，护家，人不惹它，不穿太花哨的衣服，不涂香水，它不会攻击。它有点色盲，以为那花衣服、那香味便是蜜源。它喜洁，不像苍蝇，哪儿脏去哪儿。它尽量死在外面，哪怕有一点点力气，都歪歪斜斜，爬离家园很远。

花是一种奇妙的精灵，能最早感知空气里的甜度，吸至体内，储存起来，再作为诱饵，招蜂引蝶。一生都在为繁衍后代做准备。每朵花都似一株小太阳，攒足力气，为此刻绽放。

花儿把蜜藏在花粉下，安上花萼花托，再安上花瓣，一朵花的完美形式便呈现了。这美丽的表象，只是她的小伎俩，目的只一个，运送花粉。而花粉里，裹着它们的精子。

花，华的变异体，草木为华。花粉这样的旅行家，高山大海都不怕。它轻盈，于暗夜或白日，冒着被吞噬的危险飞翔。每个生命皆偶然，从肉眼看不到起始。我喜欢小，那是生命最基础的部分，童真，意趣。

蜜蜂的造访，成就了花儿的梦想。花儿懂得借助力量，平等互惠的交换原则。自然界是一个利益共同体，一味讲奉献，简直不道德。

它把自己的生殖器，武装得如此之美，像场宣言。

蜜蜂眼睛里的鬼针草花，做何样，我不知道。但可以肯定，与人类所见不同。它的眼睛与人眼的焦距不同，光感也不同。据说花蕊在其瞳孔是深色的，它能迅速找到蜜源。

吃饱了，请带走我未来的孩子，这是花儿想说的。它准备了丰盛的午餐、晚宴，大家闺秀一样，不说破。而蜜蜂这个贪婪的家伙，会不会心领神会？

鬼针草花，不大，叶白，五片直绷绷的花瓣。它秀气，清逸，星星点点，所谓碎花，不过如此。一丛竟引来数十只蜜蜂起伏忙碌。它的花瓣极易掉落，悠忽一片，又一片。有些枝头，只剩下金色的蕊。

五

湖岸有很多翅果菊。它们秋时绽放，春时只是低矮的几片嫩叶，鸡叨羊啃，如今蓬勃至几尺高。

一只细腰蜂，张着金色的翅，尾部一翘一翘，拱在翅果菊的花盘里。它纤秀，灵活，敏捷，几只细足，快速不停地在花蕊里翻扒着，或侧身打着滚，沾得满脸满头都是粉。它如此顽皮，是在工作，不时用前足洗着脸，左一下，右一下，是怕花粉糊住眼睛吗？看不见它的口器，可以肯定，与足一样忙碌。

蜜蜂采蜜，也采花粉，花是它的命。

这只浑身是毛的小家伙，已黏附了许多花粉，还在那儿拱，不时用后腿刷着花粉。不知何时，后足已携了一小坨。

此刻，你相信造物主吗？它又吸又带，随身带着小工具：刷子、粉筐，以及装蜜的口袋。

据说一只蜂，飞上一千朵花，采的蜜，才能装满体内蜜囊。若是采不到，空空如也回家，会不会挨训？这也是蜜蜂依赖人类的原因，养蜂人可以帮它们找到更多的花。它们把多余的蜜，分给人类，也愈发忙碌劳累。而它们的一生又是那么短暂。

树林里，春天开满一年蓬，招引蝴蝶的位置，已被养蜂人占领。一座蓝帐篷，无数只黄黑木箱，叠放在一起。甬道里，稀稀拉拉，飞着几只蜜蜂。我来了几次，都没人，箱里不知有没有蜜蜂。

看过科学研究，许多蜂群集体失踪，先是美国，后是韩国，它们去哪儿了，没人知道。据说是农药所致。农药是洗不掉的，渗进泥土，长在植物里。蜜蜂吃植物的蜜，蜜里有农药。蜂儿锐减，粮食作物授粉，成了大问题。人工授粉，不切实际。

若那样，自然之手下的这盘大棋，也就乱了套。只顾眼前，后续必然手忙脚乱，加倍弥补才是。五十多年前，《禅是一枝花》里便说："为除虫害而发明农药，又发明医药来治。而此医药的副作用，要另发明医药来解。为疗贫而引致工业污染了自然环境，又要增加为处理污染而造的科学设备，由工业来制作。如此治一经，损一经，越来越多，终至于尽大地是药，人靠吃维他命剂度日，不晓得吃饭了。"

很多时，我们走在一条不归路上。所谓解决问题，只是错中错，挽救一时而已。

现在的范家渊，并没多少花，能见到的，最多的是一枝黄花。它任性，泛滥成灾，举着刷子样的花穗，四处传播。几个工人拿着镰刀在砍。我问，为什么不拔？他们说，砍了，不传播花粉就行。这里的一枝黄花，果真是加拿大一枝黄花，20世纪引进，对本土植物疯狂掠夺，武汉、荆州都在砍。

刘姐把工人砍下的一枝黄花的秆，拖至门前，枯了，当柴烧。

六

小震惊，湖边不远处，清美如镜的湿地，竟没有一滴水，成了咧着小孩嘴的干涸大坑。

走下去，硬邦邦，一股腥潮味。五月份的黄昏，它的水面还倒映着优美的天空与云朵，此时却像一个无可奈何的老人。

干裂的土里，铺着成千上万死了的田螺。比土鸡蛋略小，里面的肉已不在，是腐烂掉了，还是被鸟雀子吃了？那些田螺壳，薄而脆，呈深褐或赭石色，旋转着螺旋式优美花纹。我捡了几个，一个生命曾经的家。

田螺清热解毒，利湿，可入药。水葫芦已腐烂枯死，残留零星的绿叶。它喜欢疯长，一堆堆，摊在地上。

最多的是香蒲，乡间叫蒲草。它们只有清秀的秆，并没长出毛蜡烛。毛蜡烛是它的花，也是艺术品。毛蜡烛的确很美，在水中摇曳生姿，待如棉的飞絮散尽后，越发挺秀。往年采过，回家剪掉枝叶，只留下光秃秃的秆与丝绒般的圆柱体插瓶，尤为净直。做这些，须在它未成熟时，长泡了，也就散了。今年没长毛蜡烛，可能因缺水所致，自身营养不足，活着都难，也就无法产儿。

毛蜡烛性平味甘，花粉有止血功能。婆母活着时，在水中做事，若遇划伤，便扯下毛蜡烛的绒，按住止血。蒲草的嫩茎与腊肉爆炒，是一道美味，水乡人家几乎都吃过。

毛蜡烛提炼出来的花粉，叫蒲黄，颜色类似赭黄，不仅能治病，还可作国画颜料，有中医朋友赠过。

芦苇倒是有花，但并不好看。芦花发灰，在苍茫的旷野，像位隐士。它孤独，与红雁遥相呼应，被誉为思想者，秋天也是一位思想者。所谓的思想，是退却表皮后的东西，即本质。所以春天的软香轻红，调脂弄粉，皆为秋服务。有了果实，便憔悴了，人、物皆如此。人物，人，也是物。天地间，无非"因果"二字，春是因，秋是果。春是生，秋是灭。

坑里还有发红的地锦草、莎草等植物。地锦草也是一味中药。

湿地，汇聚了许多生命，是江汉平原的灵魂，水与土于此轻轻相拥。渊深，湿地浅，彼此相邻。

七

刘姐在湖边荒地，给紫菜薹抗旱。

我深一脚，浅一脚，走下去。她低着头一桶桶从湖里提水。说不抗旱，菜就活不成。又说种了水草后，范家渊的水清了许多。

她比初夏时多了白发，一张细腻的鸽子脸，虽骨骼小且瘦，却显得圆润。她说天旱，鸡都不爱生蛋了。隔着丝网，果园里几棵橘树的果子，闪着黄光。

今年少雨，七十年没遇的干旱。湖边一些根浅的树死了，岸边的鹅卵石，也被太阳烘烤得锈迹斑斑，恍若从火炉里刚出来一般。新栽的银杏，很难成活。

苍茫的湖面，两个红衣人的背影站在小船上。灰蓝的天空与忧郁的云朵，映在水面，仿若另一个天体，他们行于其间。我每次来，几乎都能见到他们。待船靠近，我喊了声，他们说在割水草。

湖水似乎更少了。春上为种水草，把水抽出来，流入西干渠，再入长江。而长江比往年落了一二十米，江中沙丘，平日坐渡船过去，如今直接走。若长江水位升高，还可以浸过来一点。怎奈今年水金贵，再者好容易治理好的湖水，不可能，再把西干渠的污水放回来。

等雨，万物都在等雨。

头发般柔软摇曳的水草，越长越长，不能挺出水面，只能弯着，盖住水流前方的水草，或缠在一起。见不到阳光的水草会死，所以得割。两个红衣男，驾着平板小船，顶端放着割草机，在水里"哒哒哒"，边开边割。割下来的水草，由履带传送到船中间，越堆越高。没传上来的断草，怕腐烂，再驾着小船，一遍遍打捞。

我站在岸边，拉近镜头，水草梗清晰可见。若能下几场雨，把湖水填满就好了。据说国家拿出大量资金治理此湖，仅抽水一项的电费，便四五千。

我沿湖走着，那两个红衣师傅已收工，一辆大车正把割下来的水淋淋的墨绿色水草运走。他们住在湖边一座橘黄色铁皮屋里，简单的床铺，堆放着红色救生衣、水裤等物。我站在门口问，能不能把我也带进湖，和他们一起割水草。师傅满口答应，问我下午来不来。他很黑，六十多岁，精瘦。一天一百五十元的报酬，包中饭。

我问，这个湖要不要永远养护？他答，是的，水草长起来，就要割，再长，再割，直到明年春时，有雨为止。

我想了想代价，开始怀念从前，不需要过多人工干预。

即便水治清了，再往里扔垃圾，或者排流污水，等同于没治。请人看着，像守着一个宝，要防范的，依旧是人。人才是伤害自然的元凶，没污染，便无须治理，也无须保护。这割草机，也是为治水专门生产制造的，包括净水剂，皆衍生物。人类在费力弥补自己的过失，却忙得兴高采烈，不亦乐乎。

"天地不仁"，天地是不动感情的，但最为公平。大自然会自行修补，人为的，却得自己买单，有些尚买不成单，比如渗入地下的化肥。溯源，把手停在最初，才不会作茧自缚。

人类走到今天，不得不怀疑，思特里克兰德与契诃夫小说《带阁楼的房子》以列维坦为原型塑造的主人公风景画家，意味深长的两种价值观的抗衡——爱大自然优于爱人类，此乃关键。看似另类，离经叛道，却有先见之明，与高更相类，清醒地看到了文明带来的破坏。所以米修司在风景画家眼里是自然人，对大自然葆有永不停歇的热情与爱。

毛姆、契诃夫的理念在慢慢应验。关注人类发育，还是大自然发育是焦点所在，双赢才是我们追寻的目标。

环保非口头禅，而是人类长期的自我斗争。

八

西北风吹走了河岸蓬勃的绿意，取而代之的是无尽的萧索，红色地肤围裹着一湾逝水，斑斓惆怅。

秋天有大族气象，虽败犹荣。

我喜欢"晚"字，比如这晚秋，不似"早"，仓皇，疾驰的马蹄。"停车坐爱枫林晚"，多好的意境。来得太晚，方从容，才是高兴之事，也是可有可无之事。"晚"属于秋，春晚、夏晚、冬晚均不适合。即便晚，依旧有许多的路要走，依旧有山深水寒的日子。

栾树，是这个城市的常见树，簌簌掉落的金粒，满街皆是。酷似金桂的花粒，只是不太香。足以慰风尘，我如是说。不如意的日子，有了这些细小花粒，便诗意顿生。

说这话时，我正走在范家渊华美的夜色里，身上满是掉落的金粒。月亮像个赤足的孩子，夜色是他沉默寡言的双眼。我爱这幽深夜色里，潜藏的童真，仿佛重回古代。"哗"的一声，鱼儿在动。我曾担心打了净水剂后，鱼儿会遭殃。怎奈江汉平原太恩赐了，土里有鱼卵，便有鱼。

岸边燃着孤灯的位置，是刘姐的家。那昏黄的灯火，多么温馨。夜深沉。我想起"万物皆是自然之息所成"。

这时节的栾树，已被满树的灯笼果代替，红红的，锦缎一般，满地皆是。那暗粉，干枯的，三棱像花一样的果子，掩在杂草中，有殉情的味道。栾树的果，也叫蒴果，口子炸裂，可以看到里面绿豆大小的种子。

在枯草中，发现一株葱莲，白花瓣，黄丝蕊。过去家里种过两花池，搬家时，挖了两盆，还是死了。这可能是一只鸟的杰作，总之它在荒野里安了家。这样干旱的天，着实难得。本想挖回家，又转念放弃，自然之物尽大地所藏才是。也想看一看，下次来时，它还在不在，是越发越多，还是被其他植物侵蚀。

没见到蝴蝶，也没见到红壳花大姐。秋天寡淡，即便绚丽，也似锦衣华服的夜行人。

我拿着手机，专注拍着。篱笆转角处，转出一个人。我抬眼望过去，又低头摆弄着手机。忽觉不对，抬头问道，是范伯吧？呵呵！范伯笑出了声，我！你都不认识了。我摘下口罩，说哪会，只是没想到。

他问，在做啥？我指了指篱笆旁，一大丛高粱米大小的累累红果。

他问，能吃吗？我说，不能，才尝了，无滋无味。他问，你也不怕有毒？我说不会，鸟能吃，我就能吃。范伯听后，又笑将起来，问，有用吗？我答，有的，叫接骨草，骨折肿痛、外伤出血都能治。

他露出惊讶之色，说，那得弄点。我便笑。其实，所谓的药用，也得看植物的哪个部分。

文殊菩萨曾命善财童子采药，不是药者，采将来。善财童子遍观大地，回说，无不是药。文殊又说，是药者，采将来。善财童子就地拈起一株草茎，度与文殊。云门禅师也说，尽大地是药。"尽大地是药"这句，对应《禅是一枝花》里"却要吃维他命"度日，是不是有点本末倒置、舍近求远的意味。

前方，一望无际，漫天雪白的荻，逸在空中。荻苍秀，比芦苇洁白，清绝洒然，毫无市气。我问，能走过去吗？能，只是走不远，我这也是溜达溜达，范伯答说。有蛇吗？我担心地问。范伯摊手说道，按说往年过了中秋，蛇就进洞了。今年不行，气候反常，今降霜，你看天还是这样热。它们在土里待不住，这不又到外面来了。

范伯走后，我踟蹰着前行了一段，怎奈太荒凉。天高地阔，风从故乡来，八角金盘，宽大的叶子，完全枯了。假番薯，即野牵牛，军号样的小紫花，星星点点，匍匐一地，让人怜爱。

于油画般绚丽的秋，或伟峭之观，我并不太喜欢。一花一叶一虫，已足够微妙。

视频里一名四五岁的小女孩，瞅着窗外，哭着对她爸爸说，树叶是她的朋友，可惜要落了，很抱歉，她无法挽留。这便是秋！善良的小女孩，还没遇到更深的别离与磨难。

那落叶，只是一小缕秋风，大自然珍藏的典籍。大地在回收，那金色的诗行。而那毛茸茸的绿，明年还会来。

孤屋

一

下雨了，空气有点潮湿黏腻。

朋友说附近有两棵很漂亮的老楠树，带我去看。

这几天，在范家渊逛。渊，水深之意，在我看来更像湖，只不过"渊"稍稍古意，比湖深。喜欢这个名字，很老百姓，也可窥见历史端倪。无非当初住的是范姓人家，连这一湖碧波荡漾的水，也冠以范姓。这样的标签虽霸权，却是通俗易懂的地理标志。现今叫范家渊湿地公园，位于城郊，公交已至此。

曲曲折折到那儿，发现竟是范伯家。二十多年前来过，今是第二次。楠树乌黑笔直，虽粗壮，却优美。从根慢慢往上收，再烟花般散开，一片叶子都没有。黝黑的枝杈映着青灰天幕，倒有几分清寂，百余岁是有的。

这里已快拆迁完，满是残垣断壁，大多房子已没了屋顶门窗。铁锈色的藤蔓如巨大蛛网，覆盖着烂墙。

只范伯家门前扫得干干净净，院落齐齐整整，尚有人烟。

家里静悄悄，一眼压井置于门前。两扇大门紧阖，一对铁门环整齐地挂在门缝两侧，是小炉铁匠用绞扭法锻打而成，现今已很难见。门上的木纹山水很漂亮，当年刷的桐油风吹雨淋，已脱色，泛着老旧的白。青石门槛坑坑洼洼，磨得油光锃亮。

朋友说，前些年乡间很多这种青石。我说这个比较老，一望便知有上百年。

拿起门环，扣了扣，无人应。

那年，范伯大儿子结婚，我尚年少，随朋友来参加婚礼。红色捷达车停在门口，新姑娘一条腿从车上迈下，范妈连忙解下围裙，擦干手，拿着红包，满脸堆笑，一颠一颠往外跑。红包方方正正，很厚的一摞，用红纸包的十元票子，并非现今的专用红包。新姑娘抹着红脸蛋，一身红呢子套裙，垫肩很高，胸前佩戴喜花。头发烫成大波浪，上着硬硬的摩丝，踩着高跟鞋，袅袅婷婷。新郎一身黑西装，红领带。这边表嫂去接的亲，车子缓缓驶进村。路两旁人家摆着一挂挂鞭，噼噼啪啪，一路咕咚过来。满地红色纸屑，整个村子沸腾起来。进门时，一群人簇拥着新郎新娘，花花绿绿的金纸撒在一对新人头上。那是1989年底，即将迈入90年代。

新房靠西首，不用走堂屋，单独的小屋。吊了顶，粉了墙，一水淡黄组合家具，范伯请木工在家打了数月。范妈顿顿鱼肉伺候，木工走了，又接漆匠进门，好烟好酒招待。木材早两年便买下，大兴安岭失火那年，范伯跑到湖南购的新挖的松木，找顺风车拉回，沉入范家渊塘边泡了整一年。捞起，晾干，存放。做时，套上板车，拉到木材厂，刺啦啦，改好的板子、撑子再拖回，很费了一番周折。

如今四周房舍，人去楼空，一派荒凉。只孤独的柚子树层层叠叠落着果，楝树椭圆形的白果也兀自成堆。小鸟唧啾，呼啦啦一群群出没，栖于枯枝，似黑黑的枯叶，忽又飞走。细亮的嗓音，团团簇簇，间或清幽几声，愈发衬出郊野之静。

站在窗外往屋里看了看，灰扑扑，家具尚在。粗旧的写字台上，陈放着当年的双卡录音机，还有一个带龙头的凉瓷壶，房间依旧保持原貌。

二

第二次去时，依旧阴天。

冬日清晨的太阳，更像月亮，圆圆白白挂在天边。云层有点厚，太阳不时在里面翻滚，偶尔透明一下，也是淡淡的。

范妈顶着一头白发，正吱呀一声开门，拿着筲箕往门前菜园子去。

来得太早，雾蒙蒙，露水尚没散去。园子里的菜，碧绿碧绿，嫩得掐得出水。想起一个朋友说的，土里长的东西都是美好的，不禁心中一动。所以，在我眼里，这一方菜园便是无价的。

范妈身材臃肿矮小，蓝布大褂套至小腿，走路沉重，八字脚，亦步亦趋往前拖。看见我们，笑着停下，往屋里让，说范伯骑三轮车到八层楼菜场卖菜去了。我们度量她还没吃早饭，便说转转再来。

朋友说，这里十年前便开始拆迁，范伯家是钉子户，皮扯了好多年。相关单位来做工作，就是不搬，所以只剩下他家独一户。

空地上长满了横七竖八的构树，大有野丛林的味道。范家渊，只开发出来一半，另一半处原生态。隔着幽幽水岸，拆迁后新建的金源世纪城似海市蜃楼驮在青绿水面上。站在枯黄的芦苇荡，像立在深圳湾望香港。

转回来时，范伯已回，老远便听见他的大嗓门。

他笑声朗朗把我们迎进门，嘴里说着稀客，伸手做出请的动作。

迈过青石门槛，一脚踏进堂屋，竟有种穿越感。内里地面很低，故幽深，一步像走了一个世纪。可见外边是不断升高的。我说，范伯您住得真豪华。范伯哈哈大笑：豪华什么，寒素人家。

室内阴暗，有股霉味，收拾得倒也规矩。内里布局，以及房梁油黄的檩木与板壁，在九十埠、迎喜街常见。明清遗风，朴素渊静，虽灰暗，却浸满岁月的茧。如我们的祖先，端坐在那儿。

通往卧室的门竟也是双开的老旧木门，挂着铜钱般大小两个油亮圆环。举头环顾，这样的房屋比那种朱红重檐的庙宇殿堂，更有岁月感，亦接地气。是小门小户，老百姓的庸常人生，也是大多人家曾历的人生风险与珍贵经验。

我是喜欢衰败的，一路喑哑下去，像一个人立于风中，听得到时间的哭声。

院落布局简单，前排四间，中间夹个大院，后排又是四间。另带厨房、卫生间，侧开一个生锈的黑漆大铁门。

三

范伯家很有意思，三张床。一张民国时，范伯父亲结婚用的，一张 20 世纪 60 年代他结婚用的，一张 80 年代末大儿子结婚用的。一个时间轴串起三代人。范伯那张横梁上的雕花，"破四旧"时，被铲平。本要砸烂，范伯拼命护下。

范伯父亲 1915 年生人，40 年代初结婚。打婚床时，请木匠在家住了两年，又雕又镶，荷莲图、百子图不一而足。

老人虽非穿长衫的识字先生，倒也博闻强识，天下事滔滔不绝。守着范家渊过了一生，耕种渔猎，勤勤恳恳。在那雕花婚床上睡了一辈子，死也死在那朱红榻上，包括范伯的母亲亦是，是他们唯一的豪华所在。

这种床叫"车床"，像车子，有门有盖。朋友说并非如此，因床支架的四根立柱，是手摇车出来的，故叫"车床"。也叫"架子床"，无非床上方有顶架，另立柱、围栏、横楣板，一应俱全，外加脚踏板。踏板放鞋，下设两抽屉，挂铜锁，存杂物。其实床，便是家，尤其过去的床，有顶有门，等同缩小版的房屋，是暗守黑夜，遮风挡雨之处。

范伯父亲的床和范伯的床均如此，只是他父亲的更古意，土红油漆已斑驳泛白，那种白，是荡气回肠的白，旧得柔软，越旧越华贵。床帮刻的缠枝莲花，依旧栩栩如生。床腿因潮湿，已霉烂。范伯父亲的床只剩"寡床"，20世纪60年代，架子、踏板、柱子被付之一炬，连带家里雕有花花草草的木器尽遭焚毁。那日黄昏，拆下来的木头，堆在院中，火光熊熊，透过火焰，可以窥见摇摇晃晃的落日。也就是那年，范伯的父亲一病不起，悄无声息走了。

"很心疼。"范伯说道。

我笑说："那您是地主了。"

"么子地主，劳苦人，世世代代自耕自足！"

"那也是殷实之家。"我指着床帮刻着的精美纹饰。

"中农。过去结婚是大事，也就一张床，如同现今拍婚纱照，总得讲究一下吧。"范伯抚着头，竟自哈哈大笑起来。

我摸着厚如枕木、油润的床沿，感慨万千，真有千秋大业之感。

范伯见我喜欢，怅然道："姑娘，我终究是要搬走的，可惜床带不走，进不了电梯房。你若喜欢，范伯送你。"我是想要的，怎奈，也没地方放。过去收过一些坛坛罐罐、木器竹器，最后都流散了。曾想花一百元钱收个风斗车，价都谈好了，最终放弃。在九十埠，也有人送我老床、老柜子，也要不成。倒是希望这些物件能一直活着，老，也是一种风度与境界。

我说，睡在这久经风雨的百年老床上，该是怎样的踏实和岿然不动。可惜搬不走，几百斤的东西。范伯说，可以拆了，慢慢对上，但我知道家中先生并不支持。

范伯今年八十岁，中等身材，光头，爽朗，谈吐有豪气，且思维敏捷。

他领我们挨屋转了转，敲着他大儿子结婚时打的柜子说，家具一代不如一代，这房已是组合的，买了夹板。早先的多牢实，纯实木。老大尽管二十多年前已到市里工作，还是替他留着，这间房也是他的。

四

我们在后院房中落座，范妈在厨房笃笃切菜。

雨丝缠绵，一条窄窄的砖路把前后房连接起来，旁边是平整开阔的土地。

我非常羡慕这样的小院，稍稍整一下，种点花草，支张桌子，摆两把椅子，晒太阳、看书、望天，都是不错的选择。何况门口那两棵苍老的楠树，修溜俊朗，遮天蔽日。

范伯说，范家渊有一千多年的历史。从他记事起，便衰草连天，一望无际，鹭鸶、野鸭子成群出没，常捡到一窝窝野鸭蛋。他爷爷、爸爸、他，守着这湖水一直至今，台基也是祖辈留下的。

相传古时这里便郁郁苍苍，只二老守着一眼老井度日。婆婆喂猪，爹爹酿酒。井水甘甜，酿酒后的酒糟喂猪。猪长肥，卖掉，再买谷酿酒，如此循环，日复一日。忽有一日，一名乞丐途经此处，二老礼遇有加，拿出好饭食招待。临走，那乞丐在井里放了三颗糯米，对二老说，以后不用酿酒了，井水便是酒，说罢翩然而去。从此二老过上富裕生活。三年后，神仙又至，问过得咋样。二老说，酒倒是有了，就是猪没酒糟吃。神仙听了不悦，指着天吟道："山高不算高，人心比天高。井水做酒卖，还嫌猪无糟。"说罢走至井边，脚一跺，井水泛滥，成为汪洋，即今天的范家渊。无非告诫世人见好就收，不可贪婪，与《渔夫和金鱼的故事》相类。只是普希金的童话更舒缓一些，这个神仙倒显得无情。

范伯坐在油亮的小竹椅讲这个故事时，范妈倒来两杯热气腾腾的茶。我端着，外面院子依旧细雨霏霏，几只黄花土鸡轻盈飞跑着。

范家渊形成的真正原因是长江溃口，无法考证那时有无长江大堤。总之江水泛滥，坑坑洼洼的地方被填平，水退后，成为沼泽湖泊。由于洪水滔天，也会形成巨大冲坑，实乃湖泊的另一种形成形式。附近尚有一渊，紧挨大堤，当年溃口，老百姓无计可施，把大木船装满一麻袋一麻袋豌豆，沉入水里，堵住溃口，故叫"木船渊"。木船渊的形成晚于范家渊，沧海桑田便是这么来的，长江两岸的人民一直与洪水做着斗争。

范伯清理自家鱼塘，以及这次大规模修建金源世纪城时，均挖出完整成群的青砖基脚和一层层鹅卵石。范伯说，在更为遥远的古代，这里便是小镇，附近有码头，有住宅，有集市。这片土地，一直处于水、陆交变中。

我问范伯："范家是大家族吗？"

"不是。"范伯回答得很干脆，反身找出一顶绒线帽戴头上。他接着又道："他们祖先是江西人，填湖广来此，属移民。""湖广"主要指湖南、湖北。黄巢起义时，杀人无数，老百姓躲进荷塘，藏于荷叶下，士兵见荷叶动，便是一刀，鲜血直迸。那时江西人多，湖北因战乱十室九空。范家三兄妹，两个哥、一个妹在此开疆辟土，发枝散叶。老大落户此"渊"，老二相距不远，妹妹在另一方。

范伯说的，我查过。江西填湖广的高潮在元末明初，连年战祸兵燹，湖北大部分地区田舍荒芜，土著死亡、流散，外来人"插标占地"。军队应是红巾军，一路厮杀，而非黄巢起义军。当然也相传晚唐即开始，历经诸朝。

范伯无疑属大哥这支。

范伯说，他这股有两百多户人家，一个祖先。大部分都姓范，后来有了向姓。范、向可通婚，但范与范不可以，一家子，千年规矩。这个渊并非谁都可以打鱼，清朝、民国时是股份制，年终打鱼、分鱼或分卖鱼的钱，范姓人家按股分配，向姓没有。若向姓人家娶了范姓女儿，便有一股。新中国成立后，范家渊归属国有。

范家渊很深，相传住着龙王。1959年干旱，土地裂成密密麻麻的小孩嘴，湖塘尽干，唯独范家渊波光潋滟，鱼虾成群。有年国家想抽干，抽了许多天，就是不干。估摸着和长江相通，江水可以慢慢浸过来。

我没作声，想着可能性。这个塘离江边并不近，若地下水相连，管涌的概率会很大。

五

南方的冬，忧郁在明暗间，像范伯的房子，门脸红砖，后墙青砖。青砖比红砖体积大，一望便知是清朝老砖，勾着糯米白浆。这座房并没多老，20世纪70年代的产物，距今五十多年。那时计划经济，凭票，不是没钱，而是有钱买不到东西。老房子漏雨，拆了，留下老料，能用的用，包括檩子、木门、门槛石等。

老房子是范伯祖父清朝时修的，祖父勤快，打鱼摸虾，种稻谷。为做屋，到窑上背砖，累到吐血。房屋落成后，炸了一天的鞭，大红纸屑堆有一尺高。范伯做屋时亦是。

老百姓最大的欣慰，便是做屋。

当时觉得红砖时髦，便放在正墙与房山，后墙依旧用青砖凑的，等同翻修。后窗旁的一株玉兰，扭着很紧的花苞，如脂玉，是白玉兰。又似孕妇，能清晰感知它平静的生命力量。

我说，那您是可爱的钉子户了。范伯摘下帽子，摸摸头，不好意思笑着连声道，还没沟通好，没沟通好。我笑问想要几套房。范伯有点激动，忽站起说道，最起码四套，三个儿子，一个儿子一套，我们两老一套。你看到的，他们结婚都在这儿，分家时，一人一间。东西规规矩矩都在，尽管老大老三搬到城里去了，但这毕竟还是他们的家。

范伯指着前面一排房，那有一百多平方米，这排也有一百多平方米。中间这么大一个院子。屋前有菜园，屋后有鱼塘，多大出场！

范伯说的，我都理解，并不觉得过分。在我眼里，范伯家承载几代人的房舍实属辉煌，也许别人认为是破烂，但那细碎的人生细节，以及苍凉氛围，真是无价的。这样的历史和时间，是推土机买不来的。尽管不是大景观、大古董，却是民间烟火的至尊瑰宝。

近几年我对拆迁的看法，有所改变。过去也许会用经济价值衡量，但当住腻了小区，对楼上的皮鞋声、拖桌椅声、楼下的吵闹声，森严的门卫，设置的横杆，厌烦室息后，觉得没有一寸土地是属于自己的，摞在别人家上，种盆花、晾床被都困难。

这样的院落自不用谈，是令人羡慕的理想之所。能呼吸新鲜空气，听着细如银浪的鸟鸣，吃着自己种的放心菜，便是幸福。

对拆迁也了解一些，范伯说的四套房，尚需自己拿出一部分钱，只是博个好价格。拆迁有两种方案，一是按实际房屋面积对调，平房每平方米尚需加一点钱，才能住进去；二是按户口，给一个优惠价，老房子折合人民币冲抵，人口多自然划算。范伯两个儿子家的户口在市里，并没迁回，皮扯在这儿。抛开情感，老百姓如果不靠拆迁发点财，改善生活境遇，真的很难。祖辈的基业，也不是开发商一铲子就能铲走的。

不便多打扰范伯，他留中饭，我们谢绝，走至厨房和范妈告辞。厨房挂着一溜腊肉，白白的，非熏制那种。这种腊肉纯正，没烟气。我说做你们的儿女真幸福。范伯笑道，幸福个啥，惭愧，老朽了。范妈切了满满一盆红菜薹，一段段很小，用调羹撒着盐。说下雨怕坏，若晴天直接晒外面，腌柔软后，再揉，炒饭香。菜薹如此腌制，还是头遭见，倒是萝卜白菜经常如此制作，可见事物是相通的。

范伯带我们往外走，穿过黑咕隆咚的堂屋，豪爽地说："姑娘，看上啥了，只管开口，范伯都给你。孩子们说这些东西都不要了，我舍不得。"

我也怕转身离开后再来，这所房子已荡然无存，像把珍贵的时间世界从这片土地丢失一般。

范伯要把范妈陪嫁的梳妆镜送我，尽管摇摇欲坠，有残损，积了很厚的灰与蛛网，我还是很喜欢。范伯说，难得你喜欢。我给钱，他不要。我说您不要钱，我也不要。平时，只带手机，一分现金不揣，今摸荷包，竟有一百零五元钱，便全部压在老木头桌上。范伯追出老远喊道："这咋说的，咱谁和谁，东西放你那儿，我多放心。"朋友说，看你放哪儿。我说搁哪儿都不碍事，放我卧室好了。

时间是无价的，这些东西对我也无用，但看见，便想留下。

想一想，范妈当初带着这个梳妆镜，一路吹吹打打嫁入范家。对镜理妆，皆在卧房，该是怎样的花容月貌？一晃六十年光阴汩汩而过，范妈已满脸沟壑，但性情仍好，低眉顺眼，安安静静，当家做主的依旧是范伯。

回来路上，我和朋友站在湖边，冬的萧索有点像花白的头发，意犹未尽。野鸭子划出一条笔直的线，倒扎水里，两脚朝天，又露出头，抖着水珠，悠闲地游远。

朋友趴在栏杆上说："你发现没有，有间房，范伯没带你去。"

"是吗？"

"当然，里面躺着一个人。"

我愣在那儿。他叹道："范伯的二儿子得了白血病，十好几年了，一个星期透析两次。前些年，范伯牵着的那个大胖小子，便是二儿子的儿子，二儿媳早跑了。"

我听后无言。

一个盲人，在练习走路，双手前伸，左右摆动，试探着前行。有吹笛子的，就着清亮水音，竟呜咽起来。

唯愿草木平安。

有关《孤屋》

《孤屋》是篇有关拆迁的小文，尽可能写得含蓄深远、不动声色。里面有婚礼、婚床、历史渊源等铺垫，均为主旨服务。意在写出老百姓面对家园改变以及生活所遇之境，秉承的豪爽乐观态度。轻的下面是重与思考。

拆迁，一个巢穴转向另一个巢穴，是时间的断裂也是永恒。人们舍不得的是一些叮咚流水的日子，那样的旋律，由喜悦、悲哀、伤痛等各种音符组成。再大的苦难，都是人类鸟羽储存过的温度。

人也是有翅膀的，似范伯的祖先从江西一路迁徙而来。

光阴无价，不可能复制粘贴。它温柔地承载过我们，潜在物件里。虽没具体样貌，却无处不在。时间又是历史的母亲，带着时代的节点、人性的无奈甚至伤痛朝我们走来。文化是拆不了的。

去年冬天，因颈椎不好，我暂别电脑，跋山涉水，游荡在范家渊暂时没被工艺化的野丛林和一望无际枯黄的芦苇荡中。一脚水，一脚泥，有萧索，亦有繁茂意象。白腾腾的日光，白银似的水面；或细雨霏霏，阴灰的天。

从而发现种子的力量，面对寒冬，依旧表达着原始的诗意与旺盛。那种暗生长，像一次次春天的积蓄与绽放。

构树的叶子很厚，即便枯了，也是柔软的。上面附了层白色绒毛，新鲜时，可喂猪。果实呈红色，是甜的，鸟雀子最爱吃。有鸟的地方便有构树。冬季的构树，散乱着黝黑枝条，沿湖密密麻麻。鸟的一泡屎，便是一棵构树。

行走自然，能最大化感知生命的顽强与传奇。

几百年前，范家渊还是片荒湖，因范伯祖先在此扎根，才茂盛起来。人的生命与植物一样，皆生生不息。江汉平原又是那么不可知，或许一场洪水，便会夷为汪洋；平静后，又有人于此繁衍。

此文跨度有点大，起笔虽为现今，但不妨碍追述久远的历史传说与演变，以及范伯家几代人的生活轨迹。写的是人，实是时代。三张婚床，串起一个家族，说的是亲切的人间烟火，却逾越事物本身，刮鳞去茧，露出真实的血肉。

文里最早还有一些景物描写，怕冲淡主题，故割爱。而自己又是那么喜欢自然，每每葆有新奇之心，继而行于笔端，不厌其烦地描摹，又被轻轻抹去，像一次笔下旅行或复习。

去范伯家，最初只为看门口的两棵老楠木。文中朋友，实为夫君，他说二十多年前我来过，我竟不知，可见那时多么年轻无知，对古老事物，并不曾留意，尚无法感受它的生命美。那场婚礼，倒记得，前不久，还碰见范伯的大儿子，满头白发，拖家带口。

因范伯家有诸多清朝遗迹，故有了第二次造访。见到那几张古香古色的婚床时，很震撼。那些朱红，磨旧了的上百年物件，像时间，静美如初，又波涛汹涌。当初之景何等喧嚣热闹，今又何等落寞。结婚方能生养，繁荣一个家庭，继而一个民族。

那些老物件，若仨瓜俩枣处理掉，心有不甘；高价卖出，又很困难。不处理，挖机一来，灰飞烟灭，故对话一直在赞叹与惋惜中进行。

我是个怀旧之人，因无处放，故不能收购。但作为农耕文化的代表，失去，同样意味着背叛，那是人类曾经的脚步。

此文，精彩处在结尾，像个谜底，弥漫着惆怅的气息。前面，尽量渲染范伯的豁达豪爽，范妈的温柔贤良。而生活是刺痛的，他们的二儿子因患白血病，十多年一直佝偻在床，不断化疗，不断债台高筑。

他们的门前屋后，又收拾得那么干净，能窥见二老的勤勉。他们又是那么乐观，没因疾病与拆迁，表现出愤懑慌张的情绪。老百姓这种久经苦难，练就的镇定自若的风度，着实让人敬佩。

孤屋，独一户。旁边瓦砾藤蔓，一派荒芜。残墙长满厚厚的绿藓，无主的橘子、烂南瓜满地皆是。其他范姓人家已搬进崭新的电梯房，只范伯家守着门口上百年的老楠树，于此平静度日。

走时，范妈送我菜，我没要。那天是腊月二十九，马上进入春节。那么冷，他们穿得很多，很臃肿。

告别后，我顺着小路走出来，在一处紧挨着马路的房舍前，遇到一位干瘦的老妪。她用一只带泥巴枯裂的手，擦着干涩眼窝，眼泪不断涌出，可能是风眼。脚边篮子装着刚下的红菜薹。我想买点，她只收一元钱一斤。我说好便宜。她说不亏，自己种的。老妪八十多岁，也姓范。我又买了些萝卜和白菜，老人半卖半送，一个劲儿往我口袋里装。买菜的钱，是家里先生付的。有个撮粮食的筲箕，尽管破损，但很牢。几只母鸡从上面飞跑而过，老人说是一百多年前的物件，我买下，准备捐给民俗馆。还有辆"鸡公车"，肩上的带子是篾编的，花式精美。我很想收，家里先生阻止。走时，真是一步三回头。那工艺，那手工时代，当年的劳作之景一起涌来，我知道它叫岁月。

所以范伯这个人物，并非孤立存在，实乃乡村百姓的代表，一代代劳动人民可亲可爱的缩影。拆迁也好，时代也罢，终将以人为本。人性的善与美，也终将超越苦难，高于一切。

再去时，那辆鸡公车已丢胳膊断腿，躺在一片瓦砾中。

茵的村庄

一

午睡时，茵在院子里梆梆剁鸡食，那种老掉渣的砧板与黑锈菜刀发出的均匀节奏，像砍在远山上。人半睡半醒，不知身在何处。第一次来这个村，尽管在小说里写过，也是基于自己的想象与经验。一个人的思维毕竟有限，所构建的事物，实景并不存在，但有一点是共性的，那便是人，作为这片土地上的农民的生活状况以及生活方式是相类的。

茵的父亲曾是队里最好的会计。

她抱出一摞账簿、单据摊放地上，旁边是小山似的翠绿芥菜疙瘩。缨子已剁满一篮子，作为鸡食。午后的阳光像个玻璃器皿，熠熠闪光。那些发票一旦从某个角落，摊晾在流光溢彩的阳光里，竟有点悲怆。边缘已残破，有细碎的齿痕，也有潮湿上霉的印记。发票一本本，很整齐，一张张黏附着。手工缝制，线已断。可能用的糨糊，又没用塑料袋封好，招了老鼠。上面写着村名、月份、单据编号，大多是 1967 年的票据。那年我还没出生，一个遥远的时代，也是历史上较为特殊，烙有时代印记的年份。

翻了翻，有张 1967 年 10 月的票据，写着公益金，买红绸子缝旗帜、做袖标的款项支出，共十五元。开票人字迹娴熟漂亮，像蝌蚪。跟了几张买红绸子的深粉发票，开票单位为供销社。一尺，一元四毛五。这个价格不算低，社员因生病向队里借款，多则十元、五元，少则几角几分。有张生产合作社的缝纫费，十五个袖标的工费，单价四分，共花了六毛钱。可见当时无私人裁缝。住宿的价格好像很稳定，一人一夜两毛七，四人一元多。凡涉及住宿，均如此。有张补助款，一人一天三毛钱，参加公社的某个会，下盖某委会公章。过渡费，一次一毛，北门河渡口。这些发票一下子把我们拉进父辈所处时代，并且不可回避。

一个社员写道："兹有母亲病危，无钱医治，特向生产队借现金五元整，分配时扣还，望酌情处理。"同月，此人因母亲住院，又借了两次，共计二十多元钱。字歪歪斜斜，风吹杨柳倒在一边，忽又规矩内敛起来。倒是字尾的石榴红方形印戳，刻得极漂亮，有种仪式感和庄重文气。半个多世纪过去了，依旧鲜明。似乎这个社员，一直在为母亲的病奔忙。有人因买不起鞋，借了六元六毛六分钱，一个吉利数字。那个月队里因社员困难借出去二百多元钱，大多承诺分配时还清，大锅饭年代，扣工分抵除。

一张十元借据写在"圆球牌"香烟的包装纸背面。鹅黄色，滚动着地球球体，海水是红的，梧桐色字迹，倒也协调。软烟盒，打开内里等同白纸，歪歪扭扭、疙疙瘩瘩的几个字。见此烟标，特亲切，一个月前，朋友曾提及；我在一篇散文里也有过叙述，今天还是第一次见。据朋友说，"圆球牌"香烟在当时并不算低档烟，两毛钱一包，一个工分才值三四毛钱，最便宜的九分钱。现今随便一包烟十多元，好的几十上百。那时烟柜里，圆球牌居多，属通行烟。再往上走，新华、牡丹、长江、中华。新华是待客烟。至于这个烟盒纸是借款人自己的，还是在会计那儿或某处拿来将就用的，就不知晓了。

打欠条的纸五花八门，信纸、黄草纸、包装纸，有种黑青飘白絮的硬牛皮纸，极触目。一张公粮入库单，一万五千多斤粮食，合一千多元钱，粗算下，划九分五一斤，不到一毛钱。一斤粮食不抵一包烟，现在也是。烟永远都是奢侈品，可粮食方为活命的根本。

当时还没茵，茵是家中老大。茵父亲风华正茂，成家没有不知道。这个读过私塾的年轻人，坐在昏黄油灯下，一丝不苟粘贴着这些发票，再一针针缝起，那神态应该也是一丝不苟的，像默默做着一件伟大之事。估计手边还放有一个大算盘，在堂屋的杂物里，我曾瞥见那个落满灰尘，浑身乌黑发紫，挂满珠子的长方形物件。一个村的身家性命在其手中，总收入不过几千元，一只小牛犊，才二十元。

一堆账本，便是曾经数字化的村庄，能否与现今重合？最起码隔壁九十岁老伯的土坯房，依然矗立在这儿，从未改变。

二

来的那天，车停在茵家微微干裂泛着绿藓的院中，一眼便望见与她家毗邻不远的一座土坯房。车是她同学的，我们包了来。茵去给她同学挖野韭菜，骑着踏板车，驮着一袋晒干的橘子皮，从那条长满荒草的小径上来。她忙着开门时，我去了隔壁老伯家。老伯端坐在门前一把经年木椅上，双手交叠握着一把老榆木拐棍，目视前方。十点多的阳光，照着他土黄色的半张脸。他一动不动，像个金人。身后略略歪斜的黄泥巴土坯房，每块躯体都裂着细小的龟纹，似久经风吹的疼痛，却岿然不动。

天有点热，老伯穿了件手工编织的毛衣和背搭子，袖口散着毛线头，露出里面败了色的灰白秋衣。

他看到我，笑了笑，起身让座。

我称他伯伯，问能否参观一下？他笑着点头，慢慢起身，摇晃了一下，方站稳。室内干净，地扫得光光溜溜，也是土坯铺的，近百年摩擦，表皮已坑坑洼洼。那种原始冲击，直如千年古堡。这样的土坯房更像阿塞尔·维伍德设计的作品，只是更天然质朴，非设计室冥想之物。维伍德的灵感本来自东方的乡村和寺庙，是古老钟摆与现实的对接撞击，也是审美觉醒。回到大自然的日常，必将是人类若干年后奋斗的目标。

无现代因素，没值得炫耀的东西，不被一些奢华物件湮没，是他的理念。在生活保障不被破坏的前提下，我愿意住此，此非虚言，也非附庸潮流。能凸显岁月本真，真实时间的存在，是件福事。靠近质朴，也是靠近自己。

两个陈旧发黑的柜子离地面很高，下面码着一尺来长，整齐的柴。粗细分开，露着崭新的白茬。火塘位于墙角，黑茶吊子、黑铁架，熏得乌黑流油的墙壁和房梁。柜子依旧看得出沉滞的暗红底色，另有一张没上漆的粗粝的方桌。

没取暖设备，估计冷时，主要靠柴。

卧室窗下，放着最老的面包形小电视。老伯顺手打开，是色彩鲜艳的戏曲频道。大概演的《穆桂英挂帅》，京剧扮相，穆桂英一身白袍，剑眉高挑，手执颤巍巍的雉鸡翎，扬鞭跨马，哒哒哒转身，绕了一圈，嘴里咿呀着。一时间金鼓齐鸣，颇有股悲壮感。我掏出背包里的零食，放在电视旁，表示对老伯打扰的歉意。除三间正屋，东头还搭了间偏厦子。从卧房的门可进去，人站在窄矮的门框，有种顶天立地的感觉。乌幽幽的仓房角落，依旧堆着一垛整齐的柴。这里的柴几乎都是手指粗细的树枝。屋顶有块瓦破了，一道雪白的光柱如手电筒照下，格外刺眼，也愈发显得室内幽暗。没窗户，两扇门对外开，一对小黑铁环，用锁头紧锁着，估计不常开。外面贴着花花绿绿的门神。

房山切下的几苑树根是极自然的根雕，剥了皮，便是艺术品；不剥皮，乌黑粗裂，更有丛林感。切面，像人的指纹。

门口摆着两三把小靠背椅，伯伯让我们坐。

他颤抖着端出一簸箕橘子给我们吃，说大儿子带回来的。

坐在门前，薄薄的日光，有种向暖的感觉，仿佛坐在透明的金片中。老伯有六个子女，仨儿仨女。大儿子住宜昌，二儿子在上海，幺儿子住镇上；大女儿在北京带孙子，二女儿在武汉带孙子，只幺女在村里。

一辆白色轿车从门前飙过，很潮的那种，像赛车。我说好漂亮。伯伯说是他外孙子的，幺姑娘的儿子，在烟草局上班。车在房当头。唰地转弯停下，一个帅气的小伙子走了过来。

我经过车身时，见车里坐了一名小女孩和一名女子。

三

那里的夜极静，连风吹杂草的声音都不曾有。

伸手不见五指，门"吱呀"一声打开，一柱光扩出去，很有家的味道。如登月望远镜射出去的光束，人类体温正与自然界慢慢融合。站在轮廓边缘，眼前像蒙了层黑布。这一刻，乡村是失明的，我也是失明的。适应一会儿，方能望见影影绰绰的树木与田野。九十岁老伯泥巴房的房山三角轮廓，沉默在黑暗中，远处的房屋和更远处的房屋都是模糊的，包括日间，带着小鸡溜达刨食的母鸡，见到生人吠两声的狗都睡着了。没有一盏灯火，尽管只晚上九点多。那个老伯一定蜷缩在某个黑暗角落的木榻上，他老伴八年前走的。万籁俱静，人类渺小孤单，和路边的枯草、远处起伏的小小山峦一样恪守本分。

我是喜欢黑的，像纯粹的语言，忠诚于自己的唇角。

对面是条马路，马路那边是弯曲成钢筋几何状的枯荷塘，再过去是一望无际的稻田、芦苇荡、沼泽，还有一条哗哗流淌不太洁净的溪水。最后横亘着小小山包。那座赭褐色如老陈皮的山坡正对着茵家，茵母亲埋在那儿，能看见昔日进出的家门。去年清明走的，在许多冰冻身体微微喝醉，山风开始柔情吹拂，有了暖意，准备重新相爱时离开的。她的生活像块铁板，放牛种田，种田放牛，一直持续七十来年。守着二十亩稻田，两头衰老的黄牛，一眼石井，一群叽叽嘎嘎的鸡，一座几十年的老屋度日，外带一百元养老金。干不完的活儿，有一天干不动了，厌倦了，午夜，或许就在这个时分，站在我站的这个位置，选择离开。用最后的气力，亲手瓦解掉自己的生活。

我的黑与她的黑是不同的。我是厌烦了城市凌乱的灯光污染，急于寻求暗夜的庇护；而茵母亲的黑，是终日劳作，不见天日的黑。

我望了望天空，毛月亮似小孩微翘的唇角，散发着唇齿间一抹银白香气。银星似雪，万千星辰滔滔而过。

乡村的好，便是能更好地感知月亮、星星的存在，也只有在这样的黑里，人才能忘记人。

四

茵买了一株菊花，栽在她母亲坟头。说，妈妈从不爱和需要这些东西，只是想为妈妈做点事。她称她母亲为妈妈。一口一个妈妈，像一个没长大的孩子，虽已年届五十。

通往那个山坡并没有路，多半走在堤埂上枯黄快没腰身的杂草中，水边的毛蜡烛斜斜举着自己残破身体遗留下的不太白的白色飞花，构建着水塘萧索的意象。我们嬉笑磕绊着往前行，水网密布，野树纵横。夕阳的美，平静洒于万物，像位温情的紫袍老人，尽力掩去我们眼角的皱纹与万物的悲伤。

人是一下子就老了的，读《对照记》，你会诧异从1962年到1968年，短短几年间，张爱玲像变了一个人。一场浩劫或霜冻，猝然间仿若逝去几十年。秋风上脸，细致光滑的面部忽然打了砂纸，不忍卒看。眼角下斜，即便眸子里仅存的一点柔情也是渺茫的，像根线扯着。也曾一次次梦见自己依旧年少，一遍遍计算着还有多久高考，是否尚有足够时间把不会的功课学好。甚至梦见醒来，挣扎着走出房门，看见很大的厅，母亲在包饺子。那是一间没见过的屋，凹凸不平的地，还梦见红色地板上汪着水渍。直至真正醒来，才发现人至中年，一时间无法分清哪是现实，哪是梦境。现实与梦境的区别，无非时间长短的问题。若不醒来，梦才是思想版最真的现实。茵母亲终于割裂现实，做梦去了。如张爱玲说其祖父母，在她的血管里静静待着，待她死后，再死一次。

夕阳下，浓酽的红光盛在碗里，半泼洒着，似种柔情潜伏，镀在每个人身上。太阳很有趣，当它残存锋芒，归于黑暗时是慈爱的，如人之将逝，总要温柔以待，才对得起一生。故黑白间，由红色过渡，黑、红、白才是造物主真正的三原色。

跋山涉水，才到达那片略微平整、长满野韭菜的山坡下。我独自去爬山，奋力往上登时，茵说，别去，是坟地。我抬头望了望，没看见一个冥幡、一个墓碑，或许在里面，但确实是这个队的坟地。生和死，遥遥相对，似另一个村庄。只不过房子换成土丘。时间久了，土丘也没了。茵父亲保存下来的一摞摞报销单据里的借款人，若作古，定埋在这儿，与他们曾急于借钱为之治病的父母，更远的祖辈，均长眠于此。世袭着这里的土壤和土壤里的空气，然后腐烂，长出一排排笔直的白杨。鸟雀在枝杈上轻柔做窝，再大的风也吹不掉，又似土中人的翅膀。

你不怕吗？她们问。我说不怕。

人到中年，已身在水塘，品尝太多的悲凉，对死会有重新解读。他们只是土，尽管有自己无法替代的人生，能归于尘土，实乃高美之境，万物亦然。他们走在救赎的路上，反人类罪并非最大的罪，反地球才是。

儿时害怕死人，隐约记得在陕西，一个老太太死了，笼罩着一种神秘怪异的氛围。与几个伙伴躲在纸窗下，想看又不敢看、看不到。后来父亲单位到河南建家属院，同学父亲搭炉膛，挖出大捧大捧的骨头棒子。有人说原来是片坟茔，也有人说是古战场。总之我们活在死人之上，下面白骨累累。又有谁不活在死人之上，几千年上万年的人类历史，只是尸骨新旧的问题。

平生仅见过的几个失去生命体征的人，都轻得像一片云。一个人没了气力，连绝望都可以不要。古人安静，犯罪的皆是活人。

一个人能静静地坐于墓旁，是种纯化。一旦把生死之门轻轻挪开，一切也就释然了。唯一放不下的是尚有许多事情要做。

茵说，站在她家房前，可以隐隐望见她母亲的墓碑。

这个村坐北朝南，家与家离得很远，都没院子，所有的房屋都对着那片丘坡——他们的祖先。

五

窗外的墨色像一瓶陈年老抽，没灯光的世界是另一种安全。睡在被太阳烘焙过的棉被里，有点燥热。厨房的小灯散发着幽微之光，外床已有鼾声轻微起伏。我悄悄起身，掩上卧房门。由于兴奋，翻腾许久才睡。太静，没有一声狗叫。惊蛰未到，自然没虫声，也许初春积聚力量时，本身就是沉默的。

睡在黑暗里，就像沉于深谷。

清早醒来，掀开头顶窗帘一角，天已蒙蒙亮。有几声鸡鸣，远远的，似从画中传来，没有想象的此伏彼起。茵家倒是养了几十只鸡，却异常安静。这个村并不热闹，白天几乎见不到人，见到的也只是老人。

睡前说好，要看乡村日出。估计晚了，抓起椅背上的衣服，匆忙梳洗下，便出了门。外面的空气，似牙膏稀释的粉末，抑或冰凉的银饰。白雾飘荡在一望无际的稻芒上，茵说过，种田的都是老人，种不动，这季便荒在这儿。

整个村庄尚没醒来。九十岁老伯的黄泥巴房，大门紧阖，右上方吊着一个圆筛。几串风吹日晒，失了色的干豆角也挂在外墙。我一个人走在寂静、不宽、平整的水泥路上，两边住着稀稀拉拉的农户。有土坯房、小洋楼，也有砖瓦房。大部分是空的，哪怕在春节。一家家走过，只屋脊与黝黑枝杈的空隙泛出古老红光。树还没发芽，一脸老成笃定，大有孤雁横飞之感。把整个村庄走完，没了遮挡，路的尽头才呈现出一个巨大红轮。那么近，又那么远。

这条路一直通向太阳初升之地，两旁荒田、井架，没一辆车、一个人。再次印证，想看到完美的日出一定要走至开阔之地这一逻辑。人生亦如是。

薄雾很快散去，又是一个大晴天，取而代之的是活泼鲜明的冷金色，不似夕阳那般醇厚的酒红。矮点的房山印在高大房山上，留下清晰的瓦楞齿痕，有人在门前对着原野刷牙。九十岁老伯已起来，坐在压井旁洗白菜。

"有没有自来水？"

老伯抬头笑答："没有，安装得一千四百元钱，自己一个人划不来。"

他今天穿了棉袄，说昨天幺姑娘端来一碗肉，还没吃完。绿解放鞋的顶头有个洞，能清晰窥见里面癞巴巴的大脚趾。

"冷不冷，为何不穿双棉鞋？"

"不冷，人残废了，穿什么鞋都一样。"

看得出是两个指头交叠在一起顶穿的。

茵给每个人煮了四个荷包蛋，昨晚还杀了一只老母鸡。尽管是"放生日"，但她想尽地主之谊。

早起的房间清凉幽暗，筲箕里放着昨晚挖回来的野韭菜。光透过格子窗洒在纯白的蛋碗上。

六

村村通公路修好后，这个村和后面的村相连。一条平坦笔直的水泥路，往坡上延伸着。后面的村坐落在高岗上，从这个村便能望见，中间隔着大片大片的荷塘稻田。我穿着毛衣，一个人走得汗津津。春天来得太快，每个植物都像装了小火轮，飕飕飕。

阳光很软，像拍了薄粉，白茫茫的香。两个小羊羔在田畴吃奶，拱在母亲肚皮下，仰脸贪婪吸吮着。也许吃得太久，羊妈妈往前轻挪了一步，它们依旧叼着奶头舍不得放。松口后，钻出来甩着头，白闪闪的阳光下，奶水四溅。它们与妈妈长得一模一样，雪白的身子，面带花斑，只纤细柔软的颈和蹄是乌褐色的，洋气得像奋蹄的小鹿。食草动物温顺，人可以靠近。远处传来几声"哞哞"的老牛叫，没看见那个庞然大物。今年是牛年，人类年份由动物主宰命名，可见在远古时代，人对动物的依赖崇拜。"阴历"是农耕社会遗留下来的最浓墨重彩的一笔。

茵家的两头牛已卖掉，二十亩稻田业已租了出去。转过她家房山，看到一块空地堆着柴草，几件破衣服苫在柴草垛上，一棵粗黑的老树被放倒在地，估计是拴牛的。剥出的整坨整坨的橘瓣，胡乱堆成小山，已腐烂。他们只留皮卖钱。

长空剔透，田边渠水像面细长肮脏的破镜。一个极浅的塘边，停着一辆小货车，车上装了满满一车化肥。隔很远，我大声问道，种什么的？"藕！"一个师傅回答。他扛着白袋子正往水里走。去哪儿？四周都是旷野。就这儿！他说着，把袋子夹在腋下，撕开一个口，倒面粉样"哗哗"往下倒，另一个师傅也是。化肥吗？是呀！这么多！我站在路边有点惊讶，不是撒，竟是铺。巴掌点的塘，一车化肥，有点恐怖。为了藕白白胖胖。这样的藕我常吃，但不知是如此种出来的。估计这田过几年也就废了，像女人过度伤害的子宫。

"不这样，谁买？人家都这样。"一个师傅边走边倒，边委屈说道。

菜花开得密不透风，像斯巴达克的古战场，金戈铁马，闪电一般。我一个人走过去，依旧没有路，在新翻的泥土里深一脚浅一脚。这是今年见到的第一场盛大花事，开得早，毕竟才大年初八，若再有寒潮，坐果便会危险。农民可不是为了看这滚烫的色泽与热情的，而是靠它换钱度日。

这个村有点锦瑟年华的味道，与茵他们村气质相悖，更能体现人类风度。茵的村尚陷于冬的剧情中，空灵悲切。而这个村每户人家门前，几乎都开着一树白花，有玉堂春的感觉。房子高矮错落。

路过一座矮屋，像柴房。一个婆婆在门前晒太阳，脚边篮子里放着苹果、花生、糖果类。我打了招呼，走过去拍花，说这梨花开得可真好。婆婆说，是樱桃花，我竟无知到不知是结红果果的樱桃花。她拿东西给我吃，也许篮子摆在门口，本为待客，却让我无端想起童话故事。

婆婆八十来岁，疲倦的大眼睛，略带愁苦微微肿胀的圆脸。当初应该是个美人。油菜田是她儿子种的。篮子是婆婆编的，屋里还有几个。我问卖不？婆婆说没卖过，邻居喜欢，都是送。我说想买，她说若实在喜欢就送你。我说给您钱。她很为难，踌躇着不知如何是好。我身上没带现钱，回去取。再来时，一个朋友陪我走了两三里路。我选了一个旧的，婆婆拿着钱还在说，本是小事。我说惭愧，钱太少。

农民太苦，又太淳朴。

七

湖北地貌多样，像走在琴弦上，音符跌宕起伏。若不出个诗人、画家简直对不起这份丰富。

朋友说："啥风景？荒郊野外。"

我倒是喜欢这来自大自然第一手资料的深情叙述，生怕浪费了一草一木的善意。于一些景点却很失望，只是些勾兑的意象。尤其晚间散步，公园里整齐排列的树木，始终病痛着；即便没病，也享受着特殊待遇，挂着药袋子。不说投资多少，只说若不输液，会不会真的活不下去。健康的自生自灭，每次轮回忘我动情，不计成本该多好。

住了两天，没见到茵的父亲，老人去镇上茵的二叔家吃年酒未归。茵回来边替父亲守家，边晾晾晒晒，做些粗活儿。

茵说，想把房子卖了，连带二十亩田。多少钱？二十几万。为啥？她沉吟道，父亲快八十了，卖了在镇上买个屋，离儿女近些。我忽地很心疼，二十亩，两栋房、鸡屋猪屋、菜园子，等同连根拔起。

我们走的那天中午，九十岁老伯坐在小板凳上，于路旁一小块荒地种菜，旁边横着他的拐杖。他把老了的香菜铲掉，扔一旁，准备种上新鲜物种。小铁铲的头磨得锃亮。

香葱长得极好，蒜苗也长得好，萝卜已泡。上午十点钟，他在门前干燥的土里，发现一条鳝鱼。我正好路过，这是一件不可思议之事。老伯一手拄着拐杖，一手端锹，铲了起来。那条蛇样的黄鳝，浑身湿亮，扭动着。我问哪儿来的，老伯说不知道。也许天气太热，从沟里爬上来的，可前面的枯荷塘离他家还隔着一条很宽的马路。

老伯做事不紧不慢，更多时一个人坐在门前，化石般望着远方，亦如青铜，岁月的石磨咕噜噜碾着，泛着石质的坚韧与荒凉。

他面前有啥？六七月份枝繁叶茂的红莲绿荷，早晨、黄昏的一轮红光。高远的天，流浪的树，自由的风，大地、天空孕育的才情。身后是曾经燃烧又冷却的红土——多么喧嚣的家，六个孩子在里面奔跑欢笑，围着一口锅吃饭。吹吹打打，或唢呐声声，忽而就喑哑了。如塘里的枯莲蓬，莲子都走了，依旧留在水里，无法追随。

一个人能终老自家，是种福分；不能动时，儿女自当回来照顾或接走。一个人过，虽孤独，但自由。有些舒服，不一定是精神上的舒服。日积月累的习惯，相处的拘谨，言语的磕碰，所带来的不快，方是掣肘的痛苦与磨难。离开土地，熟悉的日常，这种转身极艰难。

自己的窝再旧都是暖的。

爱老人，就像爱一棵树。当他们的土坯房，以及身体被荒草湮没，那是我们纯洁的过往与将来。骨血离开记忆，是对土地最深也是最后一次膜拜，亦如每次花开时保持的惊喜。

不认为他的子女不孝，他们同样也是老人，奔波在自己的行程里。城市太挤，充斥着泡沫，而乡村有太多的解释空间。

村庄是带不走的，像我们孤独的眼睛。

路口

  一个深秋的夜晚，路灯像位孤瘦的老人。细雨斜斜，我没打伞，用手遮着头往回跑。路上行人匆匆，雨猝然而至。门面透出的光，薄薄地洒在地上，印下湿黄灯影。

  途经朝阳路口时，两个水果摊还没收。我瞥了一眼，一辆三轮车上堆满水果，每个水果套着纸袋，袋上印着淡粉图案。车上竖着纸板，歪歪扭扭写着：丑柑，五元一斤。我径直跑了过去，并没停。但有点心动，喜欢吃这种水果，甜，水分足，不上火。十九元一斤在水果店买过，这么好的价钱还是第一次。这几天街上泛滥，据说是越南丑柑大量涌入，造成价格低迷。我迟疑着，煞住脚，想买点，家里已没水果，这时又忽然想吃。

  遂反身，来到摊前，拿起袋子便装，并不曾留意摊主。她应该是个其貌不扬、脸色蜡黄的女人。我没忘扒开纸袋，看下成色。不错！我迅速装着，提了提，估计五六斤，放秤上，催她快点！我怕淋雨，怕感冒，怕诱发咽炎，怕没日没夜地咳。二十九元五角，她报出价格。二十九元好了，我说。她不置可否。我从随身散步的小包中，掏出五十元钱，忘记以何种形式给了她——递到她手中，抑或放在摊上或秤上，然后站在旁边等着找钱。怎奈她太慢，在胸前斜挎的人造革包里翻了半天，又在上衣口袋掏摸一阵。看样子并不慢，可就是没找钱。我耐心等着，雨尽管不大，打在脸上、手上依旧凉凉的。焦急间，看见旁边摊位的香蕉不错，一位老伯蹲在地上，正一挂挂往纸箱里装，看样子要走。我几步跨过去，边询价，边弯腰拿起一挂放秤上。老伯放下手中活，笑眯眯招呼着，很快称好，装袋，我提手上。如果那个女人动作快点，我不会买香蕉。

我依旧等她找钱，好付香蕉钱，不免扬声问道："好了吗？"她"呃"了声。

我听见她向老伯换零钱。老伯拿出五个硬币放她秤上，把盘上的五元纸票收走。我拿走旁边一张十元的，付了香蕉钱。雨还在下，于昏暗的灯光里，银线般一闪一闪。我的钱依旧没找完，还差十一元。好不容易，她又在秤上放了一张十元纸票。我说，拿走了，看好啊。她低头道，好！手却一直在秤盘上来回划拉那几个硬币。

拿钱时，两个人的手几乎碰到一起。我忽然发现她的手很小，似小孩的手，不免心中一动，想着也许发育不良，怪不得人长得矮。又觉得不对，她的手不仅小，还笨，几个硬币来回抄动，就是拿不起来。借着路边门面透出的光，终于看清，她没手指，八个手指齐刷刷连根断掉，只余大拇指一个关节。

我开始打量这个女人，应该与我年龄相仿，四五十岁。长得干瘪，像柴，头发也是焦枯的，用橡皮筋扎成一束，寂寞地拖在脑后。瘦削的肩，像薄薄的纸。她的脸是贫穷的，毫无血色。羞涩的五官，挤在一起，极为普通。似乎一直没笑，不像旁边的老伯，尽管七十多岁，头发花白，人倒豁朗，有着生意人一说一笑的本能。

她并不理会我的吃惊，默默地将硬币一枚枚用两个没指头的手掌夹起，在我没看清楚的情况下，装进衣袋。然后找出一块塑料布把水果罩起，我本能地帮她拉了一下。你的手，我终于踌躇问道。她很平静，抬头望向我，木然地点了一下头。

"怎么弄的？"

"机床轧的。"

不记得，这是她第几次开口说话。工伤吗，单位还在吗？有补偿吗？我一连串问着。她目光低垂，并未作答，只是摇着头，手里有条不紊地做着事。又忽抬头道，好多年了，十六岁时弄的，农村人，临时工。我还想说点什么，她已把一块塑料布折成帽子，顶在头上，一手扶龙头，一手推车。看样子，急着要走。

细密的雨珠依旧落着。我提着水果极不情愿地往家走，忽感落寞，又犹豫着站定，试着往回走了几步，想回去问下她的家庭、孩子，还有收入。想一想，又停下，我不知道自己想干啥，搜集写作素材吗？我想起波兰作家斯瓦沃米尔·姆罗热克的短篇小说《陌生的朋友》，想起那个戴礼帽，披着黑色大氅，下面长着毛茸茸兽腿的人，还有那狡黠一笑。

我站那没动，远远望着她跨上坐垫，拐过路口，汇入北京路的车河。只余下弓身奋力前蹬、呼啦啦飘着白色塑料布越来越小的背影。路已湿透，一辆辆车疾驰而过，桐叶堆积，兀自翻飞着。

自此，我再也没见过她，但每次经过那个路口，似乎她都在那儿。来来往往的车灯前，依旧闪着细密的雨丝。

走失的鱼卵

一

1998 年抗洪时，在街边捡到过活鱼；这几天，范家渊公园也有不少人抓鱼。私家鱼塘的水漫了，鱼跑出来，成了大家的鱼，几家欢喜几家愁吧。

家里先生说，不喜欢吃鱼，小时见得多，到处都是；猪肉才香，一月一斤的计划。于他说的，我倒是很神往。

夫家最早住堤上，茅草屋，门前支个摊，卖包子、馒头。那个位置叫盐卡，运输交易盐的官船码头。往来商贾、官员、挑夫络绎不绝。江里小火轮、大洋船、木帆船，往来穿梭。比这热闹的还有水里的鱼，那时长江是黄的，滚滚东流，每到雨季浩浩荡荡。几米长的中华鲟司空见惯，江猪子也如下饺子，成群结队在水里翻滚。

江猪子，土话，江豚之意。黑灰色，比海豚小，类似猪的样貌体重。皮脂有弹性，圆滚滚，滑腻腻，憨憨的，极可爱。通常五六个，七八个，导弹样滚动，优美而富有活力。因为多，机帆船的螺旋桨常把江猪子打得血肉模糊。村民们捞上来吃，肉白白的，像猪肉。

20 世纪 30 年代，公婆尚小，处少年时光，堤上有洋人有租界。而江豚的盛景，持续到 20 世纪 70 年代末，依稀看得见在江面活跃。

1931 年发大水，水漫过大堤，冲了一个大坑，有三平方公里那么大。洪水退后，成为湖泊，水并不太深，但可淹死人，俗称冲坑。每至春季，雨水丰沛，岸边长草。草叫绊根草，你缠我绕，纠结着往水中蔓延。老根衍新根，新根变旧根，再长新根，一层覆一层，年复一年，有一尺多厚。人可以在上面走，颤悠悠。小孩没问题，站着不动，会下沉；体积大的大人或腿脚不利索的，得拄棍试探着前行。湖心有鱼，数不清的鱼，草下亦藏鱼。因水质好，那些鱼，看得一清二楚。那时捕鱼，可用捡来形容。南方潮湿，空气中水分子充盈，这样的塘不如梭罗瓦尔登湖的金沙明净，但鱼的能见度，如出一辙。

1940 年日本兵来袭，追赶抗日游击队员和民众。婆母他们踩着草皮，往芦苇荡中跑。菰蒲无边，一片汪洋，没入便不见了。日本兵在后面放枪，想过去搜，结果纷纷落水，淹死不少。

二

冲坑在后来的几十年中，成为取之不尽、用之不完的财富。捕鱼的方法很多。少年取鱼，大多背个圆柱形细长竹篓，带子多为废弃的皮带，也有篾编的，斜挎肩上。口子用套袖或剪断的袜桩转圈缝上，鱼和青蛙放进去，便不会跳出。手里拿叉，像少年闰土那样，看见猎物，奋力叉住。叉得自己做，削根竹竿，把自行车换下来的钢丝夹断、磨尖，用钳子拧在一起。至于几个齿，看需要，竿的长短也是。一把完美的鱼叉诞生后，齿愈用愈亮，愈顺手。一杆叉便是一个少年全部的武器与渔猎梦想。

湿漉漉的夏夜，雾气昭昭，蛙声如潮，正是鱼肥水静时。几个小伙伴穿着套鞋，嬉笑打闹着往冲坑去。手中白铁皮电筒的光亮耀着寂静河岸、影影绰绰的树木，也晃着脚下潮湿长满荒草的小径。沉睡的荷香混合着草腥气，弥漫在渔火闪耀的夜晚。手电筒一般两节或三节，谁有五节，会引起羡慕或嫉妒。

到了冲坑，分头寻觅。夏季多雨，水漫过草皮，很多鱼上来觅食。青蛙一叉一个准；鱼就更多了，运气好时，能叉到一二十斤重的黑鱼。一柱光打过去，黑鱼在安眠，一动不动。黑黑的脊背，闪着细碎花纹，肉墩墩盘在那儿。一叉下去，任它拼命扭动，就是不松手。有时连竿带人一起卷走；竿若脱手，拼命追也追不上，直至鱼儿把竿甩掉，遁入深处，水面洇散出大片血雾。黑鱼迅捷，一飘便是四五米远。

亦可找块草皮，挖个脸盆大的坑，类似凿冰取鱼。见水后，把线垂下，线上有钩，钩上挂蚯蚓青蛙。不大一会儿便有鱼咬钩，一提很沉，便有了。一条条扯上来，草鱼、青鲩、鲤鱼不一而足。装满一篓后，结伴而归。空气里满是隆重喜悦的气氛，真有"一路教你看青山"的好心情。进堂屋，倒进木盆养起来，再美美睡上一觉，天就亮了。

白天也去，摸几个虾，捉两尾鱼，再正常不过。水乡里的人，糊口不成问题。遇到过蛇，在草丛里嗖嗖嗖，似弯曲的剑，有时突然立在小路，与少年比高。少年们撒腿便跑，也踩到过青蛇彪，即竹叶青，粗粗的，软软的，魂都吓飞。所以得穿雨鞋。也有胆大的，几个人扯一条蛇，笑着奔跑，或打死后踢上一脚。蛇吃青蛙、老鼠，那时多，不存在生存危机。

也有人在湖中心或草皮空当处，放个木盆。人坐里面，两手划水，往前移。用手摸鱼或用叉插，捕的鱼放盆中。因木盆喜欢在水中打转，故叫磨盆。是个技术活儿，得有足够经验，掌控好方向与平衡。

还可以在岸边或草丛里放蹦钩子。月夜清辉时分，来至塘边，把竹竿插入土中，用石头固定好。竿尖垂线，尼龙线系钩，钩挂在小土蛤蟆的尾部。竿颤巍巍，土蛤蟆依旧是活的，在水面一蹦一蹦，故叫蹦钩子。弄好这些，人就可以走了，第二天一早来收竿，一般不会失望。小土蛤蟆是黑鱼的饵，若想抓鳝鱼或其他鱼种，得用蚯蚓作料。泥鳅、鳝鱼多藏于篙芭根部。鳝鱼力气大，挣扎时，周围的草扑倒一片。至于夜间发生过怎样惊心动魄的大战，梦乡里的人根本不知道。

人残忍，动物亦是，你吃我，我吃你，多半死于诱惑。想捕获，就得下饵。人类的进程也不例外，但那时有完美的生物链。

三

冲坑岸边茂盛着冲天草、芦苇、篙芭等植物。野生篙芭，细，一般不能吃，长芯子时才能吃。篙芭秆、芦苇秆都是柴。婆母年轻时，常在齐腰深的水里砍柴，推着鸡公车，送至江边。

鸡公车，也叫独轮车。没轴承，卯榫结构，推起来，木头和木头间，发出"咯叽咯叽"的声音，似公鸡叫，故叫鸡公车。太爷太奶死后，盐码头没落，包子铺关张。靠山吃山，靠水吃水，鱼塘成为活命的根本。婆母每日早起挎个篮子出门，篮里放块磨刀石。砍柴时，刀钝了，就水一镗，也算是磨刀不误砍柴工。收工时，篮子往水里一顺，便是半筐鲫鱼。婆母熟知环境，哪里有鱼窝子，一目了然。

鲫鱼弄回来后，煮一大锅奶白的汤，鲜鲜的。放盐即可，汤里打上十几个新鲜的绿壳鸭蛋，撒把葱花，淋上几滴香油，便是十足的美味。那时夫家养鸭子，二十来只，赶到水边吃螺蛳、微生物、小鱼小虾。一个个肥坨坨，扭着屁股，迈着八字步，胖到走不动。后来割资本主义尾巴，吃大锅饭，要没收，不得不弄到八层楼菜场去卖。那个年代购物凭票，几乎没得卖。买菜的人打围，两元一只，顾得了这头，顾不了那头，有的收钱，有的没收钱。卖了二十多元钱，算个不小的数目。

婆母也捡乌龟。乌龟很常见，不是什么稀罕物，也没多少人吃。路上、沟边、草丛，到处都有。婆母边走边捡，一拾就是半篮子。回来，倒进缸里养起来。吃时杀几个，切半个冬瓜煨上，灶间咕嘟嘟冒着热气，香味四溢。若谁家小孩尿床，叉只龟伸进红红的灶膛，烤得嗞啦啦。或把龟洗净，掐根荷叶包好，外面裹层黄泥，埋在闪着火星的余烬里。熟后，扒出来，层层剥开，吃时撒点盐即可。龟肉益气补肾，味甘性温，治遗尿症很灵验。属民间秘方，一代代人的智慧与经验。河蟹，都不大，常在岸边找东西吃，碰到也会捡回来，蒸着吃。

因大自然无私的馈赠，先生家里几兄弟姊妹即便在艰苦岁月，也不曾饿着，个个身体健康。1962年大饥荒，他还没出生，城里人没吃的，纷纷往郊区跑。有位五七干校的干部下放到农科所，与公爹脾味相投。公爹收留了他，弄些房前屋后的竹笋、鱼虾给他吃，算是渡过难关。两人保持多年友谊。鱼虾情吧，因为有，只要勤劳，便会获得。

到了秋天，天清地明，空气一寸寸剔透。水退后，鱼极为平静安详，在水底偷偷贴秋膘，也是捕鱼的好时节。冬季，鱼休养生息，进入迟缓期。那些年冷，常封河，与北方一样，在上面溜冰，凿洞取鱼。一到春天，疏雨香意，新一轮蓬勃又开始了。

四

20世纪60年代，婆母用砍柴的钱，准备在肖家巷建座屋。肖家巷是老巷，原来住着肖姓大地主。隔着一道堤，便是生意兴隆的盐卡码头。巷口有棵两人合抱的银杏树，上千年是有的。秋风一起，金叶簌簌，美而壮观。树上挂口大钟，上工收工全靠它，当当两下，传得很远，有点晨钟暮鼓的味道。不远处有庙有祠堂，几座青砖黑瓦的肖家祖宅立在路边。后来随着时间推移而远遁，连古树的根都被挖了出来。

婆家最早在堤上的草房颇精致。砍下的圆竹，滚上搓好的草绳。一根根码整齐，打上夹板，抹泥灰与牛粪做墙。房梁铺竹板，再盖上一层层厚茅草，便成了。冬暖夏凉，通风透气，材料多为竹、木。牛粪中有没消化掉的一节节草梗，故抹墙牢，并且散发出淡淡的草香气。

建瓦房要打夯，打夯要取泥，找土好的位置挖。挖后留下大坑，下雨积水成塘。塘不大，在家附近，无人管。雨露滋养，日久年深，水愈清，堪比丽江。水草摇摇摆摆，虾子成群结队出没，不需要放鱼苗，各式各样的鱼，便雨后春笋般畅游其间。

有种虾是透明的，肚子发亮，像萤火虫。暗夜里，显得格外动人。还有种红底黄花小鱼，脊背的刺一览无余。这些奇妙的鱼虾从哪儿来？是个谜。家里先生的看法较靠谱，说还是江里的鱼。亿万年的长江，亿万年的长江流域，几万年泽国，没人类时，便是鱼鳖的故乡。水退了涨，涨了退，那些鱼卵层层叠叠埋在土中。即便现今，荆州仍属低洼地，头上悬着长江。只要雨季，长江涨水，漫过大堤，城市乡村便成为大鱼塘。水退后，低处被填满，成为大大小小的湖泊，千湖之省便是这样来的。一旦遇水，埋在地下的鱼卵便会像种子样复活。故民间有"千年的草籽，万年的鱼卵"的说法。那些鱼卵在土里等待机会，哪怕有一点点希望，便会形成生命，比人的生命意识还顽强。

听后很感动，鱼，同样可以种在地下。每个游走的鱼卵，都是深眠不屈的呼吸。等待苏醒，成为生命物种新的链条。

这个鱼塘，也成了聚宝盆，吃鱼，用竹筲箕去撮。小鱼小虾，五花八门，一撮半筲箕。小鲫鱼、小刁子、小尖嘴鱼数不胜数。不知名称的，用土话代替。蓝猛子，非常小，不到一寸，吃微生物，通体透明，在水里只看见它两只眼睛和尾部的肠子。广皮鱼有一拃长，鳞厚，五彩斑斓，却很丑。土憨巴也是，它们吃蓝猛子，而鲢鱼一口就能将它们喝进肚中。

大自然安排好了，螳螂捕蝉，黄雀在后。只有这样，才能维持生态平衡。动物间相互依存，又相互吞噬。

逮到大鱼，去鳞剔骨剁蓉，打鱼糕、炸鱼圆子；或切丝，氽鱼圆子汤，皆天然美味，是绝好的滋补品。

五

肖家巷有古井，井水有硝，属硬水，煮出的茶，浮层白色粉末。在没有自来水的年代，吃水依旧去新河挑。新河离家近，人工渠，抗旱用。仍是长江的水，通过闸门放进来。居民吃水、洗衣、刷马桶、牛饮水、鸭鹅凫水都在那儿。初听，有点脏，其实不然，水是流动的，清亮得很。绿油油的水草下藏虾，除鲫鱼，还有鸭嘴兽鱼、鲇鱼、黄骨、肥头子鱼等。

夏日，少年们赤条条下水游泳，不晓得鲈鱼身上有刺，用手去抓，弄得血淋淋。上岸，屁股大腿常挂有两三条水蛭，也就是民间说的蚂蟥。吓得用手掸，掸不掉，使劲拉，血往外直冒。蚂蟥的嘴像吸盘，内藏一圈看不见的牙齿，能释放麻醉剂，靠吸食动物和人的血存活。它们喜洁，挑水域，能代表水质的清洁度。

我结婚时，已是20世纪90年代，新河还在，现在依在。但没去过，听说婆母常在那儿漂洗。真正看到新河，是今年四月份，疫情基本结束。婆母已走了近三十年，老屋也拆了近十年。光阴太快，所有房屋和圆门洞荡然无存。除了荒草、狗尾巴花，还是荒草和狗尾巴花。土干得要命。家里先生指着一条黑乎乎的河，告诉我，那便是新河。又腥又臭，翻滚着浓稠的黑浪。昔日鱼虾见底、摇曳多情的清澈河水早已不见。附近小区的生活污水全部倾倒进来，成为藏污纳垢之所。

这条河流入西干渠，西干渠是这座城市最重要的内河，唯一一条排水道。这条长九十公里，途经诸多地方的西干渠流入监利总渠，再汇入长江。万水归源，长江的水最后倾入大海，环环相扣。而长江的水，又是我们活命保命的根本。古时，临江而居，码头文化得以崛起；现今我们喝着自己制造的垃圾水、有毒水，污染的还是自己。

长江鱼类的减少，和过去肆无忌惮捕捉、电网打捞有关，更与水质有关。各个层面的原因都有，还有回溯问题。春季时，曾见一车车往江里倒鱼，以维持生态，但也只是一些经济鱼，鲤鱼、鲫鱼、青鱼、草鱼、鳊鱼。考古专家在三峡卜庄河人类遗址发现的两米多长的草鱼椎骨、长至一千多斤的中华鲟的盛景很难再现。

人类文明向前蠕动时，自然文明却在坍塌。过去的大自然，尽管你死我活，却是蓬勃健康的。现在的毁灭却是灾难性的，胭脂鱼、花鲈很难见，鳗鲡、鲥鱼踪迹难觅，水中美人白鳍豚成为绝唱，江豚也在步其后尘。土憨巴菜场已卖到近百元一斤。抢救势在必行，投巨资，建实验基地，培养鱼种，倾入科研人员。我们平日看到的鱼，多半尚处幼年期，再精心呵护，也难免夭折。古书上说的，鱼鳖大若房屋，我是信的，有好的生存环境，必然长寿。

也许有一天，人类对有些鱼的记忆，只能靠图谱解说，或像听远古神话。

六

每至周末，我常去乡间看水看鱼。有的水段很黑，浑浊浓稠，像污了的血液。不仅没鱼，杂草都没有。非常难过，真担心有一天它累了，会流不动。有条支流，过去常有垂钓者，现今无一人。水是三色水，上面一层黄，中间一层蓝，底层一层白，沉淀物按比重布局。那些鱼很可怜，进化得极为顽强，因水下有毒，便浮在上面。只要有一点点清水，便欢实得不得了。鳝鱼也是，宁可匍匐在岸边草地吃点露水，也不愿意扎进去。有人抓，立马挣脱，潜进去，又迅速浮起。野生鱼越来越少，孤单单的小鱼鹰子，蹲在石矶上，无物可吃。

不知道这些鱼能坚持多久。纯洁，人类、鱼类共同追求的目标。

岸上常有捞浮萍、背壶沿堤坡打药之人。网兜样的瓢子伸到水里，一瓢子一瓢子往上舀。我搭讪着问，每年都捞吗？一名黑瘦，满脸沟壑的师傅粗声大气道，捞什么捞，过去再厚，鱼唰唰唰就吃完了，现今谁吃！我问，捞了还长吗？咋不长，天天长，几天就厚厚一层，再捞再长，费时费力。师傅边低头干活儿，边叹气。我笑说，那您代替鱼了！他一听，扑哧笑出了声。

大自然是忧伤的，鱼的减少，让生物链条断掉一环。人顶上，又能顶到何时！

另一个晒得黝黑的师傅说，过去哪打什么除草剂，如今整治环境，为美化，人工草坪越来越多，要养护，就要打药。打了又如何，成片成片的野草枯死，无根盘结，下雨滑坡。

我举目看了看，河岸光秃秃。

那个冲坑什么时候没的，我不知道，见到时，便是一片银白沙滩。也许为灭螺，杜绝血吸虫，或许怕影响大堤的坚固，总之从江中抽沙填平了。如今被工厂征用，建了厂房。大自然在一点点萎缩，物种也在慢慢消失。

去年，应邀参加文旅区有关楚市水街设计的会，参观时，投资几千万的芈月桥荒在那儿。据说施工中，陆续震死珍贵中华鲟成年鱼三十六尾。中华鲟养殖基地在路边，与之一墙之隔。这是件难事，基地搬走要几千万元。停工，损失也大。不知道最后咋解决的。可见国家在这方面投资力度足够大。可水呢，没有优质的水源，大自然的历练，这些鱼依旧是温室里的娇宝宝。

20世纪90年代，市面上有中华鲟卖，肉硬。也吃过江里打上来十几斤重的黄鱼，即《诗经》里的鳣鱼。肉质粗糙，老，实在没什么吃头。真正鲜嫩的还是湖里的鱼，猎奇没必要。

鱼是有灵性的，人类的存在，其实也是另一种鱼的存在。

河流黏稠，似我们的毛细血管拥堵，势必影响全身。污染的不仅仅是水，还有土，水田同样受到化肥、农药侵害。那些上万年的鱼卵，也许永无再生之机。破坏治理，治理破坏，付出的代价可想而知。青山绿水，绝非表面上的青山绿水，而是化学残留物和垃圾输出量的减少，以及每个人环保意识的觉醒。垃圾又分固体垃圾、液体垃圾、民用垃圾、工业垃圾。

环保与美化是两个概念。城市再美，若垃圾量没减少，仍存放在地球某一处，依旧是隐患。也绝非建一个街心花园、一条绿化带所能体现的。那只是市政建设，居民环境的改变。

人们总把江河定义为人的江河，称作母亲，实是所有物种的母亲。似动植物是土地的孩子一样，皆有情感、思维。人类之所以优于其他孩子，是因团结，有了协作力，掌握了生产工具。但愈强大，愈要友爱自然界的兄弟姊妹，方能体现人类教养。

又似少年取鱼，给自己下了最大的饵，咬钩的还是自己。

"河水洋洋，北流活活"说的是黄河，亦可指长江，怎奈《诗经》的时代一去不复返了。地下鱼种若何？真的不知道。很痛心，愿大自然还是大自然，鱼卵能够复活，也必须作为一种梦想，并且付诸行动。

收笔时，刷朋友圈，看到一则好消息：荆州摄影家文君，在三峡库区拍到江豚一家三口。圆溜溜、黑黑的脑袋，父母带着孩子在水中嬉戏。真是开心之事，期待所有水族的回归与春暖花开。

捡来的种子

一

在儿子住的小区，捡到过几粒种子。

那是一棵粗壮的古树，浓荫蔽日，并不知晓树名。晚风习习，坐在树下，能听见种子噼啪而落的声音。遂拾起，用纸包好，带回荆州。那种树，是地道的南方树，湖北并没有。

种子黝黑发亮，呈椭圆形，比莲子大，两头略尖。回来后，放进缸样的花钵中，撒上细土，覆上薄膜。半个月后，生出嫩芽。那样的欢喜，像女娲创世。没想到它能活。一晃六年，除偶尔浇点水，并不管它。它从一棵玉米样的小苗，缓慢生长，现今已有一两米高。尽管单薄，但想到是儿子小区的种子，便异常欣慰。

前几日，发现盆里的土，鼓了起来。显然它日益生长的躯体，需要更舒服的环境，遂决定换个大盆。动手挖时，挖到一半便没土了，下面是一圈圈螺旋状很规矩的根，像麻绳，又似鸟巢，打开足有十几米长。那一刻，有点震惊，太委屈它了，原本属于大自然，根系四通八达，牢牢扎入泥土才好，怎奈蜷缩缸中，一圈圈盘起。家里先生把根剪断，移了新盆。我却想着，移到郊外更广阔的地方，而非这局促的阳台。

二

儿子三岁时，带他去荆州博物馆，在种满爬山虎的墙根处，也捡拾过几粒种子。那时，家里才修了楼房，住郊区，先生把捡来的种子塞在后墙临水的砖缝里，便淡忘了。第二年春上，柔软的小藤从砖缝探出，像个嫩宝宝，一片片铺展开来。藤体分泌出一种黑胶液，星星点点，牢牢抓住水泥墙，扇形样向四周蔓延，瞬间便是一片。不知何时，盖满了整个三层楼的后墙；又不知何时，侵蚀了邻居的地盘，包围了几座楼。一到夏日碧波荡漾，玻璃窗外覆满绿茵茵的藤叶，或一条条垂挂着，随风摇曳。水面的光穿过叶片缝隙，映得室内一墙潋滟。它招蛇，更多的是壁虎。太茂盛，得砍，房山的藤条已有手臂粗。

有次，一楼卫生间的下水道堵了，通不开，买了专用工具，探进去搅。没想到，搅出来的全是爬山虎的根须，只得把瓷砖撬开，扯出它的根。足有碗口粗，两三米长，挤占了下水道的位置。重新安了下水管，又重新铺好地砖，用水泥粉好外墙。断了根，四周的叶片立马枯死，生怕整面墙也如此。但没有，另外的根，异常茂盛。

爬山虎生命力极强，有时顺着窗户缝隙探进室内。柔软粉红的触角在包了木头的窗框上攀爬，不断长出指甲盖样大小的嫩叶，一步步坚实地往上爬。后面的叶子不断壮大，不断老去，颜色从盈盈淡绿，至明绿，再过渡到忧伤的墨绿。植物的生命与季节同步，不断丢失着水分，而水分又决定着它的颜色。

到了秋天也就萧索了，结出一颗颗花椒样黑黑的果实。鸟雀子叽叽喳喳来啄，用它的肠胃，带到更远的地方，孕育新家。它的孩子是不固守家园的，与父母也许终生不见。

没人知道，我们家种的爬山虎，是博物馆爬山虎的后裔。而它自己是否知晓母亲在哪儿也是一个谜。若风和鸟儿有灵，可以传递这种信息。我相信动植物间的密语与知觉，以及风的思维方式，并不逊于人类。

到了冬天，一墙荒寒，只剩下一条条纵横交错的赭褐色枝干，像花纹样牢牢黏附在墙体上，挂着没掉净的枯叶。哪怕皑皑雪天，在屋内都能听见它唰唰干枯的寂寞声。

爬山虎就这么一年年活着，从没爽约。儿子初中时，每每做作业至深夜，月亮银钩般挂在玻璃外如水的清凉天幕上，爬山虎的藤蔓在窗前摇摇摆摆。他瞌睡连连，收拾文具去睡。第二天到学校打开文具盒，竟蹦出一只碧绿的壁虎，吓得女同桌弹跳着惊叫跑开。想一想，那样的时光，流水般逝去。现在爬山虎依然在，依旧年年春天来。老屋租给了别人，有了衰败之相。物是人非，要说新，依旧是那一墙摇曳的爬山虎，尚有几分奢华之相。

很多年后，我开始明白根也是需要休息的，于秋冬。它所有的牵挂，在枝叶间。把儿女送出去很远，尚在维持养分，除非它自己死掉。

三

儿子初一那年，暑期在沙市三中补习奥数，他爸爸每日来回接送。三中门口的大花池种了几棵棕榈树。这树种很常见，也是因为对种子有情，依旧捡了一些。我从不知道他捡来做什么。十五年后，儿子已到外地工作，只剩下我俩守着这个空巢般的家。

一日，他说，我带你去看看我种的树。我穿上大衣，戴上手套、围巾，随他来至郊外。那是个阴雨天，瓦灰的天空，阴云密布，在一片果园的尽头，有一排高大茂密的棕榈树，六七米高。站树下，得仰视。我兴奋极了，从头走到尾，脚下满是黄黑泥巴。数了数，八十一棵。我笑说，你咋不给我包座山呢！我从没有拥有过那么多的树，像个富翁，而它们似大地上的皇冠，挺拔碧绿；又像乐队，等待着我的检阅。

在一个果园旁，他挨边埋下种子，全部成活。其间，也曾隐约知道他每个星期天去施肥、剪枝。浑身被蚊子咬满疙瘩，回来忙着涂风油精，在卫生间冲洗。那疙瘩，如大象的眼睛。我以为好玩，无非几棵不成形的树。

之后，那片地被征了，树要移走。这样的树，除了制

256 不开就不落

造氧气，并无实际用处。不像果树结果，产生经济效益。尽管不舍，还是卖了，很便宜，不记得一棵多少钱。买方要雇人挖，用拖车拖，路不好，在田埂上；要运到一个岛上，要过江，总之能卖出去就不错了，否则便被挖机毁掉。

那些树，现在在哪儿？我不知道，从一颗豌豆大的种子开始，成为参天大树，经由我们的手变成一道亮丽的风景线。能这样旅行是大地的恩泽，所以爱这魔术师般的土地。她从未对种子标过价，在她怀里，她便是母亲，便是子宫。

而种子的力量又是那么顽强。

不管是阳台上的南方树，围满墙的爬山虎，还是这八十一棵高大的棕榈树，都惠泽过我们。绿色，大自然的生命通道，只不过人类有时充当了鸟的使者。而我们的孩子，往往也是捡来的种子，不知道流浪到哪儿。

爱它们，无与伦比地爱它们。

泉城深处

我是喜欢老济南的，一个古城，水温吞冒着，既有永不停歇的姿态美，又有永恒的平静。风从山巅吹过，泉水干净新鲜。一城人生活在水的脉络上，有灵性，有日光慢慢照着。于山的腹地，行走或安眠都是绵柔的。千佛山的一草一木，隔着两公里能倒映在大明湖的泉水里。没高楼遮蔽的时代，它们是一南一北遥遥相对的恋人，而日光成了媒介，也成就了这份神奇。

那时的房子，大多是四合院。石头砌的半截墙，上接青砖，坚固，挺立，顽强于时间的缝隙。老的过程，真是庄严，把心掏出来，伤疤、裂痕、灰尘、阴暗、潮湿，凡远离光鲜的东西都掏出来，倔强于一个时代。平静的双眼，休养生息居住过的每一个人。它活着，进而让我们知道什么是时间，具体到视觉与手的触摸，而人只是流水。

苍苔、木门、白影壁，转进去，黑瓦青砖，拱窗，有窑洞味，亦有民国调。这样的小院，我独自背包走了一个又一个。我是爱"小"的，就像爱旧一样。一旦附了时间的魂，深、远、清、幽，不挣扎，不孤独，不忐忑，不难为情。自己的剧情，直演到地老天荒。"小"，同样是满的，像京胡，一起声，便泪雨纷纷。我常痴迷于这样的森罗万象，而那些黏着糖粉、涂着脂粉的欢乐，端庄而夸张。人们仔细地活着，还是老了，沧桑了。大，难免空。

我在寻找一个城市细小的骨头和最后的古老血液。

一

2020 年 8 月 13 日早八点，我在上新街南口下的车。柏油路很静，几乎没行人。太阳有点毒，满天金花。街口是家考古研究所，明知道被拦，还是顺脚走了进去。一名老者隔着老旧绿纱窗问我找谁，我笑说，不找谁，只想看一下。他从房里转出来，为难地摊了摊手。研究所的前身是省博，再往前是万字会，一百多年前的仿古建筑。进来时，便看到土地庙样的大门旁，立着万字会旧址的黑石牌。几人高的院墙，占据街的左侧，绵延很远。内里苍松翠柏，郁郁苍苍。于这样的恢宏庙宇，也只是看一看，讲入心，还得是民居。

顺着街往北走，是条上坡路，有步步高升之意，故叫上新街。迎面走来一名买菜的妇人，一手遮阳，一手拉车，车轱辘响在寂静的路上，发出咕噜噜的滚动声。我上前询了路，问哪儿有老房子。她茫然地摇着头，说没有，又指了指万字会那些重楼飞阁的建筑。那您知道老舍故居在哪儿？我问道。她忽醒悟般，知道的，知道的，在另一条路上，前面有条胡同可以拐过去。又说，才从那边来，很近的。或许经年生活于此，并不觉得四合院有多老或多好，太熟悉的地方，反没了风景。

那些房子很阒静，像从土中冒出。大部分上着锁，灰门楼，黑木门，有的附着好看的芦席。错落、严整、艺术。一家敞开门的门面里，一对老年夫妇，头发花白，忙碌在灶间。他们脸上挂着细密汗珠，抬腕时，青筋暴露的胳膊告诉我，至少有七十多岁。粗瓷大碗的水，流进平底黑铁锅，嗞啦啦煠着；锅铲子铲下去，翻过来，焦黄焦黄的壳。我搭讪着，心想若在酒店不吃早餐，倒可以买他们的水煎包。老人似乎并不介意，一边弓腰做事，一边告诉我，这条街几乎都是四合院，以前还多，住过不少名人。说着直了直身，指了指马路斜对面。

看到"景园"很诧异。有惊喜，亦有疑惑，是我见过的最奢侈的小卖部。房址挨着万字会尾端，白卷闸门，透明塑胶门帘。冰柜一侧打着百岁山矿泉水的广告，另一侧码有五六件饮品。石头房子，从头砌到顶，墙两侧的拴马石油光锃亮。牌坊样青砖门楼，镌刻着"景园"两字。苍老大派，门楼上长着鲜绿的瓦松与小树。

挑起门帘进去，光从条形缝隙，筛至我米黄色轻便鞋上，一动不动打着金色条纹。我看到了自己的小腿、裙子还有鞋子的倒影。不敢动，怕一动就碎了。脚下清幽发亮、略带坑洼的黑地砖，让我想起故宫的金砖墁地，从尺寸、颜色到光泽，几乎一模一样。炉火、麦壳、泥土、时间的诚意全在脚下，且相信，它们来自相近的母体。

室内阴暗，一名中年男子漫不经心站在局促逼仄的货架间。他不算高，但很结实，大短裤，圆领T恤，手脚麻利。我能感觉到他的冷漠，抑或忧郁，以及身上散发出的寒气与客套。房间油了粉墙，吊了简易顶，环顾四周，想买点什么。怎奈全是些饮品、辣条、冰棒、口香糖类，实在没需要之物。因咽炎，很多东西碰不得。我要了瓶水，尽管背包里还有一瓶没开封的矿泉水。

有人买打火机，开了冰柜，又拿了冰棒，忙着扫码。是您的家还是租的？我兴奋地问道。我的，他答。祖上的吗？是的。他话语简短。也许不想提及，或许遇到过太多像我这样刨根问底、打听新鲜的人。但从他简练的语句中，我还是得知这是一座清朝老宅，民国时，被他祖父买下。他祖父是名地主，城外有田。你祖父呢？我追问道。死了。死之前呢？蹲监狱。父亲呢？死了。生前做什么？职员。房子就这么大吗？他沉吟半晌，后面的没了。我还想问点什么，忽感到有点泄气，烦了自己的琐碎。其实交谈，也是我旅游的一部分。想知道的太多，历史的某个局部，活着的人和死去的人的动荡。生命之苦，或者存在之福。所谓生命的麻木、疼痛、平静，那些死去的旧人，都是我敬重的古人。他们的挣扎与喜悦，悲凉与苦痛，都是后人需要呵护的血脉微光。

然而实在怕麻烦他。这房子起先应该很大，不是大宅门，也是体面人家。曾被占了去，还回来时，只剩下前面的门楼。现在的主人靠它谋生，这便是全部剧情。感谢余下的部分建筑，于嘈杂岁月，尚能惊鸿一瞥。

左侧内室幽暗，堆着货，好像还有床。记不清用什么与门脸隔开，一个女人的身影在里面晃动。穿着汗衫样软塌塌的齐膝睡衣，趿拉着拖鞋，头上恍惚上着卷发器。那刻，仿佛重回20世纪80年代。这样炎热的伏天对他们是考验，没明亮的窗户，闷如古堡，估计也没像样的卫生间。不知道在这个城市，他们是否还有别的寓所，但就目前的情况看，是滞后的，离舒适的文明太远了。

从那退出后，心有不甘，想折回去交谈一下。但他冰山样的缄默，让我欲言又止。

去之前，没做功课，只想随便转转，看下老街巷及老舍故居。遇到景园，纯属意外。回到荆州，打完上面的文字，出于好奇还是百度了一下。来自上新街景园的消息寥寥无几，并且神秘。一说过去住过一位有钱的姨太太；一说曾是清末淮军将领王占元的府邸；另云是老济南四大凶宅之一，发生过命案。消息并没展开，若确凿，男子祖父买的应是两淮总督的府邸，家族背景了得，毕竟这里曾喧嚣一时，名人荟萃，老舍执教的齐鲁大学就在附近。无意间，从一幅画中，发现原来的大门为圆门洞样式，有人牵着骡马悠然经过。沧海桑田，如今为做生意才改成卷闸门。

随即也理解了男子与我挤牙膏式的对答。也许有太多隐痛；也许祖上的华彩，于他并无意义。总之，这座私家花园，已成过往。余下这所陈旧的门楼，只是一座普通寓所，住着一对勤劳平凡的夫妇。他们平静度日，卖着最常见的日常之物，和这座古城的年华一起佝偻。

二

顺着街往里走，是些低矮、参差起伏的平房院落，或者弯曲长巷。阳光像金色的泡泡，明亮，跳跃，耀眼。我走得兴致盎然，能进则进。房屋或破败或整洁，几乎都种有繁茂植物。门外挂着电表箱，内墙钉着报箱，箱上写着《齐鲁晚报》或《老年生活报》字样。窥得见昔日老济南文化人的阅读嗜好。老屋前，长着粗壮古树，或者空置一把竹木躺椅。闲适，幽静，有人去楼空，日暮苍山远的味道。

这样的小院，似无人打扰的静物，抑或沉沉宫殿。即便遇到主人，也是善意亲切的，让我觉得孤身行走的安全。

径直走过一条长而干净的甬道，柔丽的花朵开在两侧，所洋溢的热情，把老宅点得鲜亮。门楼精巧，绕过影壁墙，深处有人梆梆切菜。我循声找去，问道，您做饭呀！她抬头笑答，是呀。我说，没打扰吧，想看看。她说，好呀好呀！也许见怪不怪，也许山东人本身就淳朴好客，不设防。她不认为我的口音是外地口音，也不认为我私闯民宅，如邻人或经久不见的友人，可以来去自如。

我并没有按照买菜妇人指的路，拐至另一条街。这条街已足够吸引我，几乎把开着大门的院落尽数逛遍。青石台阶一二三四……层数不一，无一雷同，或直或圆，有的打着补丁，从中隔断，但都苍苔露冷，有股旧气。最高的九阶，九为大，官升九级之意，我倒情愿是圆满之意。即便当初的主人是个官迷，在时间的冲淡下，也有了禅意。

　　门不同，各式各样，锁千姿百态，圆环的、合页的。不少门楼挂着鸟笼，有点慢时光的味道。翅膀，意味着天空，如人之双脚。尺幅的笼子太残酷，但依旧亲切，祖父是山东老坦，走哪儿，鸟笼子提哪儿；不提时，便这样挂在朝阳处。是休闲，也是一种无以言说的沉默与孤独。人世间的每一次转身都是带泪的，何况这囚网，甜蜜于日光之下。

　　门，几代人的开合，家之丛林。

　　一座陈旧的院落，影壁墙已一块块脱落，地下石板也已残破，积了一摊摊脏水。我跳着，找寻着干净之地落脚。院子里堆着破烂，花油布罩着破木头、烂椅子、泡沫盒。两个小姑娘站在太阳地，低矮的晾衣绳弯在她们头顶，挂着一些彩色衣架。一名七八岁的小女孩，扭着身子，两手绞在一起拉着绳。另一名两三岁的小女孩，汗津津的短发贴着小脸，眼睛弯成月牙。她怯怯地喊了声阿姨，也许我戴着鸭舌帽，背着双肩包，让她误以为很年轻。她的小脚有点脏，蹭有泥巴印子，穿着那种很牢、市面常见的胖头鱼样的塑料凉鞋。与大点的女孩应是两姊妹，着同款同色，一模一样淡黄碎花连衣裙。

我问，宝贝，这是你家吗？小女孩点点头，嘴角上翘，满是笑意。大女孩抢着说，不是的，我们是苏州人。为什么在这儿？我问。做生意，大女孩答道。做什么生意？不记得她如何作答，还是岔了过去。两姊妹站在破旧满是杂物的院落，始终笑盈盈。太阳的金粉，一层层涂开，都没她们好看。正房的门紧闭着，不像是她们的家，门外挂着老式珠帘。门旁倚着准备丢弃或晾晒的席梦思床垫。房子坚固，看得出昔日主人的用心营建。房顶有棵老石榴树，红彤彤的果子缀满枝叶，根似乎扎在邻家院落。

有鸟声缠绵庭院，叽叽喳喳，忽隐忽现。

中国人是讲究美学原理的，一家一院，屋檐错落有致，富有构图美。当时，能有这样的四合院，也算殷实之家。民国时，这里繁荣，商富巨贾、达官名流，茶肆酒楼、学府书院，可谓气象万千。是真正的老济南，如今却像个隐士，沉默于周边沸腾的景区与马路。

院子里的偏厦子是间厨房，小豆腐块白瓷砖贴的水池，满是油垢。一名年轻女子，刚洗了头，披着瀑布样长发，低头忙进忙出。看得出她身体很好，发遮着脸，瞧不清容颜，应是两个女孩的母亲。

她不怕我拐走她的宝贝女儿。

告别时，我挥了挥手，说，宝贝，再见。姐俩也说阿姨再见。那个小点的女孩竟踉跄着跟了出来。我回身，她又站住在水池边，阳光射在她身上，白净的小脸依旧笑意绵绵，像颗活珍珠。

漂泊也是一种归宿吧。

朝拜了无数四合院，发现住的几乎都是老人和外地人。

走完这条街，来至车水马龙的泺源大街，才恍若回至现实。庆幸这些民国老建筑，没有像济南老火车站那样消失。时间，深刻的呼吸，是自己的旧与周围的新的比对，而非纸上数字。一个没有古老毛细血管的城市是不完整的，感谢手下留情，修缮保护之人。对这样不事矜张的房子，我充满敬意。四四方方，端端庄庄，甚至彬彬有礼，有独立内质，又和谐一体。它们具有一个家的内质，过门与起步，戏唱在白天或暗夜，都是悲情欢喜的。

三

高新街，街名与上新街一字之差，属姊妹街。两街并行，有递进之意，更高更新的台阶吧。依旧是一条安静的街，一道长长院墙下的阴凉处，几位老人在纳凉。寻了路，闲聊了几句。一位面相威严、八十多岁的太婆坐在轮椅上。她身板直直的，双手交叠，偶尔慢条斯理摇两下蒲扇。宽脸，眼泡有点大，胖胖的身材，并不臃肿。穿套干净的绸衫，非常有气度。太婆说，只她是老济南人，生于斯长于斯。老舍故居就在前面，她出生时，老舍先生已去了青岛。

太婆1937年生人，新中国成立时十二岁。上小学的学府是现今的上新街小学。来时我便瞧见，因是现代化建筑，只瞟了一眼，并没进去。太婆说，当年是省长妹妹办的一所私立学校。上学时，穿校服，小黑鞋，小白袜，冬天穿袍子，夏天穿亮蓝衫子，下着百褶裙。领口颜色，红、白、黑、黄，代表各年级。每星期一去万字会做礼拜，学生们排队匍匐在蒲团上，老师跪在最前面。万字会是日本侵华时一些慈善家筹建的，样式仿故宫，唯柱子是钢筋混凝土的，那时觉得很潮。万字会对外叫世界红万字会济南母院，内称济南道院。据说性质很复杂，20世纪50年代解散，收为国有。

"您当年上得起学，家境应该不错吧？"我问道。

太婆沉吟道："做生意，祖上天津人，大东鞋行是我家祖业。母亲走得早，公私合营那年就不在了。"老人健谈，眼睛直视马路，蒲扇的风一下下扇着。仿若那马路上，满是飘摇的往事与人影。其实什么也没有，只有白白的日头、宁静的树影。一个人活到八十多岁是不是很苦，父母、兄弟姐妹都去哪儿了？

老舍在济南只待过短短几年，应邀在齐鲁大学任教。太婆没出生前，曾夹着讲义慢吞吞走在这条不宽的街上。老舍在我的想象里，快不起来，也凌厉不起来，甚至是懦弱沉静的。

时间是朵软软的花。老舍古典温润，如他的语言，平铺在平凡的春天里。张爱玲在《私语》里说，老舍的《二马》登在《小说月报》上，每月杂志一到，她母亲坐在抽水马桶上，边笑边看，读出了声，她也靠在门框上笑，所以一直喜欢《二马》。多美的时光！因《二马》，母女间有了些许琐碎的亲密。我也喜欢《二马》，多年前，在暗夜的枕边，灯独自亮着，正年轻。

老舍，像兄长，即便想挖苦人都是厚道的。轻喜剧，诙谐得恰恰好，主人公老马可爱，也爱慕虚荣，似祖辈人。老舍执笔宽厚，如他母亲擦拭的简朴家居柜子上的铜锁，越擦越亮。即便最后遇见扎心之事，也只是背转身默默离去。

那回头的一瞬是否想到济南？济南在其笔下是多情的。北京干，风沙大，又是泥盒子。而济南灵秀，泉水淙淙，是荷、柳、仙的世界。因对水的偏爱，我不知道哪个城市能比济南更富有诗意，小巧而旷达。

若老舍激愤，便不是老舍了。所以在这条街上，他的身影一定也是默默的。他在这教学，也创作，思如泉涌。

相较他的《骆驼祥子》，我更喜欢他 1932 年在此写下的《月牙儿》。穷人的月亮，是寒素的，照着饥饿的梦。没圆满，连可怜的亲情都是破碎刺痛的。老舍的语感极好，不花哨、浅薄、生硬，独立于时间之外。比莫言的《丰乳肥臀》温存且谨慎。

老舍故居翻新痕迹重，不再幽，也没了老气。有点失望，但又何妨？凭吊一个人，怀念的是其精神，就像他不经意间用文字喂养了我们，减少另一种饥饿一样。20世纪三四十年代的老式文人中，我比较喜欢老舍。他善，善是炊烟，一日三餐顶礼膜拜的东西，有人情味。

院子不大，也只能如此。门口拦着红线，进去的人，测体温，戴口罩。他当时在此租住，租的北屋，现在把整个四合院都给了他。曾怀疑那凳、那床、写字台、桌上眼镜、扇子，是否为当年之物？时间无法还原，短短的三年能留下什么，又做了多大改观。回来后，朋友打消了我的疑虑，说是他夫人和儿子捐赠的。门背后有个破杌子，我拍了照，不知道当初老舍是不是坐着它纳凉，或者翻几页书。老缸养着荷，牌子上写着"老舍昔日所用"。老井和屋里的地砖是当时的，他夫人说他常汲水浇花。

济南的老房子几乎家家种石榴，多子之意。树，世界最早的母性植物，人类久远的亲朋。一个游人说，原来是棵丁香。

后门很小，对着他院粗粝的墙。有水便有石，济南的房子是有骨头的。

这条街被誉为"文化名人一条街"，民国时科、教、文白领、公务员所在地。是否也是"矮几花阴坐著书"呢？我是信的。

独自坐在老舍门前的石台，火辣的空气像流金的蜜，没行人，没车辆，没风。若是秋天来就好了，落叶归尘，秋风瑟瑟，大地也就通透了。

门口值班的工作人员告诉我，附近还有座小楼是书法家舒同的故居。我起身按他说的方向穿过马路，他怕我找不到，一直站在门口。待我拐进去，回头时，还远远扬着手。

纯白西式小洋楼，外墙挂着一家杂志社的牌子。人去楼空，锁着门，一派荒凉。我拍了掉在地上摔裂的松果和通往地下室的旋转楼梯。太静，一个人都没有，不知哪一年的枯叶和藓芜，在白花花的阳光下蒸着热气。

四

在剪子巷口，我补充了体能，一笼南京小笼蒸包，一碗小米粥。

离开老舍故居，返回街口，执勤大妈告诉我，对面便是趵突泉后门，过马路，走几步，便是剪子巷。太热，还是钻进一辆出租车。司机师傅把我拉出去很远，又返回原点，说去掉头。路上不断给我讲济南的风景，在剪子巷对面下的车，依旧要过条马路。我知道他的心理，客气地致了谢，付了十五元车资。在外不易，谋生也不易。

老济南并不大，街巷几乎围着趵突泉和大明湖展开，亦可说趵突泉、大明湖本是老街巷的一部分。成为景点后，忽然拔高，有了仪式感。有了人，也就有了人工，无法完全秉承天然之貌，这是极自然之事。因其好，成了盛景，负了盛名。但也累，习惯了展示，习惯了欢声笑语，甚至游客吐的痰，随手丢的物。一旦公共，也就没了隐私。如芙蓉街，尽管老房子依在，却失了老味。于吵闹杂乱中，像抹了浓妆的老人。

谢场该多好，一个人的日月乾坤，尺幅的笼子太残酷。怎奈经济也是一个城市的命脉，此乃矛盾所在。

剪子巷，并非我想象的溪水摇曳的北方江南小巷。水泥路，现代化建筑，那古朴的板桥石屋，石下生鱼，提着裤脚过街的清凉之景，早已荡然无存。这条明清时的手工艺小街，如今只是一条普通小巷。

所谓的旅游，旨在寻找不同处。

芙蓉街非常火爆，人流指数和太阳热度成正比，几乎全是小吃店，脑袋挤脑袋，如厕的队伍蜿蜒十几米。我茫然地寻找着芙蓉泉，工作人员指了指脚下，一个长方形铁盖上写着"芙蓉泉"仨字。为何被封？游客丢垃圾。有水吗？有时有。这是我得到的全部回答。

是人掐断了泉水的命脉。

朋友曾说，芙蓉街这边大多为原居民，是市井文化的发源地，时间更早一些。

于银铺前，我拍下古法手工制银小伙英俊的面孔，还摄下一家门庭前老青石刻的荷。这讲究的门厅，在蒙蒙清雾中，让多少人度过了静穆的童年时光。"一池新荷水"不仅指自然之景，亦存活于大小字号、作坊里。

出芙蓉街，立马安静下来，为解暑，在街尾买了一根老济南山楂糕，软软的。

花墙子街，一水老墙。站在一条鸡肠小巷子口，两旁石墙高耸，中间青石漫路。这样的小巷，即便风云离乱，也是肃穆的。不由感叹当时的建筑真好！后面两个女孩听见，一个接口道，阿姨你这么喜欢，需不需要我们给您拍张照？我把手机递过去，没入小巷，镜头里举着老济南山楂糕，侧身微笑着。

人胖了，但表情还是好的。

一个人出游真好，没羁绊顾忌，满眼山川日月。想走就走，想停就停。再热，都有"秋江寂寞起西风"的味道。

五

曲水亭街，五年前曾走马观花来过，有平江路的韵味。柳、水、桥、古宅，那水，水底摇曳的水藻，如飘摇的绸衣，细细的凉。临水的茶肆，即便幽暗，也染了市井之气。尽管大中午，太阳毒辣辣的，行人依旧不少。无法脑补古时之景，但无疑是草香、水清、柳野的清逸世界。"三椽茅屋，两道小桥，几株垂柳，一湾流水"是郑板桥当时的描绘。

现因地下水位降低，泉水几近消亡。那样的动态美，只是一个城市的过往。今年雨水多，还可以看到趵突泉翻着水花。2015 年来时，比这干，水也没这么清，但在老济南人记忆中，泉水最好时能冒出半米高。

执勤人员坐在长条桌后，侧面不远处，躺着几个人。铺着麻袋样的布，一个骨瘦如柴的男人盘腿坐在布上，眼睛干涸，白发凌乱。另一名稍胖的男子在地上呼呼大睡。一个五六十岁的女人同样熟睡在地上，没枕头，侧身，两条肥墩墩的腿交叠着。脸埋在臂弯，只露出束着发筋的散乱发丝，脚边是过往的人流。我问了路，又询问他们为何躺在这儿。原想是讨米的，见两名男子身着绿马甲，又疑惑起来。那个长相似广东人、晒得黑瘦的执勤人员说，他们干活儿累了，在此午休。

不知道他们是搬运工，还是建设者。总之，他们躺在这熙熙攘攘的马路旁，无法顾及体面，只是累与困。走出去很远，还想着没拍照，但不能，实在怕亵渎他们。勤劳，也阻挡不住生存之苦。贫穷，一个城市的补丁，也是伤疤，需慢慢舔舐。

曲水亭街，因几间草庐得名。先时，既风雅又自然，清水荡荡，文人曲水流觞，把酒言欢。饮不完的酒，吟不完的诗，散不尽的宴。既有洗尽铅华的朴素美，亦有文人雅士的蕴藉美。至民国，一直保持文艺范儿，新中国成立前，依旧书肆林立，遍布好几十家古旧书店。

于背街逛了逛。王府池子街、起凤桥、金菊街，迷宫样彼此串联。一个城市曾经的心脏，亦血脉蛛网。

济南的胡同文化堪比北京。燕瓦钩沉，疏墙淡墨，无藻饰，寂寞的素与雅。

六

没入一条长巷，太直太窄，踩着脚底磨光的老条石，走也走不完。右侧是高高的围墙，左侧为民居，一户户紧闭的门，似《红楼梦》里干净的过道。这样的小巷若在微醺的月夜，细雨沙沙的黄昏，无语的清晨，自是好的。可以理解成江南的雨巷，或者一句诗行。

碰到一家开着的门，就着门槛想卸下背包，掏出伞来撑开。一名五六十岁的男子坐在院内门边，起身让座。我犹豫间，坐了下来。他递过来一把简易塑料扇。我坐的方向对着半敞的门，插销粗壮，门板仓厚黑黄，底部稍许霉变。这木门还能用吧？我问道。能，晚上插起，他答。我起身关合了一下，发出吱嘎嘎的声音。看样子有些年头。男子说，是一百五十年的老榆木头门。

男子挺胖，圆圆的，大汉模样，看得出敦厚。这座房舍并非完整的四合院，应属一个切面。回身时，发现支着一个面板，面板上有补面。盆上盖着秫秸盖，白色搪瓷碗里放着刷子。旁边有炉子，炉子上垛锅。墙角靠着一摞摞黑色蜂窝煤，蒙着塑料布。"您做生意？"男子指了指墙。墙上贴着福字，牌子上写着"济南名吃，手工菜饼"。我不知道他的菜饼如何，歉意自己才吃了饭。男人豪爽道，不要紧，不要紧。屋里一名老妇人闻声从躺椅慢慢起身，佝偻着腰望向院子，以为来了生意，弯腿想出来。男子摆手，不是的，不是的。她又磨转身靠回躺椅。您母亲吧？是的。一样圆圆的身材，圆圆的脸，如出一辙。老人头发雪白，肥胖的腰部系着围裙，围裙上沾着面粉。

关于老人，我什么都不想说，也许麻木，也许疼痛。老住户了吧？是祖宅，母亲生在这儿，八十多年了，我也生在这儿。这个胡同没大变，叫西更道街，打更一条街，所以窄。对面的高墙是德王府，明朝朱见潾的府邸，清时是巡抚公署衙门。小时候，王府的墙根滋滋冒水，到处是泉眼，日夜流淌。这样的天气，小伙伴打水仗，随便掀起一块石板，都哗哗淌着水，男子娓娓道来。

这条街的四号院，现今还有一眼白云泉。晨起巷子湿湿的，云雾缭绕；夜间躺床上，水声潺潺，恍若溪边。春日繁花压满高墙，冬季白雪覆盖着青灰的门楼。秋天有猫，晴暖的秋阳照着两鬓落秋蹒跚的老人。

他祖上给王府挑水，是老济南人。

这样的景象无疑是美的。挑水多好，照得见自己的人影，也照得见脚下之路。劳苦人的脊梁是沉重的，躬向大地，压着踏实的双脚。

西更道街紧挨着我来时的珍珠泉、梯云溪、青云桥。腾蛟起凤牌坊现今早已消失，只文庙残存壁照，但无疑藏着一个个珍贵的故事和一条条文脉。

济南是文化的济南，每处名字皆蕴含诗意，包括我去过的沧园、白雪楼和没去过的梅泉、墨泉等。

走完西更道街——这座老城有名的四条街之一，随手拍下最后一家四合院门楼下的对联：德中宽处积，福向俭中求。这也是世世代代老百姓的箴言吧，怎奈还是希望人老了能悠闲、富足、无虑，在悠长的时间逻辑里化蛹成蝶。而这些房子依旧能承载后人，坚挺在泛娱乐时代，和新建的高楼，成为一个城市的复调。我是爱慕时间的，以及时间下的空间，空间里存放的时间。它们孪生在一起，那便是根。

2020年秋日的一个午后，我打下这些绵密的文字。天气依然炎热，窗外的风尚无法穿透茂密的浓荫。济南作为泉城的含义在消减，一步一泉，"流出明珠颗颗圆"的时代已很难寻觅。于她的深处我虔诚地遇到过一些人，他们不会记得一只孤雁如何飞过他们日常的天空，而他们已成为我文中的故人，与所处的街巷，都是一个城市的理想人格，但非最终归宿。可以更好一些，像我无数的亲人，过得更好一些。

而清若少女又幽如老人的繁茂泉水，期待有朝一日能大量复涌。

洋码头

20世纪80年代初，父亲曾与几位同事来沙市考察铁路项目，住在丽莎饭店。夜里九点，于星星点点的灯火中，乘船前往武汉。船票还是托人买的，可见当时长江航道作为水运业依旧繁荣，一票难求乃实景，与此同时沙市铁路业诞生。

80年代末，我曾心血来潮，想去活力28做一名播音员，一个人骑行在弯弯曲曲的堤岸。交了二十元报名费，当时算个不小的数目。人家并没看上我，后来在另一家企业撰稿播音，摆弄一些磁带唱片。我的上一届播音员是名模特，曾身穿和服，为活力28打开日本市场做过广告。可惜那盒录像带并没保存下来，否则也许会成为文物。

我们就这样丢失着时间，以及时间上曾经开出的珍贵花朵，那是一代人的奋斗与努力。

1984年，丁玲来荆州，李南杰老师是接待者之一，陪其参观游览，走时送的礼品便是活力28的产品。有素不相识的文友，问我是哪里人，我说沙市。对方道，是不是

"活力28，沙市日化"的"沙市"？那时沙市的名气比荆州大，活力28的广告在央视黄金频道轮番热播。

今夏的一个傍晚，我穿着布鞋，走在灰扑扑的路上。身后是文星楼绿琉璃瓦飞檐映下的火红落日，前方是活力28只剩下骨架的老旧大门。当年应聘的办公楼，整体框架依在，只是铝合金门窗东倒西歪。一捧不知多少年前的干花扔在过道，当时的鲜艳和这座曾经辉煌的楼宇一样，都已成为标本。滴水的阳台告诉我有拾荒者在此寄居。

旁边的院子，已拆得异常空旷，只剩下生了锈的高大油罐。残阳如血，五六条野狗在里面疯跑，成群的乌鸦于空中哀鸣。那一刻，美至壮烈。时间是位歌者，祭奠着逝去的将军，天空竖起的彩色盾牌，满是披荆斩棘的岁月。

立于墙下，望着被翅膀划伤的黄昏，满是忧伤。昔日的盛景早已不复存在，只有爬山虎茂密的枝叶，在废墟里洋溢着清凉的热情。人去楼空，曾经意气风发的员工早已下岗，涸散在城市的各个角落。活力28，当初命名时，一定希望它充满活力，怎奈造化弄人？

时间是一面镜子，有圆满，亦有破碎。那些飞逝的黄昏，多么像我们的伤口，捂在心口的痛。

我想我是爱这座城的，包括它的落寞、衰败，就像战争后的平静与悲怆。

也常站在黑暗里，扶着江边的栏杆，望着远处闪动的渔火，听着温柔的浪声一波波涌来，再一波波退去。那是一个城市的惆怅。千古一水，对与错，都是她的背影。我们转身在这种苍凉中。

活力 28，一段小枯荣，洋码头文化的缩写。

二

沙市临水而居，码头文化的崛起，实属自然，并且绵延几千年。春秋时，便是楚国的都城外港。宋时已有了堤街，到了明清更是繁华得不得了。江上百舸争流，千帆竞渡；岸上车水马龙，号声低吼。

码头，顾名思义，泊船靠岸处。作为陆路交通闭塞的临江小城，水便是命脉。不仅循环体内，还是通向外界的窗口。商贾、学子、旅人、权贵，于江上来来往往；盐、瓷、丝、茶等，在水面上川流不息。

那时的码头，属原生态。随坡就岸，各具名目。吐纳粮食的叫谷码头，转运棉花的叫棉码头，瓷码头、靛码头、玻璃码头，不一而足。凡与生活息息相关的，都将呈现，也是人类自身热度的延伸。

"玉海金堤"，即现在的玉和坪，地处洋码头最东端。李南杰老师的外公是沙市有名的私塾先生，母亲亦是。儿时，外公常带他到江边玩耍，那时大堤上住满人家。20 世纪 50 年代修分洪工程时，全部撤走。外公告诉他，玉是玉石的玉；海，水的意思；金，寸堤寸金。明代"公安三袁"的袁小修曾有诗文记载，日风清美时分，泛舟采石经历。

那时沙市便有采石洲，五彩的石头"灿烂崖岸"。他们挑喜欢的，带回去做笔搁、镇纸。当时的玉和坪属隐形码头，也可叫玉码头，实乃洋码头前身。

到了清朝，日本明治维新后，国力增强。怎奈资源匮乏，便开始对外扩张，中国遂成目标。甲午战争，中国战败，1895年签订《马关条约》，除割地赔款，增开沙市、重庆、苏州、杭州为商埠，并允许日本在中国通商口岸投资办厂。沙市首当其冲，成为日本的盘中餐。次年，英、德、丹麦、瑞典、挪威等国相继入驻，在沙市设立领事馆。三年后又圈定日租界，这便是洋码头的由来。一是洋货倾销，二是生产资料输出。"洋码头"也非官方术语，而是民间俗称。

日本相中了竹码头，即四码头。从现在划定的洋码头范围来看，囊括四、五、六三个码头。所不同的，洋码头有趸船，可以停大货轮，其他码头多为木船。一个先进，一个落后。当时沙市有四家民营轮船公司，小火轮冒着浓烟，在江上"突突突"往来穿梭。各公司在烟筒上刷上黄、黑、红不同颜色，以示区别。远远一望，便知是哪家的。文友余公的外公家，便是其中一家。

海关、各领事馆、洋行、盐局、渡口、工厂纷置岸上。白墙红顶，圆柱拱券，建筑多为西式，许多材料也大多来自国外，是当时最大的客货码头。朋友周良成曾在哈佛燕京图书馆五楼的珍品室，巧遇沙市老码头照片，上面写着

"湖北沙市，1911 年 02 月 25 日"。应是美国传教士或旅行家拍的。平静的江面白帆似雪，桅杆林立，岸边屋宇参差，宛若宫殿。

洋码头让沙市迅速蹿红，成为淘金港。荆州城里的有钱人、周边县市富户、外国的公司银行从四面八方涌来，形成了以洋码头为原点的商业辐射。九十多岁的李老师祖上，变卖田产，从咸宁带着一坛坛银圆，乘水路遥遥而来。于和平街安营扎寨，建起绵延房屋，开烟丝铺做生意。

历史是矛盾的，盛景之下有繁荣，更有隐忍、抵牾、祸患与苦难。

1911 年，即哈佛那张老照片拍摄后的九个月，沙市巡防营爆发起义。在此十三年前，招商局更夫打死杨兴全一事，只是一个小小的导火索，民族矛盾一触即发。

任何文化均非孤立，无不为时代造影，框定在既定轨道。

有洋码头，便有海关，三十三位税务司，有外国人也有中国人。办事，得爬上几十级高高的白色大理石台阶。李南杰老师九十九岁的叔叔曾在里面报关。从 1896 年开关到 1946 年闭关，历时五十年，从而标志洋码头洋人统治的结束。征的银两，或用于庚子赔款，或交江汉关国库，或用于市政建设，包括中山路、中山公园的修建。

三

　　码头工人，是这片热土根系中最倔强的部分。拼的便是一把子力气，血脉偾张也好，号声"嗨哟"也好，都是力量的形式与代表。同时也是羸弱、痛苦、无奈的代名词。一餐早酒的妥帖，一江水的呜咽，均是其真实拓影。卖力气，一个"卖"字便拘定了悲哀。没机灵机巧可卖，没祖上财产可卖，没专业技能可卖，只有靠一身血肉，才能换回生存的必需。皮鞭、辱骂、排挤、打压，外国老板的傲慢，中国监工的刁蛮。这个世界是交换的，因低微，只能原始。

　　码头工人的头披很有意思，一般为深蓝色，可以打成各种花结。缠在头上交叉，或像少数民族那样挽起，抑或半缠半披，再抑或顶在头、搭于肩，流汗时，擦一把，又是毛巾，一块布充满无穷魅力。

　　婆母曾说，年轻时，给夫家做童养媳。常把脸抹黑，拖板车到洋码头卖竹送柴。一排排木船沿江摆开，一缸缸榨菜运至岸上。湘鄂的农副产品，川黔的山货在此集散。

　　抗战爆发后，沙市民航业的船只，常在麻袋里藏匿枪支弹药，支援前线。

　　1939年，武汉沦陷，铁路瘫痪，沙市港成为入川要塞，货物人员由此集结转移重庆。沙市大街小巷一夜间充满难民，即便手握黄金也买不到一张船票。好多外来客困在沙市，中山路街两旁摆着急于出手的花花绿绿的毛皮、绸缎、衣物和古董字画。

1940 年端午节前夕，日军为打通进攻重庆的路线，轰炸沙市。沙市充满硝烟、轰隆隆的炮弹声，飞机在上空盘旋。瓦屋被炸成碎片，洋码头在劫难逃，招商局的门窗被震得四分五裂。只天主教堂后面的打包场，安然无恙。因是英国人修的，四楼平台画着巨大的米字旗，日本飞机不敢炸。市民提篮抱被，纷纷跑去避难。整座大楼人声嘈杂，陈老师一家冒着炮火，好容易在四楼找块安身之地。

沙市失守后，江水沉默，船只瘫痪，商铺关闭，有钱人逃亡，沙市港成为死港。码头工人被日军抓去修碉堡工事，冻死、饿死、累死不计其数。连带他们的家眷，命运多舛，人世飘零。

新中国成立后，航运业重新发达，成立了搬运公司。1952 年，风华正茂的李南杰老师在洋码头拍下一张黑白照片。一名圆脸稚气的年轻码头工人，顶着头披，正低头扛起一袋麻包。麻包压在肩上与头侧，高出脑袋一大块。头顶上方是用两三块木板搭的滑板，一麻包一麻包的货物手动往下滑。照片旁写着"没有传送带的时代"。

一江水养育一城人，那是大地的呼吸，几千年流动的心肺。

四

顺着沿江路新铺的甬道，至文星楼，翻过堤，便是洋码头。去岁在细雨中去了天主教堂。铁艺雕花围栏，一盆盆怒放的鲜花。于二楼大厅一排排沉默的座椅间坐了一会儿。时间是恭敬的，善和爱是人类寻找的友人，就像擦肩而过的时间。无染原罪堂，哪怕信仰不同，人们都希望上万年刮过的江风是温柔的。

在教堂旁偏僻的巷子里，遇见两名妇人，自称义工，在此做饭。端碗的腕间挂着一串磨得油光锃亮的十字架珠链，墙角的圣母山供奉着圣母马利亚的洁白雕像，旁边堆满鲜花。

今春再去，依旧在雨中，灰蓝的天，寂寞的江水。天主教堂巨大的十字架，沐立在苍茫烟雨中。

重建洋码头后，教堂两旁的建筑已扒掉，圣母山移了出来。裸式设计，教堂的栅栏和门房已不见。那些在细雨中散发着薄香的花朵，依旧摆在高高的台阶上，木牌上写着"圣物只能观赏，勿搬移"。一黄一白两条流浪狗安静地守在大门口，见到我，跑下来。

在汽笛的长鸣声中，我叩响了教堂的大门。

这个教堂并不古老，1995年修建，1997年落成，现代化风格，整洁肃穆。旧基位于临江旅社，周恩来先生曾于此下榻，指挥工作。20世纪80年代，煤贩子为便于运输，也常住此。20世纪30年代的西式建筑，是原老教堂的财务管理处。老教堂在洪家巷，叫洪家巷主教府。

最早传道的是比利时人，后由美国神父接管，修了学校、医院、育婴堂等慈善机构。育婴堂在江对岸，学校为新沙中学女子部、男子部、小学部。男子部即现今的沙市一中。小学部在中山公园附近，非常漂亮的尖顶红房子，陈老师曾在里面就读。日本人打进来后，成为日军营地。

修女圆脸短发，非常可爱，说，一个月三百元零用钱，够简单生活。过去教会学校的教师都是修女，包括对岸育婴堂的教师大部分是从意大利请来的修女。那些育婴堂里的姑娘，即当年的孤儿，有的还健在。她们不幸也幸运，在外界最苦时，依旧能接受教育，并且有食物吃。

陈老师高中毕业后，到她就读过的红顶教会小学教书，也没工资。

神父拿出来一幅绣品，类似现今的锦旗。缠枝花卉簇拥着圣母马利亚安静饱满的额头，蓝袍蓝巾，头像上方圆弧型绣着"天主圣母为我等祈"，下方对称绣着新沙女子学校。估计是当初悬挂教室墙上的徽标，后来流落民间，被田神父花一百元钱购回。杏粉色真丝缎，精美的绣纹杂有金线。近百年的物件，背面有点破损。

20世纪40年代末，老教堂的五位荆州籍修女随美国神父出国进修。一名病死重庆，一名留在美国，另三名获得博士学位后，因无法回国，转道台湾办学。先是办幼儿园，后办高中、大学，一些台湾名人毕业于她们所办的学校。她们20世纪80年代回国探亲，90年代捐建了这座教堂，取名怀恩堂。如今她们已作古，教堂后面，立了碑。

尽管是空冢，也是思乡的一种表达，属洋码头的一部分。

五

有天至江边，天已黑透。不少建筑围着绿网。闭合的夜色里，只有一扇小窗亮着灯。走过去买了瓶水。老板很高，有点忧郁，站在低矮的房间，有种顶天立地之感。从窗口望进去，狭小的空间堆满了一件件稻花香酒。偶有挽着裤脚的工人来买啤酒、花生米。他们的工作是翻旧，铲除内外墙，保留主体，重新粉饰贴瓷砖。这也是重修洋码头的主旨，以旧修旧。

老板在此做了三十多年生意。原有自己的门面，前店后仓。除周边市县的商贩，还有四川的商家一驳船一驳船找他进货。20世纪90年代，是码头生意的全盛期。春节时，人头攒动。两大市场，一个批干鲜水果，一个批百货日杂。前些年，随着两湖大市场的崛起，这边开始没落。现在只剩他一家，门面拆除后，转至教堂门房。门房没了，挪进教堂一楼这间小屋。

昏黄灯下，窗外的红漆破木椅挂着纸板，歪歪扭扭写着：五码头小卖部。怕不够高，椅腿垫了许多半截旧砖。他说，不想去两湖，这里清闲。我倒觉得他很有眼光，这里以后开发成旅游休闲胜地，游客增多，自然有得卖。

毗邻教堂有幢三层小楼，青砖，铁艺阳台，讲究的门窗和屋檐。最早叫安利英洋行，英商，经营桐油生意。很有实力，总部在上海，参股沙市老纱厂和后面的打包厂。去岁，一楼还搭有石棉瓦棚，两块蓝漆卷闸门，旁边的石柱写着黄山头酒厂经营部。现已拆除，露出原有面目，民国范儿。山墙上盘着的绿叶子枝干，已锯断了，摆在地上。树的根很粗，生于房后，一半长在青砖里，在墙里游走，从前墙穿出。沙市老建筑很多这种奇观，是不知名的岁月和种子奇妙旅行的结果。

洋码头的老房子，所剩无几，炮火、无情的江水、拆迁。现今只有打包厂、大慈街、安利英行、吉祥花号、天主教堂、老候船室、老活力28厂、老棉机厂继续留存光阴。

候船室是1953年修的，先是木板结构，后改为砖瓦结构，拆了一些洋建筑。

20世纪60年代，航运业依旧是沙市人的水上翅膀，码头改用数字命名。东方红一、二号成为主要客轮，重庆至武汉，重庆至上海。沙市人出远门，先坐船出去，再转至其他交通工具。朋友至武汉求学，水路弯弯，得一夜搭半天的时间，不似现在乘高铁五十多分钟就到了。

候车室里，有茶水、瓜子、花生、水果卖。那时穷，烂了削掉一半的梨，一毛钱一堆，都舍不得吃。

江边旅店的大通铺，夏天一张破席，冬天一床烂絮。几毛钱一晚，随着生意人的增多而涨价。

疫情期间，朋友绘了《老码头》，看到时便惊艳，幽蓝的祖母绿，更能彰显江水的深邃。忧郁的人物，破碎的台阶，炊烟，沿河老吊脚楼，一派晚清民国图。绘的儿时的五码头，风景与沈从文先生的《边城》有得一拼。江南味十足的小城，涓涓流水里泊着两头尖尖摇晃的木船，像被时间稀释的人生，却根植于记忆之海。

一个小而简单的侧面，在亭亭如盖、渐远渐失的时间世界里。

六

在洋码头老物件捐赠仪式上，一位收藏家拿出一件沙市老工艺品，龙凤挂匾。我也有一幅，只是比这大。结婚时在沙市商场四楼花三十五元钱买的，还有幅松鹤延年的。同时买了一对珐琅手镯，一支派克笔。在一楼买了一床湖水蓝绣花真丝床罩，一百五十元。不会打理，机洗，不到一年便一条条烂掉。因喜欢，便记得。

本土最大的沙市商场，已数度更名，洋码头也开始优雅转身。时间，一个城市的孩子，每一天都在长大。

我喜欢绕至事物的背后看一看，时间的背后还是时间，那是一个城市的思考。人们可以叫它历史，也可以叫记忆，更多时是无言的沉默。

洋码头是把双刃剑，繁荣了这片土地，也掠夺了这片水乡。回顾洋码头便是回顾整个沙市近代史。

当年，洋码头是洋人的码头。中国人只能在里面扛包、卸货，打长工、短工，排队抽签，等活干。今天，我们已是主人，记住它，便是怀念自己。

高铁、高速公路的兴起，结束了长江航道水运业的龙头地位；兴盛了几十年的码头批发业也被两湖取代。使命完成，来江边的多半是休闲娱乐之人，转型现代景观实属必然。

时常在岸上走一走，就那么走一走。圆月在天，江风猎猎。走过最漫长的风情带，就像走过这座城市的前世今生。那摇落的繁星，野菊花绽放的璀璨江面，依旧雍容华美。

船只静卧，细浪层层。唇语般的月色，对岸远山如黛的房屋，奔涌而来的黄昏，都是这个城市的细节之美。

一声悠长的汽笛，一声韵律十足的号子，划破多少心碎，又有多少憧憬与浪漫。时间的骨头，被我们记住，坚硬，却含泪挺立。

水的脚印

一

我是看着英子和秋其过了安检，没入大厅的人流，才转身冒着细雨往回返的。

在江边，我曾对英子说，你看，水的脚印。她也惊讶，那清澈水面下，弯曲着的不规则图案。那是水一次次亲吻沙地，留下的齿痕，美而清晰。若没人动，没更大的力量破坏它，相信它会一直都在。我管它叫水的脚印。干燥的沙地，也会留下断崖般，一层层清晰的纹路，那也是水的脚印。

我时常把水想象成液体的风。它和风是近亲，随遇成形，随遇而安，阳光也有如此之功。上天并没赋予它们固定的形态外貌，甚至血液内脏，它们是透明的，故流动、穿行、吹拂、包裹，甚至撕扯。

风也是有脚印的，匍匐的草，应声而落的花朵，吹断的枯枝，迎面而来，微凉的气体，翻卷又停止不动的落叶，都是它的脚印。因无形，方予以它更广阔的空间意象。

它们驮着时间与空间游走。

大地之物每一样皆珍贵，水、风、阳光，没它们，我们无法存活。

而人类是时间的脚印。

英子是猝不及防遭遇人生变故，无法放下，才决定用一次流放式的旅游，进而治愈，重燃生命之光的。而春天可以让每种事物新生。

此前，她没见过梅花，故总站在梅树下，久久徘徊瞻顾，各个角度拍摄。其实花只是一口气，最美在打苞时分，开了，也就散了气，濒临衰败与死亡。梅苞、玉兰苞，都是横扫战场，厮杀春天的箭。不动声色中，弹出去，再弹出去，一朵朵，以最美的形式披荆斩棘。我每每感动于这样的力道，这便是生命，天生旺盛，去爱，去活，去风起云涌。

人们总是歌颂春天，以致我不再想去描摹它。人，才是最美的春天，孩子、妇人、男人、老人。哪怕带着伤痛，苟活人世，哪怕过得苦与累，都希望见到温暖的地表予以的温度与燃烧。

人们喜欢热度，亲近过的人，拉过的手，都是水的脚印。被力量一次次吻过，留下痕迹。也许转瞬即逝，但因曾经的存在，而永恒。

这几天，我带着英子在楚文化、三国文化、水文化、码头文化，以及大自然质朴的怀抱中穿梭。生命多么瑰丽神秘，丰富可爱，更主要的是顽强。怎可轻言放弃，那断肠草开在古老城墙的青砖缝隙里与石台间，每一寸生命都似黄金，上天给予了万物太多的恩泽与眷顾。

在万寿宝塔，我们数着每一块花砖，花砖上镌刻着铭文。它们来自各省，捐赠者携妻携子，捐赠十块、五十块、一百块。那些石质浮雕，菩萨、寿星、花卉，被各朝代、各时间段的手，抚摸得油光锃亮，有了铜铁的质感。那石质台阶，也被踩得油润，恍若镜面，泛着幽光。

我在尽量回避"包浆"一词，有关风雅的都回避。我喜欢纯粹，能丈量人性的东西，甚至野蛮，带着天然意态的萌发与生长。

英子说，太震撼了。

遗憾的是，很多游者胡乱刻上的文字，盖住了原有铭文。他们想留下自己的大名，或者恋爱凭证。我笑说，鲁迅、张爱玲，是不需要以这样的方式被人记住的。

只有文化可以穿越。

不再敬畏，是一件多么可怕之事。

二

在古章华台，我对秋其说，20世纪五六十年代的章华寺是灰败的，推开山门，一股凉气，"吱嘎嘎"地响。她说，说得太好了，"吱嘎嘎"，道出了重力感。现在的大门，多半是电子、玻璃推拉的，听不到如此厚重之音。

是的，那是下垂的时间，如果时间可以称重，用声音也是一项不错的选择。

我说章华台曾是古云梦泽，我们所站脚下是贝壳路，前面烟波浩渺。楚灵王走了，细腰宫女走了，一天只吃一餐饭、被饿得头晕眼花的书生走了，近臣侍卫也走了，只一株老梅留了下来，两千五百年还绿着。

我们望着那株外形普通、长着一片片细嫩新叶的植物，还能说什么？人类竟活不过一株植物，它每年如新生孩童般怀揣喜悦，一遍遍来过。两千五百年又是啥概念，一株不起眼的植物，坚守着自己的时间与命运，年年绿着。讲穿越，这株植物是不用穿越的，该见证了多少沧桑巨变，美丑善恶。

活久了，自然有了佛性。

我是喜欢野花野草的，对于太过壮丽之物不太感兴味。茶花是这个城市开得较积极的花，冬天便在怒放。家里也曾养过，只是唤醒不了内心的惊奇。但当看到章华寺和博物馆，地上铺满整朵整朵凋谢的茶花时，还是颇震撼。那是怎样的壮烈，粉身碎骨都保持着自身的完整性。花托坚不可摧，花朵不撕裂，不丢失，拼尽全力坠下时，一定轰然一声。

风和水也是有声音的。

春天，燃烧寒冷的同时，也在燃烧伤感。

很多年，我坚信自己的文字是被月光亲吻过的，忠诚于自己的唇角与宁静的夜色，能溪水般潺潺流出。我不怀疑自己的奇思妙想，以及深埋的情感，甚至可以惊人地浪费。但有一天，发现自己写得越来越老实，我的空灵呢？我回身寻找着，甚至怕自己的舌尖，哪天会打结，说不出话来。

我淹没在无边的失落里，自己种植下的月色，多么不可靠。那服精心熬制，慰藉心灵的汤药，会不会有一天也不再管用？

它们只不过是水的脚印，更大的浪一来，便会抹去。

英子说，见到菡萏姐，挺接地气的，原以为是名媛闺秀。我听后笑了，虽是一个小老百姓，内心还是挺瞧不起名媛的，一个女人凭优渥的出身、凭容貌、凭姿态，多么干瘪。甚至优雅，都是要回避的。

我喜欢芬芳泥土里睡着了的思想，在每个春天发芽，那才是续命的神香。

亦爱时间之重，以及信奉生命之轻。活着对自己，对他者都只是水的脚印，能一遍遍亲吻着沙地，便是春天了。

纸上留痕

一

我梦见醒来时，躺在海滩上，身旁是一望无际的海水。我对自己说，你还活着！好像是晕过去的，在沙地上躺了一夜。我踉跄着爬起来，往高岗上走。那里有间棚子，供游人早餐。金黄的碱水面，飘着肉码子细细的香。怎奈深一脚浅一脚，就是走不到。

待急醒，发现自己躺在床上，窗外天色大白。第一个念头，依旧是我还活着。

也许活着便万般美好，也许五十岁后，人开始考虑死亡。

我发现我非常怕死。

第二夜，我梦见自己有个女儿。见到时，她已两岁，又似四五岁的模样。她管我叫妈妈，我抱着她去旅游，在现代化的建筑里穿梭。她没多少话，但聪明，坐在阳台上，当啷着小腿，穿着一双纯白小皮鞋。我牵着她，回身却不见了。我喊着多多，多多。楼下的旅游大巴即将启动，我返身冲进电梯，在一间间透明的玻璃房子中，来回穿梭，迷茫环顾着，多多！多多！

我把自己喊醒后，才意识到自己并没女儿，可在梦里，竟给她起名多多。

人的思维便是这般魔幻，难以解释。梦，有时会更接近思想，成为现实版的延伸，你的担忧、害怕、渴望全在里面。

二

这几天，忙着寄书，有买的，有索的，有我送的。也反馈回来不少信息。

有朋友说，多好看，那封二的小雀，作者飞过，无声无息。未见勃朗特，却知道她是美好善良的。

《空翅》原名《纸月亮》，一个人生命的延伸，并非完全依托岁月，有时是精神维度的扩建，写作是我生命里多出来的一枚枚月亮。也曾想叫《蝉蜕》，十年一歌，更多时活在地下。蜕皮是艰难的，也是一种超越。因此典泛滥，故舍弃。

"垂缕饮清露"，是我喜爱的状态，但不喜欢聒噪。空翅便好，很多翅膀不被世人看到，一个人的飞行，惬意而了不起。

书的封面设计源于一幅油画，暗夜里茶褐色的林木异常寂静，旧年的风筝挂在树杪，一只小雀独自飞过。黑黝黝的夜晚，人与植被均已睡下。那只小雀便是我，飞在暗夜，自己的梦中。

我从不否认自己孤独，那种轻微的碎裂声，也只有自己才能听见，而柔和明澈的玻璃夜晚，也是我所钟爱的。

时间，那层软黄金，似铠甲，又似流过肌肤温热的水。

而纸又是那么好，挽留着曾经的热度与遗憾。有朋友说《病中》放在首篇似乎分量轻了，我拿到书时，亦有同感。只是当初编排目录时，并未意识到。如果换成《故园遗梦》《雪落之地》或《春天还是春天》会好一些。动人的文章，总有完整的人物介入，《病中》稍嫌零碎了点。三十九篇散文，朋友喜欢十七篇，八千字以上的才耐读，有情味，这是她的观点。

当然，也可以在书里随便拿出一篇文来命名，《抽身离去的光阴》《春天还是春天》《岁月长赊》等，均能代表一种缓慢的转身，无法抹去的哀愁与恩情，抑或一种过去式的停留状态。

封后的推荐语，并非刻意，因出书需要，征得评者同意，摘录了2018年湖北散文综述中钱刚老师对小文的点评，以及湖北散文研究会"东巩杯"颁奖词的一部分。刘军教授的是一次他在群里喊，谁出书，需要写推荐语。并非有名人推荐，一本书方好看；也并非无人推荐，一本书便没质量。商业时代需要打粉，这是其悲哀处。

评的赞誉若超出文本，会让人不自在；太偏离，也会不舒服。

一个写者，最幸福之事，便是有人读懂你的写作意图，窥见铅字背后的精神身影。感谢他们，他们的解读更靠近我。

一直喜欢褪色之物，似时间凝固下的暮年。退后或遥寄，但不希望成为一个对朴素情感视而不见的失明者。人有时需要保持距离，所以钱刚老师说的："崔迎春的散文是面向过去的恋物表达，既有悲悯的温柔倾诉，又有略微隔离的超然视角。使其文章透露出一股静气，也笼罩着一层暮色，近似挽歌的调子使得文字乍寒还暖。她语调温婉，不徐不疾，用不多修饰、洗练雅致的怀旧叙述给一切事物打上柔光，让人生出岁月静好的遐想，可这里面，偏偏有着死亡的残忍，贫穷的悲哀，在那种微妙的悲喜间，生出艺术的张力。"

还有温新阶老师的评点"因收敛而不张扬，反而让读者内心的颤动久远而富有力量"都是我喜欢的。有朋友说，恰如其分。

视角中间，往往隔着时间，还有你我。于他人，我们常是过客，甚至游客。尤其在别人身陷窘境，你无法搀扶帮助时，也似别人无法介入你的生活。

而那层铜锈，是时间墙壁后的哭声。人大体都一样，勤劳地付出，自律，不影响他人，然后默默老去，再悄然离去。

内里文字主要发表在《清明》《作品》《天津文学》《散

文》等杂志。感谢它们，一篇文常在两个母体中孕育。

文里，经常写到老人，写到死亡。无论是贫穷者的死亡，还是精神孤独者的死亡，均是这个社会的组成部分。我极少写小说，今年发的三篇小说，两篇写年迈者的故去，一篇写失语者。为什么写他们？当然不是为了写小说而小说，只是换种形式，了却一份牵念。若为纯技术或艺术，可以不写。在他们身上，我看到了自己，也许有一天，也会陷入那种窘境，谁也说不好自己的未来。

三

前几天吃饭，一位师友问我年龄，然后又抱歉道，不该问。我笑了起来，回说1968年的。说的时候自己也吓了一跳，想着四十岁该多好，那时还年轻。人便如此，可能到了六十岁，又会怀念这五十岁的光景。我从不忌讳说出自己的年龄，一个女人或男人，这张皮算什么？每个女人都年轻过，如果内里不能承载自己的认知、原则，再好的皮囊又有何用？一个人即便老了，精神与思想却日渐年轻，这才是珍贵的。

所以面对一名写作者，应该忘记他的性别与年龄，感知思想的新鲜尤为重要。

在一个杂志群，主编转了我一篇有关《红楼漫谈》的帖子，并且网购了一本。一个作家说，崔大美女当然写得好《红楼梦》。原话已忘记。主编说，人家写得就是好。我极少在群里说话，也不在任何群发自己文的链接，几乎空挂着。偶然看到，没作声的原因，是怕浪费时间。写《红楼梦》文评，一定要分男女美丑？看《红楼梦》，若只看到几个美人，几个才女，而不是那个社会的坚固与碎裂，突围与觉醒，人性的幽微，为文明所做出的努力与贡献，是可以不读的。

一个人的精力有限，看手机，已成为伤害身体的祸首。

且在美颜相机下，人是那么不可靠。

怕照镜子，很沧桑，并且越来越丑，无法抗拒地衰老。何况一个不进美容院，在家也不保养的人。

儿时，看画作，疑惑画那些老丑灰暗的干什么？为什么不画漂亮的人与景。长大后方知，不美丽的东西，往往由美丽蜕变，就像人之衰老。视觉的丑陋，并非真的丑陋。所谓的美，常常是灰暗延伸的部分，甚至是苦痛和死亡的部分，我甚至开始考虑离那些把文学当作事业、当作荣耀、当作目的，而不是孤灯下独自舔伤的人与事远一点。

也一直感谢我亲爱的文友和那些我敬爱的读者。松滋的杜若老师说，菡苕，是我见过的最安静最干净的写作者。公安县的文友也说，在大荆州，有个我最喜欢的人。逛圈时，无意间见到这些话，比肯定我的文，更让我感动。

四

初上网，在柏青老师主办的，后由郭小川文学院副院长邓迪思老师掌管的西部作家论坛发文。内里有中国作协、各省作协会员，也有不少文学院的签约作家，几乎就我一个小白，哪级会员都不是。我从不自卑，贴下文就走。文章那点薄片，一个人忙忙碌碌酿的蜜，甘苦自知。记得邓迪思老师在帖后，一踩就是五六楼，留过这样的话：快大年三十了，加个精。这么好的语感，如果写别人不知道的事，一夜间便可成名。那篇文是《故园遗梦一》，在《空翅》里叫《归来》。

几年过去，我依旧写着自己熟悉的题材。昔日论坛里的诸友，都比我写得好。上鲁院，写长篇，在省刊做编辑、开专栏，当职业作家，获奖等。

我还是我，书写的热情从没减退，这是我最满意的状态。我的作品，也只服务于我的精神之夜，而做自己，便是最大的成功。只是越来越苦，这种苦，是身体与时间带来的。天天都有要写之物，又往往被冲散。

加入中国作协时，几位编辑过来留言，用得最多的词是"实力"，也是我最喜欢的两个字。具备实力，才有能力和源源不断的动力。

2015年，我已在网上签下两本常规书，2018年市作协开会，拟参加湖北省换届会议名单。我说，我还不是省作协会员。周万年主席问我一天想些啥。其实没想啥，只是觉得这和写作没啥关系，也没把写东西当回事。以现在的标准，我当时已出了两本书，上了一些省刊，搜狐、洞见、凤凰、快报，阅读量均十万加，申报中国作协会员都够了。第二年，因不知道要交会费，而没接到省会员证，故2020年才申报中国作协，一次过。算完成一件事。在当今各级作协门槛越来越低的情况下，中国作协会员，早就不是什么新鲜事。若按标准，今年出了两本书，上了十几个省刊，一年就是一个中国作协会员。

文字，更多时归属于自己的咀嚼和善意的读者，以及珍贵诚挚的建议。也只有作品，才是一名写作者手中的黄金。

五

《红楼漫谈》的文字比《空翅》的好；《空翅》的装帧比《红楼漫谈》好，挺括大气。朋友说，不比三联书社做的差。遗憾的是序言第一页便带进去一个"意"字，可能是校对失误。另提交时是初稿，等反复修改打磨好，那边已审过，否则编辑的劳动将白费。其中《读周思聪》的修改幅度最大，删减五百余字，从语言到逻辑均有变化，可惜为时已晚。我还看到了错字，这让我很难过。有朋友说，遗憾也是艺术的一部分。有的掉了主语，破坏了气息，那是出版前我最后一次审稿，用平板来回截图匆忙修改造成的。我总能在自己文里，找到不满意之处。

序，删掉后三分之一，发在《散文百家》，致谢《散文百家》，致谢为小文付出过诸多辛苦劳动的各期刊，有的上了数次。也深深致谢我亲爱的文友和从 QQ 空间就一直读我文、令我爱戴敬慕的友人。

后记是庚口先生支持的，未加改动，包括内里提到的时间，已是两年前。老师并非文坛中人，却是熟读我文字的珍贵友人。《空翅》出版的时间有点长，还好，终于出来了，感谢中国华侨出版社的倾情付出。二十三万七千字，第一本散文集是二十一万字。今年写的散文不在里面，还有两本集子，已写了序跋，但出书越来越难。因此，愈发要感谢中国华侨出版社，给了三百本样书，冲抵稿费。

有朋友说《空翅》这名字真好，隐形的翅膀，飞在自己的精神之夜。

后记：曾经的一小片月光

一

昨夜，风冷，雨雪皆下。我在云柜取了书，很可惜，不是想要的译本。语言凝涩，那些绽放在海面上的星星以及奇异旅行的诗句不复存在。如老太太的白开水，温暾着，却依旧吸引人。

这样的小说，总是在花树下，预埋下糖果，让未知的小女孩惊喜。直至终生难忘，经年后依旧葆有一颗童心，这便是善良的效应。塞斯勃隆的《送到天堂里的礼物》、泰格特的《窗》均如此。我管这叫反刍、除茧的过程。

它也叫文学，蜿蜒在荒草里，纵身一跃，落差成洁白的瀑布，发出巨大的轰鸣声和激荡人心的力量。所以看《夜行的驿车》时，寂静的纸张美如暗夜，车轮行过的路途满是芬芳。当安徒生拉响葛维乔里那座古宅的门铃时，她接了出来。窈窕的身材，裹着一袭墨绿色天鹅绒长裙，绒面的反光，衬着她宝石蓝般清幽的双眼。她把双手递了过去，冰凉的手指，紧紧握住安徒生宽大的手掌，倒退着把他引进小厅。她在等他，像个预言。生命只是一扇虚掩的门，他照了进来。

安徒生并没留下，告别，然后逃离。他还不够自信，无法舍弃那些散发着青草般微弱气息的美丽童话。她对他说，你走吧，日后若因年老、贫穷、疾病，感到痛苦时，只消说一句，我便翻越白皑皑的雪山，穿过水滴全无的沙漠，不远万里去安慰你。

他亲了她一下，她的泪落在他的脸上，然后永未相见，但终生思念。这便是爱情，艺术让其永恒。所以爱情的面包，往往摆放在精神的餐桌上，是生命里的生命。它根植于心灵沼泽，宛若黑夜中的一道暗门。那样的肌肤，摸不得，它叫孤独。是人类心灵管壁的微妙焊接，借助一小片月光，只一小片便能挤进任何缝隙。

文学也是一种焊接，惆怅、落寞、遗憾，于平凡生活挤进来的一小片月光。

多么好的一本书，康·帕乌斯托夫斯基，奉献给全世界的精美大餐，可以不断重温。

二

接到古耜老师约稿时，我正在医院护理母亲。手头也将将有本书欲出版。雪中送炭不过如此，故深谢。人之一生，总会遇到几个贵人。

整理亦倦怠，怕看自己的文，那种怕，也只有自己才能理解。于写文，我有点熊瞎子掰苞米，总以为前面会有更好的，故不曾停歇。

我是个随性之人，种子被风刮走，是我喜欢的状态。抱着老瓷瓶沾沾自喜，对博物馆有益，对自身并没多大用处，最起码于我如是。一粒种子，也未必要长成参天大树，在荒郊开出小花小朵，便是极美的春天。即便消亡，又何妨？

我喜欢的是自己付出时的专注。

《绿儿》一文，是后加的，说是散文，有小说的性质。事是实事，手法却近小说。其间穿插我写世家公子，受新思潮影响，留学海外，回国牺牲的情节，属杜撰。意在配合主题——人与鸟对外界的选择。真实的情景是我在写长篇小说《沉烟》，内里一个角色亦叫绿儿。鸟儿的世界，是令人敬佩的。它们活着，只做三件事——唱歌、爱情、飞翔。它们的歌声只献给阳光，不啁啾黑夜。而翅膀下的天空，是毕生的追求。《与新华书店有关的日子》，亦有小说的味道，是对长篇小说《沉烟》的补充。

《五月的范家渊》原叫《范家渊笔记》，发在《野草》。因有篇《范家渊的秋天》发在《广西文学》，故更名。包括发在《山西文学》的《孤屋》，均以范家渊这个大湖展开。皮相与心灵俱美的，应是大自然的一草一木。

这本集子曾想叫《水的脚印》，亦内里一篇散文名。转瞬即逝，水一冲便没了，也是我钟爱的。当然也有例外，今年九月份去涠洲岛的五彩滩，见到水在坚硬岩石上，留下的柔美屐痕，颇震撼。它改变了石之样貌体态，完全具备音乐的内质，似风起云涌、悠扬回旋的音符，又化作亘古苍鹰。

我想过，自己之所以还能写几个字，是因无崇拜之心。人，生而平等，这是我信奉的。尽管知道人与人之间的差距，但那些伟大的作家，依旧是我亲切的故人。人的浅薄来自势利，轻视和崇拜皆会偏离真诚与独立思维的轨道。一个想高居人上的人，得有多不堪，也是脆弱与虚伪的表现。

真正的写者，大多是弱者，唯一的武器便是文字。若文字作为炫耀、谋取吃喝及职位的工具，又有多猥琐。文学人的层次，应由情怀界定。强者并不需要文学，需要的是世界，是聚焦。而写作是个寂寞的行当。

人活着就得承受，当一个人承受不了自身的占有——财富的占有、名声的占有时，便近乎犯罪。与最质朴之人，失去精神通联，也将意味着对土地失重。

人与人的区别，是思想的区别，别的只是量变。财富、地位、朋友，多寡高低的问题，与本质无关。很多人说练笔，走上文学之路如何，其实，真正的文学之路在心里，是一个人的披荆斩棘。要说训练，首先是思维的训练。

我一直想温和地活在这个世上，但不妨碍坦诚说话。藏和掖，对艺术有效，对做人是种折损。

写作能给这个世界提供的唯审美，不是流水线，不是印刷机。语言决定味道，思维决定高度。似储蓄，有了一定经济能力，方能起高楼。

窃以为，一个写者，既没文字功夫，又无思想，是可以不写的。情是泉水，决定能不能流出，思决定能不能流远，艺术性是如何流淌的问题。有宽度没深度，外表是条大江，缺失思想深层的流淌，依旧会干涸。

好文章、坏文章有严格的分野，一篇文，既不能慰己，又不能利人，便是赝品。哪怕出自作者原创，都是伪的。读者永远是上帝，除非像卡夫卡那样，不需要读者，把写作只作为一种思考方式。他活在自己的地窖中，洞悉着亲情的幽微和人性的残酷，并且加以艺术性呈现。

故文学，更多时是一个人的童话，需要天真，更需要深邃，甚至残酷。

三

顾名思义，文学，文明的学问，文化的学问，对应的是武。换言之，是用情感解决问题的学问。一个动手脚，一个动情感，这是它们的分野。阴谋诡计，也属隐形的武，背后动手脚而已。语言暴力亦是。

"武"其实也是一种弱与可怜的表现，没有更好的办法，相信拳头能解决问题。殊不知，会引发更大的纷争与仇恨。

文化，文明教化。所以不难看出，文学是让我们脱离野蛮，进入一个有序的内心世界，能自我约束向善向美的学问，它的目的便是教养。有教养，才会冷静，用脑子思考问题。

所谓精神，是我们除了满足生物需求后，更高的追求。整理琐碎的生活，丢掉渣滓，捡拾黄金的部分。

很多人说文学是人学，曹雪芹在《红楼梦》里亦说，"人情练达即文章"。窃以为，还是稍显片面，尽管每个人对文学有着不同的体验。并非人情练达了，便有好文章。懂得人情世故，有了敏锐的观察判断力，也只具备了前提条件。谙熟，才能水到渠成，成为生活的行家里手，驾驭得住笔下人物。迟钝或外行，连生活都摆弄不清，自然无法行文。

但仅仅深谙人性，还是不够，也只具备了构筑文章的客观元素。主观"我"的缺失，才是致命的。情感的怀抱，决定着你的格局。

"我"的存在，是文学和非文学的区别。也只有具备了个人的思想、情感，进而采取艺术性表达，才叫文学。故那些资料性的历史掌故、时事新闻、蹭热点的评述，并不属于纯文学。包括有些副刊登载的零碎小文，也只是一名文学爱好者的习作。无情感的诗歌、散文、小说同理。

写作，孤独的产物，又消解着孤独，所以是自我的。这个"我"非自私，而是情怀与人本。

文乃抒情手段，是情的载体，思的外化。情作为第一要素，情伪了，一切皆伪。而思考由哲学与审美两大块组成，是情感之上的一根蜡烛，燃烧于世俗的黑夜。

而世俗，大体是恶的，似裹脚布，为不良的良知涂脂抹粉，并且理直气壮。所有的改革，旨在合理。故写作是感性至理性的回归，并且始终保持自身的前卫与警惕，在形式上，更在思想上，走在时代前沿。若滞后，便是捡拾历史垃圾。好文需往前走一步，具有发现性。也只有具备了发现性，才能有极好的嗅觉。

写，便要读。阅读的作用，大体分两类：一、养情；二、明思。情怀非生而有之，是慢慢养出来的，情养多了，便有了情怀。有了情怀，更易共情，当个人困苦，成为大众苦难时，社会才彰显进步，才能保证人不去伤害人。写作便是这种共情过程。归根结底，围绕一个"情"字展开，故脂砚斋说《红楼梦》大旨谈情，当然，这个"情"，不是狭隘的爱情，而是大情，是人类通往文明的共同情感。而明思，则是暗夜里的一束光，让思维保持独立清醒的前奏。若没有前瞻性或发现不了新的独特的东西，和普通人的目光何异？文学目光和世俗目光有着本质区别，甚至截然相反。

写作是有生命力的。生命靠血液的循环、心脏的跳动、大脑的思维，没这些便会死，文学亦然。

写文是种软化，故深情。

四

能撼动人心的作品，又大多具有超越性——超越亲情、爱情。比如《金蔷薇》，老沙梅和小女孩的关系，非亲情，非爱情；《一篮枞果》中的钢琴家与小女孩，非亲非故，受惠于陌生人。还有《悲惨世界》的莫里哀神父，屠格涅夫的《猎人笔记》里的《县城里的医生》，等等。《红楼梦》里，宝玉对女人的感情，给予性别，又超越性别。亲情、爱情是伟大的，更是狭隘、平凡、有私性、自然而然的，属该爱范畴，并且被一代代高手写尽写烂，很难再出新意。

很多意外之爱，才真正伟大，又荡气回肠。

说白了，艺术是生活背后的游戏，寻求心灵自由的媒介。肉身小我自有属于人类精神的广泛性，精神的自由可以脱离客观桎梏，故写作没框框，天马行空即可。书籍的高贵在于情感的高贵。真实，高贵的重要组成部分。

哲学是痛苦的，它追求真理。而科学这辆解决生产力的战车，不知会驶向哪儿，ChatGPT 也只是对人类已知集体智慧的勾兑，说白了，是对人的模仿与抄袭。

精神的生命靠文化生命养护，故不能小觑文学。

文学需要忧伤，那是它的精美底色。忧伤时，便在思考。平白无故的忧伤，是自恋。

有人转来阿来先生的访谈视频。他的小说《良娼》亦好，老故事，但有味，语言一流。语言是第一要素，也是终结者，语言里本身包含情感的力量与功力，望一眼便知深浅。

前几天看一帖，言及书店没落。其实，读书已变得十分金贵，不似我们儿时，如饥似渴，囫囵吞枣，不认得的字，瞎猜即可。社会发展迅猛，从农业社会步入工业时代，又跨进科技信息时代。视频、抖音招招手，世界便来到眼前。这无疑对写作提出了更高的要求。

写文的日子更像压缩饼干，恍若日后可以充饥；抑或散碎的陶片，扫在一起，黏合便是一尊陶器。出书，也是一种黏合，对以往文字的了结。我甚至认为文与文之间是有伤疤的，那是曾经渗出的血。

时常在大街上走一走，望着喧嚣的尘世，竟有种空荡、寂寥甚至疏离感。日复一日的平淡，能平安至老是种福分。也逐渐明白，为何古代条案上，摆放着春瓶，老百姓对这个世界的祈求，唯"平安"。

每夜熄灯后，只有窗外的车辙声与路灯映进来的光。躺在床上，想着要写的文，醒来却忘得一干二净。但文字，先由大脑构建，这是无疑的。

此时天雨，夜色徐徐降下。加了衣，宽坐在书桌旁。窗外雨水默默，路灯映在积水里，雨滴把暗黄的灯影敲得破碎。晚风吹着湿亮的桐叶，愈发显得室内幽静。季节有了苍苍之色，这个夜晚却刚刚开始，适合回忆，像这本书——曾经的一小片月光。